JN216175

岩木一麻

Kazuma Iwaki

がん消滅の罠

完全寛《かん》解《かい》の謎

宝島社

COMPLETE REMISSION

目次

かんかい【寛解】（remission）

がんの症状が軽減した状態。がんが縮小し、症状が改善された状態を部分寛解（partial remission）、がんが消失し、検査値も正常を示す状態を完全寛解（complete remission）という。

がん消滅の罠　完全寛解の謎

装幀　高柳雅人
装画　神田ゆみこ

第一部　変異

1．2016年8月3日（水）　築地　日本がんセンター研究所

「殺人事件ならぬ活人《かつじん》事件というわけだね」

デスクを挟んで相対《あいたい》する羽島悠馬《はしまゆうま》は人差し指で金縁眼鏡を直すと、自分の研究室に勝手に持ち込んだイタリア製の革張り椅子の上で楽しそうに細身の体を震わせた。

「なんだって？」聞きなれない言葉を耳にして、夏目典明《なつめのりあき》は訊《き》き返した。

「君は頭だけじゃなくて耳まで悪いのかい？　活人！　かつ！　じん！」羽島はそう言うと身を乗り出し、飲んでいたキャラメルマキアートのカップに結露した水滴で指を濡《ぬ》らすと、デスクに「活人」の文字を書いてみせた。

立派な万年筆やメモ帳は、デスクの上に整然と置かれているのにどうして水で書く……。

「まあ、そういえないこともない」夏目は部分的な同意を示した。活人事件などという言葉を耳にするのは初めてだったが、それに対して異議を唱えるのはやめた。高校時代からかれこれ二十年を超える付き合いのため、ここで下手に反応しては、待っていましたとばかりに、話を回りくどくすることは目に見えていた。研究者としては有能な男だが、もってまわった口調で一席ぶちたがるのが昔からの悪いくせだった。もう四十だというのに、羽島の子供っぽさは出会った頃からその外見と共にほとんど変わっていない。「で、なにかわかったんだな？」

「大変興味深いことが、ね」

羽島は少年のように微笑《ほほえ》んだ。昔から変わらないのは性格だけではない。モノトーンを好むフ

アッションセンスばかりか顔つきまでもが出会った頃から変化していないように思える。

「教えてくれ」

「もう一度要点を整理しよう」羽島は先程夏目が渡した資料を摘み上げた。「患者は江村理恵《えむらりえ》。三十五歳。肺門部《はいもんぶ》原発《げんぱつ》扁平《へんぺい》上皮《じょうひ》がん、主要転移四ヶ所。小さいものは肺全域に十ヶ所以上点在。遠隔転移はなしでステージⅣa。動脈、食道等への浸潤《しんじゅん》が強く疑われる所見で、手術と放射線治療は選択できなかった。そこで夏目は、抗がん剤による治療を勧めた」

　夏目は黙って頷《うなず》き、続きを促した。

「ところが江村さんは日本がんセンター呼吸器内科医員の夏目大先生が提案した、延命目的の抗がん剤治療を拒否。慈恩会《じおんかい》という怪しげな新興宗教の自然食品による療法に切り替えた。その三ヶ月後、再び夏目のところを受診した時には彼女の病巣はきれいさっぱり消えていた」

「ああ」夏目は忌々《いまいま》しい思いで同意した。

「そして」羽島は、こらえきれないといった様子で、デスクに置かれたチラシを夏目の鼻先へつきつけた。「こんな宣伝に利用されてしまったというわけだ」

　いやというほど見ているから内容は熟知している。チラシには『日本がんセンター呼吸器内科Ｎ先生も認めた奇跡！』という宣伝文句が大きく書かれ、江村理恵と白衣姿の男が並んでいる写真が大きく掲載されていた。目の部分に一応黒い線が引かれてはいるものの、太い眉や濃いと言われることの多い顔の造りのせいで、知人が目にすればすぐに夏目だと気付くだろう。

「がんが治った記念にと突然横に並ばれて、付添いの女性に撮《と》られたんだ」やはりこいつに相談したのは間違いだったか。そう思いながら、羽島の手からチラシをひったくった。「こんなことに使われるとは思いもしなかったが、今思えばあの付添いは写真を撮るためについてきたんだな」

「呼吸器内科にN先生は君しかいないからね。呼吸器内科のウェブページを見れば部外者でも君のことだとすぐに特定できる」

「ああ。しかし、それだけだったらたいして気にもならなかった。たまたまがんが自然寛解した患者を、連中が大々的に騒ぎ立てているだけだと思ったからだ」

「そうだとよかったんだけどね」

「あれだけ進行した扁平上皮がんが勝手に消えて無くなることは極めて稀《まれ》だが、あり得なくはない。偶然に起きたことだけを拾い上げて体験談として大々的に宣伝する。抗がん作用をほのめかした健康食品なんかではよく使われる手口だ」

「ところが慈恩会の連中は、事前に自分たちのホームページで、江村さんが進行がんであることを夏目の診断書付きで公開した上、自分たちの健康食品で治癒すると宣言していた」

「ああ。ネット上ではちょっとした騒ぎになっている」

「困ったねぇ」

「お前って奴は、人ごとだと思って。だから、こうやって相談に来たんだろ？」

「日本がんセンターお墨付きの奇跡。そりゃ話題にもなる」

「俺は奇跡だなんて言っていない。江村さんに、治ったのは奇跡的ですか？　と訊かれたから、稀なことではありますね、と答えただけだ。要求された診断書にもがんが寛解したという客観的な事実を記載しただけで、健康食品については触れてもいないんだぞ」

「そりゃそうだろうさ。でも大衆は信じたいものしか信じないよ。天下の日本がんセンターの医師である君の診断書と彼らの寛解宣言が揃《そろ》っていれば、信じたい人たちにはそれで十分さ」

夏目の手からチラシを奪い取り、羽島は楽しそうにひらつかせた。学生時代、ミステリー同好会に所属していた羽島は、この手の話が大好物なのだ。

「ところでさ。この件は君のボスも知ってるの？」

「まだだ、もう少し状況を整理して、可能なら真相もわかってからだな」考えるだけで気が重い。

「だろうねぇ」

「おい、いい加減、なにかわかったことがあったら教えてくれ」

医師ではあるが、疫学研究に従事していて臨床をやっていない羽島は、診察に追われる夏目よりも時間の自由が利く。向こうのペースに合わせていては、いつまでたっても病棟に戻れない。

羽島は涼しげな表情で言った。「夏目の眼は節穴だね。もちろん悪いのは眼ではないんだろうけど。こんな簡単な問題にどれだけ時間を割くつもりなんだ？　こうやって悩んでいる間だって、夏目には国民の血税から給料が出てるんだよ」

「だったら税金を効率的に使うためにも、早く答えを教えてくれ」

「いいかい？　もう一度考えるんだ。抗がん剤でも消滅が期待できない進行がんを自然食品によって治せるわけがないでしょ？」

「ああ」

「そこまではわかっているのに、どうやってそれを実現したのか、という方向にしか夏目は思考を展開していない。そして答えが出ないから困っている。治せるわけがないのに治った理由を探すなんて、愚かしいにも程がある。もう一回、画像をよく見てごらんよ。こっちが寛解前、こっちが寛解後だ」

そういって羽島は、CT画像が印刷された二枚のA4用紙を並べた。

本来は夏目の医局に研究所から羽島を呼び、電子カルテに記載された生データを見せながら相談するのが正規の方法だろう。しかし、羽島は専門医でもなければ臨床もやっておらず、おまけに変人として病棟にまでその名が知れ渡っていた。そんな彼に、臨床のことで助けを求めていることが知られては、病棟中の笑い者になってしまう。

二枚の胸腔《きょうくう》CT画像のうち、左の寛解前の写真には、密度が低くX線を吸収しないために黒く映る肺の中に、白く見える高密度の腫瘍《しゅよう》がいくつも映りこんでいる。右の寛解後の写真では腫瘍は全く見られない。

「写真は何度も見たさ。どう見たって腫瘍は消えている。画像だけじゃない。寛解前には咳嗽《がいそう》があったが、寛解後は見られなくなった。血中の扁平上皮がん関連抗原も寛解後には消失している。あらゆるデータが寛解を示唆《しさ》しているんだ」

「あーあ」羽島は芝居がかった様子で大きな溜《ため》息をついた。「やはり夏目はがんにしか目がいっていないようだ。咳《せき》とか腫瘍マーカーとかは、この際忘れちゃった方がいい。それとも『自然消《しょう》退《たい》を示した進行性肺扁平上皮がんの一症例』ってタイトルで症例研究論文でも書くかい？　僕は絶対に共著者には入れて欲しくないけど」

「がんの寛解が問題になっているんだ。がんに注目しないで何に注目するっていうんだ？」

「だから、がん以外だよ」

　夏目は、羽島のにやついた顔をまじまじと見つめた。こいつは変人だが、頭が切れる。大学院在籍中から専門の疫学分野以外であっても、統計処理を頼まれた時などに実験した本人が気付きもしなかった新しい理論や法則、仮説を次々と見出してきた。時に尊大な態度をとることもあるが、それは照れの裏返しであったり、彼なりの冗談であったりすることを、夏目は長い付き合いの中で知っていた。

「ヒントをくれ」

「ヒントっていわれてもなあ。腫瘍以外に注目しろっていうのが、大ヒント。むしろ答えだと言ってもよいくらいなんだけど」

「だからそれじゃわからんのだ」

「夏目は自分で謎《なぞ》を解く楽しみって感じない方？　そんなことないでしょ？　前にミステリー映画のＤＶＤを貸してあげた時に、僕が犯人を教えてあげたら凄《すご》く怒ってたじゃない」

「あれはお前が貼り付けたメモに書きなぐってあった犯人の名前と、実際の犯人が違ってたからだろ。どうして犯人じゃない奴を犯人だなんて書いたんだ。そのつもりで観てたから……。違う、そうじゃない、それとこれとは話が別だろ。今はリアルに困っているんだ。いきなり正解じゃなくていい。もう少し意味のわかるヒントをくれ。腫瘍に注目しても仕方がないなんて意味不明もいいところだ。これは純粋に腫瘍の話なんだぜ？」

「じゃあ、そうだな。推理小説で、密室トリックだと見せかけて実はアリバイトリックだった、みたいのがあるじゃない？　謎だと思っていたのは謎じゃなくて、実は全然違うところにトリックが仕込まれている。あれと似た感じなんだけど」

推理小説？　なにを言っているんだ？

「ますます訳がわからなくなったぞ」

「これでもわからないなんて。一体どう言ったらわかってくれるんだ？　僕はどうしたらいい？」

羽島は顔をしかめて頭を抱えた。今度は演技ではなく、本当に悩んでいる様子なのが腹立たしい。

「もう少し具体的なヒントをくれ」

「うーん。これを言ったらもうわかっちゃうと思うけど」

「構わん。全く構わん」

「つまんないなあ」羽島はお気に入りの玩具を取り上げられてしまった子供のような表情を浮かべた。「じゃあ、言うよ。この胸部ＣＴ画像を作る時、画像スライス厚を薄めに設定してるでしょ？　これだと細か過ぎて気付きにくいんだよ」

「細か過ぎるだと？」

「そう」羽島は頷いた。

確かにＣＴのスライス厚は薄めで放射線検査技師に画像作成を依頼した。ＣＴ撮影ではＸ線を使って体の断層画像を作成する。X線で体を「輪切り」にスライスしながら撮影していくのだ。スライスは薄い方が小さな腫瘍を見逃さず、詳細な様子が観察しやすくなる。

「じゃあ、何ミリのスライスで画像を構成すればよかったというんだ」

「十ミリくらいかな？　もっと厚くてもいい」

夏目は思わず失笑した。

「十ミリ？　そんなんじゃ小さな腫瘍は見落とされてしまう。せっかく細かな画像が取得できるのに、わざわざ厚切りにする意味がわからん」

羽島が不敵な笑みを浮かべる。

「じゃあさ、騙《だま》されたと思って十ミリで画像を作り直してもらいなよ。そしたらきっと自分が騙されていたことに気付くから。それでも気付かなければどうしようもないけど」

画像を作り直すためには医局に戻らなければならない。がんセンターでは患者の個人情報保護のため、患者のデータを扱う医療系のネットワークは研究系と別に独立している。羽島の居室からは、医療系ネットワークにアクセスし、技師に画像作成をオーダーすることはできなかった。

今はこれ以上話をしても羽島のにやついた顔を眺める時間が長くなるだけだ。そう判断して、すぐに戻ると言い残して席を立った。

「お早いおかえりを！」羽島の忌々しい声を背に、夏目は部屋をあとにした。

夕方の医局は静寂に包まれていた。ほとんどの医師が診察に出払っているのだ。その静けさに夏目の焦りは一層強くなった。こんなイレギュラーな仕事は一刻も早く片付けてしまわなければ……。

夏目は自分のＰＣから、江村理恵の電子カルテを呼び出し、技師に十ミリ厚の画像をオーダーした。この時間ならそう待たずに画像を作成してくれるだろう。

二ミリのスライス厚で構成された、胸部横断画像を画面に表示した。並べて見比べてみるとやはり片方には複数の腫瘍があり、もう片方にはない。

画像のスライス厚を十ミリに設定することで、羽島はなにかわかると言っていた。しかし奴も十ミリ厚で構成された画像は見ていない。二ミリ厚の画像でなにかに気付いたのだ。一体なにに気付いたというのだろうか。

しばらく考えていると、十ミリ厚のＣＴ画像データが送られてきた。ファイルを開くと再構成された胸部ＣＴ画像が出現した。予想通り、小さな腫瘍のいくつかは画像を粗くしたために消えてしまった。大型の腫瘍も輪郭がぼんやりとしたものになっている。

夏目は溜息をついた。やはりこれでなにかわかるとは思えない。羽島は勘違いをしているのだ。もう一つの、腫瘍が消えた後のＣＴ画像も呼び出してみた。当然のことながら、こちらも新たに腫瘍が出現するようなことはなかった。それまで破線状に映し出されていた肺の血管が、画像が粗くなったせいで一つながりになっただけだった。血管の分岐する様子は観察しやすくなったが、腫瘍などどこにも確認できない。彼女の腫瘍は間違いなく消失したのだ。

念のため、最後に両方の画像を並べてみることにしたが、こんなことをしても意味はないだろう。片方には肺内転移を起こした腫瘍がたくさんあり、もう片方にはない。その結論はどう考えても揺るぎないものだ。

そう考えながらも、夏目はディスプレイ上に二枚の画像を表示した。その瞬間、軽い違和感を覚えた。二枚の画像はなにかが違う。腫瘍の有無ではない。それはわかり切っている。そうではなく、なにかが違う。

二枚の画像を見比べていた夏目は、思わず吹き出してしまった。

よく見れば真相は、一目瞭然だった。


一週間後、夏目は病棟の最上階、十九階にあるレストランで羽島と遅い昼食を摂《と》っていた。この時間は客もまばらで、店内は静かだ。夏目はチキンソテーを、羽島はチーズハンバーグステーキをメインに選んだ。

「僕が直接、警察に行って話をしたかったな」羽島は小さく切ったハンバーグステーキを口に入れながら、不満を口にした。

「俺たちはそんな手続きには不慣れだろうが。そもそも運営部にお伺いも立てずにそんなことができるわけがない」

「警察でデータを示しながら、詐欺事件を明らかにする天才研究者探偵。ドラマみたいで格好いいじゃないか。僕にぴったりだ」口元を拭きながら羽島が答えた。

「天才研究者探偵？　俺たちは、いや少なくとも俺はそんなに暇じゃない。そういうことは事務方に任せておいた方が安心だ。実際、今回のケースは特殊だったが、他人の保険証で受診するという詐欺行為は以前にもあったらしいからな」

「健康保険証も写真付きにすればいいのにね。もっとも今回は顔写真付きでも見破れなかっただろうけど」

「まあ、そうだろうな……」

夏目は苦々しい思いで、一週間前の事件を振り返った。まさか、片方ががんに冒された一卵性双生児を診ていたとは。

「まだ、本当に江村さんに双子の姉妹がいるかどうかはわからないけどね」

「CTのスライスを厚くして肺の血管の分岐パターンがよく見えるように画像を作り直したら、血管の特徴が違っていた。同一人物のものだと思っていた二枚の画像は別人のものだった。一卵性双生児が同一人物を装って受診していたと考えるのが妥当だろうな」

遺伝的には全く同一の一卵性双生児であっても、指紋や血管の分岐パターンには個性が出る。静脈認証や網膜認証などでは、一卵性双生児の判別が可能だ。

「妥当ねぇ。どこかの誰かさんときたら、最初全然気付かず、腫瘍のことばかり気にして頭を抱えていたみたいだけど」

羽島は断りもなく自分のプレートの上に残った付け合わせのニンジンとブロッコリーを、フォークで夏目のプレートに移し、ついでにチキンソテーを一切れ持っていった。料理好きの羽島は、冷凍野菜はおかしな味がすると言って口にしない。

　夏目は羽島の言い方に苛立《いらだ》ちを感じたが、すぐに苛立ちを感じるべき対象は自分であると思い直した。羽島がいなかったら、今も途方に暮れていたに違いない。

「羽島には感謝しているよ。しかし、どうして初めに用意した薄いスライスの、血管パターンが不鮮明な画像だけで二人が別人だとわかったんだ？　俺がかなり間抜けだったのは認めるが、一卵性双生児であるうえに、あの二人の血管の特徴はかなり似通っている方だ」

「そりゃ、事前に宣言した後で健康食品を使って末期がんを治すなんていうことが論理的に不可能だからだよ。不可能だということは、それが起きていないという前提で仮説を立てていかなくちゃならない。夏目みたいにどうやったらがんが治るのかを考えたら、あちらさんの思うツボだったのさ」

　やれやれ。夏目は静かに横に首を振り、羽島から渡されたニンジンを口に入れた。優しい甘みが感じられた。

「しかし、どうしてあいつらはそんな危ない橋を渡ったんだろうな。あんな方法で健康食品の宣伝をするなんて割に合わない気がするんだが」

「どうだろうね。夏目だけだったら、気付かなかったんじゃない？　それに、がんセンターの余命診断書付きのがんが治ったっていうのは、さぞかしよい宣伝になるんだろう。そんなお墨付きがなくても進行がんの患者さんは藁《わら》にもすがる思いで健康食品や怪しい治療法に飛びつくんだから」

夏目は頷いた。「そういうものかもな。でも双子がインチキの片棒を担ごうと思った理由は何なんだろうな？」

「そんなことは僕にはわからないけど、教団からお金でも積まれたんじゃない？　あるいは熱心な信者で、教団の命令に喜んで従ったのかもね」

「いずれにしても末期がんなのに裁判にかけられるのか。詐欺罪って確か重いんだよな？」

「うーん、法律には詳しくないけど、今回の件では詐欺の主犯に問われるのは、恐らく江村さんの保険証を使って診察を受けた、双子の健康な方のはずだよ。江村さんも無罪というわけにはいかないかもしれないけど。宗教団体による命令があって、それに逆らえなかったことがわかったらその分も考慮されるだろうし、起訴されたとしても彼女はそんなに重い罪には問われないんじゃないかな」

「起訴されたとしても？　起訴されないのか？」

羽島は頷いた。「そもそも、うちの運営部や江村さんの健康保険組合の方で今回の件を警察に届け出るかどうかもわからない。詐欺としては被害が大きくないし、健康保険詐欺としては悪質性もそんなに高いとはいえない。健常者に対して不必要なＣＴを一回撮っただけだからね。不必要だったんだから、双子の片割れも何らかの利益を得たとは考えられない。無駄な放射線被曝《ひばく》をしただけだ。詐欺っていうのは人を欺いて何らかの利益を得ることをいうんだ」

「まあ確かに」

「それにまだ医療費は決済されていないだろうから、うちの事務方は、江村さんの双子の片割れにかかった費用を全額自費負担するように請求するんじゃないかな。それで支払われれば多分刑事事件にはしないでしょ。あちらさんも請求されたら大人しく支払うと思うよ」

「そうだといいな」

「悪事とはいえ、末期がんの患者さんが、今回の件で余生を心安らかに過ごせないようなことがないことを祈るよ」そう言って羽島は手を組んだ。

「羽島にしては珍しく論理の一貫性に欠けるな」夏目は笑った。

羽島は意外そうな顔をした。「どこがだい？」

「だって、天才研究者探偵様は、自分で警察に乗り込んで詐欺の存在を明らかにしたかったんだろ？」

羽島は溜息をついて首を振った。「あんなの冗談に決まってるじゃないか」

「そうかそうか」夏目は羽島をからかった。

「臨床はやってないけど、僕だって医者の端くれだ。だからさ……」

そう言って羽島は窓際のテーブルに視線を移した。

窓際のテーブルでは、小学校低学年くらいの女の子が、両親とともに食事を摂っていた。女の子の傍らには点滴パックが吊《つ》るされ、小さな腕にチューブが繋《つな》がれていた。抗がん剤の投与が行われているのだろう。

「僕にだって、自分の良心に反しない範囲であれば、法的な正義の完遂よりも大切にしたいことがあるんだよ」

羽島の言葉を耳にして、夏目の脳裏に過去の記憶がフラッシュバックされた。

俺にも、基礎研究を志して研鑽《けんさん》に励んだ日々があった。

十年前のあの日、突然の軌道修正を迫られるまでは。

2．2006年9月5日（火）　本郷　東都大学医学部

純白のマウスたちが飼育ケージの中で瘤《こぶ》を背負ってせわしなくうごめいていた。ケージは長方形をしたアルミ製で、大きな弁当箱を想わせた。マウスたちの瘤は移植されたヒトのがん細胞が成長してできたものだ。

ヒトのがんを背負ったネズミ入りの弁当箱。

夏目は、そこまで考えたところで首を振った。昨日も三時間程度の仮眠をとっただけの、強行スケジュールで投稿論文の執筆をしていたとはいえ、実験に集中しなければ。

ケージが並べられたステンレス製の作業台の周りでは、マスクと帽子、専用の作業着を着た人々が飼育ケージの蓋《ふた》を開けて次々にマウスを摘み上げ、電子天秤《てんびん》に載せて体重を測定した後で、電子ノギスで瘤の大きさを記録していた。

「このケージの子たちは随分と腫瘍が小さいですね」データを記録していた飼育補助員の女性が

顔を上げた。「薬が効いてるんじゃないですか?」

「そうかもしれません。でも、そういうのを気にしないで測るようにしてくださいよ。思い込みが測定値に影響してしまってはまずい」

　夏目は努めて軽い口調でたしなめた。マスクで口が隠れているため、飼育室内ではお互いの感情が読み取りにくい。

　熟練した飼育補助員との信頼関係の構築は、動物実験成功の絶対条件である。これは大学院の指導教員である腫瘍内科講座教授、西條征士郎《さいじょうせいしろう》先生の教えであり、夏目自身、日頃から実感していることでもあった。ノギスによる測定値は、同じ腫瘍を複数の人間が測定して個人差がないことを定期的に確認しているので、今の注意はどちらかというと形式的なものだ。

「正確に測っていますよ」彼女は頷いた。「でもね、もう何年も実験のお手伝いをしていると上手くいっている実験とそうじゃない実験って、なんとなくわかっちゃうんです」

「そうだといいんですが」夏目は頷いた。

　実際、夏目もこの実験は上手くいっているという感触を摑《つか》んでいた。バイオベンチャーとの共同研究が行われているこの抗がん剤は期待できるかもしれない。

　マスクや作業着は表情によるコミュニケーションを難しくしている上に息苦しいが、人間を実験動物による汚染から守るために身につけられたものではない。それらは人間が持ち込む可能性のある病原体からマウスたちを守るために存在している。

　部屋の両側には八段のビルトイン式のステンレス製ラックが並び、ラックの各段にはアクリル製の扉が付いていた。この部屋だけでも千頭以上のマウスが飼育されているにもかかわらず、ナッツを思わせるマウス特有の臭いはあまり感じられない。

臭いがそれほど強くないのは、飼育室の気圧が高く維持されており、ラックの背面に設けられた排気口から臭気が常に外に押し出されているからだった。空気の流れは臭いを外に逃がすためだけでなく、外界からの病原菌の侵入を防ぐエアバリアとしての重要な機能も担っていた。

厳重な衛生管理が行われている飼育室の住人であるマウスたちには、その外見からはわからない重要な特性がある。生まれつき、重度の免疫不全なのだ。彼らは通常の環境ではすぐに感染症に罹《かか》ってしまうため、病原菌のいない清浄な環境で飼育する必要がある。

この飼育室は、外界からの病原菌の侵入を防ぐために、ＳＰＦと呼ばれる特定病原体フリー規格を満たしている。中に入る前には、作業従事者は着替えや厳重な消毒を行わなければならない。病原体のモニタリング検査も毎週行われていた。

重度免疫不全マウスが研究を行う上で重要なのは、移植実験が行いやすいからだ。哺乳類では自己と非自己を認識する高度な免疫機構が発達していて、通常であれば病原体はもちろん、同じ動物の組織を移植した場合でも、移植組織は異物として速やかに排除される。一方、免疫機構が生まれつき貧弱な重度免疫不全マウスでは、種が異なるヒトの細胞であっても移植が可能だ。ヒトという種が異なる細胞をマウスに移植しているので、このような実験モデルは異種移植片《いしゆいしよくへん》モデルと呼ばれている。

マウスに移植されたヒトがん細胞はマウスの体内で成長して腫瘍を形成し、さらに移植された場所から他の組織へ遠隔転移を起こすこともある。マウスに抗がん剤を投与して腫瘍の大きさや、転移の有無を確認して有効性を調べると同時に、重篤な副作用がないかを調べて、その後の臨床試験に資するデータを得ることができる。

壁の時計に目を移した。飼育室に入る前に、昨日測定した先行実験群のデータを公衆衛生学教室の羽島に渡してきた。今頃は解析が終了し、この抗がん剤にどの程度の効果があるのかが明らかになっているはずだ。

一刻も早く飼育室を出て解析結果を確認したいと思ったが、まだあと一時間ほどは動物作業に付き合う必要がある。

研究生活のほとんどは地味で単純な作業の繰り返しだ。しかし、それでも多くの研究者が寝食を惜しんでその身を捧げるのは、やがて訪れる発見の瞬間が甘美なものであるからに他ならない。夏目にとって今日は、日頃の労苦が報われる日になるはずだった。

飼育室での作業終了後、夏目はＳＰＦ区域から出て更衣室で着替えてから廊下に出た。温度が一年中23℃に保たれ、湿度も厳密にコントロールされているＳＰＦ区域とは異なり、廊下には残暑の熱気が紛れ込んでいた。九月だというのに今日の最高気温は35℃近くになるらしい。

一階でエレベーターを降りると廊下に満ちる残暑の気配は一層強いものになった。

覚悟してから自動ドアの前に立ち、実験動物棟の外に出た。いよいよ息が詰まるような熱気を受け、近くにある石造りの医学部一号館に小走りで逃げ込んだ。ドアが開くなり、ひんやりとした空気が全身を包んだ。

石の廊下にはいつからそこにあるのかわからない『下駄履き禁止』と書かれた木の札がかかっていた。今時、下駄など履いて来る人間がいるとは思えないが、確かにこの静謐《せいひつ》とした廊下を下駄で歩かれたらかなわないだろうなと夏目は思った。

長い廊下を突っ切り、趣を全く異にする近代的な三号館に入り、七階にある腫瘍内科講座の研究室へエレベーターで向かった。

院生室の扉を開けると、それぞれの席でパソコンに向かっていた院生全員がこちらを見た。彼らのにこやかな表情を見て、夏目は全てを悟った。

「どうだった?」

夏目は自分の席に我が物顔で座っている羽島に尋ねた。羽島は基礎講座の公衆衛生学教室の大学院生で、高校時代からの友人でもある。彼は、統計解析を得意としていた。変人として知られ、嫌う人間もいたが、共同研究者としては頼もしい存在だった。

「極めて良好だね。まあ、こんなにマウスを使わなくてもよかったと思うけど、それは仕方ない。もう少しマウスを使っておけば有意差が出たのに、なんて後悔するよりはマシだ」

動物の尊い命を犠牲にした研究であるため、抗がん剤の動物実験では、培養したがん細胞を使った試験管内の実験がまず行われ、さらに少数のネズミを用いた安全性や有効性の検討が行われたうえで、今回のような大規模な動物実験へと移行することになっていた。

「見せてくれ」夏目は羽島の背後からディスプレイを覗《のぞ》き込んだ。細身の羽島は態度こそ大きいが、物理的に邪魔になることはない。

モニターには統計ソフトに表示されたグラフと、統計処理の結果が示されていた。期待通り、新薬を投与したグループでがんが小さくなっている。グラフの横に表示されている統計処理の結果も満足のいくものだった。一見すると違いが大きいように見えても、統計処理の結果、科学的に意味のある違いではないことが判明して落胆することがある。

「素晴らしいじゃないか」夏目は羽島の肩を叩《たた》いた。

「マウスに治療ごっこをすることが、素晴らしいとは思えない」羽島は首を振った。

「茶化すな。いきなり臨床試験をしろとでも？」

「そんなことは言ってないさ」

「また、化学療法より早期発見や予防に力を入れるべきだと言うんだろう？」

「その通り」羽島は頷いた。「夏目はシンクの排水口が詰まって水が溢《あふ》れていたらどうする？まず水道の蛇口を閉めるでしょ？　君たちがやろうとしているのは水が出ている蛇口はそのままにして、溢れた水を拭き取るようなものなんだよ」

羽島は少し馬鹿にしたような笑みを浮かべた。

「如何《いか》にも公衆衛生の人間の言いそうなことだ。そりゃ、人間を集団として捉えればそういう解釈もできるかもしれないが、俺たちが何とかしたいのは今、がんで苦しんでいる一人一人の患者さんなんでね。それに今の羽島の比喩《ひゆ》でいえば、俺たちだって水道の蛇口を閉めようとしているさ。説明もせずに先に統計解析だけ頼んでしまったが、俺たちが試験している新薬はがん幹細胞《かんさいぼう》をターゲットにしているんだ」

そう、俺たちは蛇口を閉めようとしている。夏目は思った。

がんにはがん幹細胞と呼ばれる、特別な細胞がある。がん幹細胞自身はほとんど分裂しないが、次々に増殖するがん細胞の「元」となっている。

古典的な抗がん剤の多くが活発に分裂する細胞に多く取り込まれることで細胞を殺す、毒性の強いものだった。そのため、分裂の盛んな正常組織にも取り込まれて強い副作用をもたらす。さらに悪いことに、がんの元凶ではあるが、自らはあまり分裂しないがん幹細胞に対しては効果が薄かった。まさに蛇口を閉めずに溢れた水を拭き取っているような状態だったのだ。

分子生物学が発達し、生命の仕組みが明らかになり始めると、特定の標的にだけ結合する分子標的薬と呼ばれる薬が次々と登場してきた。このような薬はがん細胞に多く存在するタンパクなどをターゲットにするので、副作用を抑えることが可能になった。がん幹細胞を標的として狙い撃てば、蛇口を閉めることができるはずだ。

今回、バイオベンチャーが新薬候補化合物の動物実験を東都《とうと》大学腫瘍内科に依頼してきたのも、がん幹細胞に対する抗がん剤の効果を調べるための独自の実験手法を、西條先生が開発していたからだ。

「なるほど」羽島は頷いた。先程浮かべていた馬鹿にしたような笑いは消えていた。「夏目も夏目なりに蛇口を閉めようとしているというわけだね」

「まだ閉められるかどうかはわからない。でも閉めたいとは思っているよ」

羽島は神妙な表情でもう一度頷いた。「がん幹細胞を標的にした抗がん剤の効果は未知数だけど、上手くいくことを祈っているよ」

羽島は頭が切れるだけに本質的でないことを嫌う。特に、将来の臨床応用を標榜《ひょうぼう》しながら、実際に患者の役に立つとは到底考えられないような「研究のための研究」に対しては極端に馬鹿にした態度をとることがあり、学会では特に大御所《おおごしょ》といわれるような研究者に対してそのような対決姿勢を露《あら》わにするため、問題になることが多かった。

しかし、羽島は決してひねくれた人間ではなかった。納得させるためにいささか面倒な手続きが必要となることもあるが、一度納得すれば真摯《しんし》に力を発揮してくれる。

「今から先生のところに行って、このデータを見せてこようと思うんだが、付き合ってくれないか？　先生は解析手法の細かいところを気にするからな。俺では答えられない」

「悪いけど他にもいろいろと頼まれごとがあってさ。この後、生化学と感染制御にも行かなきゃならない。なにかわからないことがあったらメールで質問してくれれば、可及的速やかに回答するよ」

「相変わらず忙しいな」

「お陰で共著論文ばかりが増えていくよ。自分で論文を書く時間がもっと欲しい」

「耳が痛い」

「夏目はいいんだよ。長い付き合いだし」

「悪いな。今晩、飯でも奢《おご》るよ。紗希《さき》も一緒なんだが」

冬木《ふゆき》紗希は夏目の婚約者だった。文学部を卒業して、現在は出版社で旅行雑誌を編集している。

「今日は森川《もりかわ》と学食で夕食の約束をしているんだ。四人で一緒に食べよう」

「森川か。ひさしぶりだな。邪魔じゃなければ是非」

森川雄一《ゆういち》も高校時代からの長い付き合いの友人だった。理学部数学科の所属だった森川は修士課程修了後に保険会社に就職していた。就職後しばらくは中学までを過ごした大阪の本社勤務だったが、昨年東京支社に転属になってからは、たまに大学にやってきては羽島や夏目と夕食を共にしている。

「邪魔なもんか。冬木がいた方がむさ苦しくなくていい。じゃあ、六時半に学食で」

そう言って羽島は席を立った。


羽島を見送った後で、夏目は先程のデータの要点をまとめ、資料を作成して印刷した。

廊下に出て、同じフロアにある先生の居室に向かった。部屋のドアは閉まっていたが、上部の明かり窓からは蛍光灯の光が見えた。先生は、接客中であってもドアを開けたままにしている。扉を閉めるのは込み入った話をしている時か、よほど集中が必要な作業を行っている時に限られていた。

　これではノックをするわけにはいかないと思った夏目は、隣の助教部屋を覗きこんだ。そこは二人の助教と先生の秘書の居室になっていた。助教の二人は不在で、秘書の女性が入り口に近いデスクに座っていた。

　先生の居室と助教部屋の間にはドアがあり、廊下に出なくとも行き来が可能だが、普段は開放されているそのドアもやはり閉ざされていた。

「おられますか？」夏目は部屋の入り口に立ち、先生の部屋の方を手で示しながら秘書に尋ねた。

「学部長と事務長がいらっしゃっているのですが……」彼女は僅《わず》かに眉を潜めた。

「どうかしたんですか？」

　隣の部屋から怒鳴り声が聞こえてきた。何と言ったのかはわからなかったが、学部長の声のようだ。先生が怒鳴ったりするのは見たことがないし、事務長の性格はよく知らないが、教員を怒鳴ったりはしないはずだ。

「さっきからあんな感じなんです。もう二十分以上になります」

「何があったんです？」

　彼女は首を振った。「わかりません。学部長が突然事務長と一緒にやってきて、お茶はいらないと仰《おっしゃ》ってドアを閉められたきりなんです」

　先生は『研究と無関係な五分以上の面会お断り』と書いた紙を部屋の前に貼って実践していた。昔と比べれば大分《だいぶ》ましになったとはいえ、医学部内の派閥争いは今でもかなり厄介なものだった。

面会に時間制限を設けることは、ややこしい人間関係から距離を置き、時間を有効に使いたい先生にとって、有効に機能するバリアとなっていた。もちろん、学生との研究の打ち合わせは貼り紙が示している面会には含まれておらず、時間をかけて丁寧に行われる。

怒鳴り声など聞こえずとも、学部長と事務長を交えて先生が研究の話をしているとはとても思えない。夏目が知る限り、面会の五分間ルールが破られたのは初めてだった。

何の話をしているのか気にはなったが、聞き耳を立てるわけにもいかないし、今の学部長の怒鳴り声からすると簡単に話が終わるとは考えにくい。

出直そうと思って秘書に声をかけようとすると、先生の部屋の廊下側のドアが突然荒々しく開いた。

怒りのあまり顔が赤らみ、鬼のような、という表現がぴったりの形相《ぎょうそう》の学部長が飛び出してきた。それに続いて一瞬先生が出てきたように思えたが、先生と背格好はおろか顔つきまでよく似た、事務長であるとすぐに気付いた。以前も遠くから間違えて挨拶をしてしまったことがあるが、逆光のせいで見間違えたのだ。

事務長は見下すような視線を先生の居室の中に送ってから、足早に去っていく学部長を小走りで追いかけていった。二人とも夏目の存在に気付きもしなかったようだ。

ひとまず用事は済んだようだが、今の学部長たちの様子から想像すると、先生も落ち着いて研究の議論ができる状態ではないだろう。やはり出直してきた方がよいな、と夏目は思った。

「あらためます」

秘書にそう告げて廊下に出た夏目は、背後でドアの開く気配を感じた。振り返ると先生がドアを開けて立っていた。

「ああ。夏目くん、データを持ってきてくれたのですか？」

後ろに撫《な》で付けた黒髪と高い額。猛禽類《もうきんるい》を思わせる鋭い光を湛《たた》えながらも、慈愛を兼ね備えた眼が銀縁の眼鏡を通してこちらを見下ろしていた。口許《くちもと》には微《かす》かな笑みを浮かべている。

「はい。しかしお忙しそうなので出直してこようかと」

「いえいえ。丁度面倒事が片付いたところです。お待たせしてしまったようですが、今からやりましょうか」そう言って先生はその長い腕を軽やかに伸ばして自室の入り口を示した。

「では宜《よろ》しくお願いします」夏目は頭を下げた。

先生は、六人掛けの木製のテーブルにつくように夏目を促し、夏目の実験データを綴《と》じたファイルをキャビネットから取り出してきて、長い脚を組んで夏目の隣に座った。先生への報告は横並びで行うのが常だ。

夏目はＡ４判の用紙三枚にプリントアウトした資料を先生の前に並べた。資料は説明せずとも目を通すだけでアウトラインがわかるものを用意するようにトレーニングされている。先生は視線を素早く動かしながらページを捲《めく》り、資料全体に目を通した。次に、資料の最初に視線を戻して精密スキャンをするように内容をチェックしていった。

ふと、部屋の端に設置されている大きなホワイトボードに目がいった。研究に関する議論が白熱してきた時などはアイディアをまとめるために用いられるものだ。先生が一人でホワイトボードに向かっている姿を夏目は何度も目にしていた。

今、ホワイトボードに記されている内容は、先生が一人で書いたものだろう。全てが先生の筆跡で書かれているし、誰か他の人間が目にすることを想定していない悪筆で、特に大部分を占める、筆記体で書かれた英語部分についてはほぼ解読不能だった。

それでもいくつかの単語は読み取れた。特に目を引いたのは新生物、つまり腫瘍のことを示すneoplasmという単語の横に、日本語で――救済！――と書かれている部分だった。どちらも先生の居室のホワイトボードに存在していることに違和感を覚える単語だった。

ネオプラズムという単語は臨床や基礎研究の現場ではあまり用いられない。どちらかというと公衆衛生分野で、死因を分類する際などに用いられる。羽島のいる公衆衛生の研究室ならともかく、腫瘍内科にはあまり馴染《なじ》まない言葉だ。

救済、については腫瘍内科でも全く使わないわけではない。

同じ研究室の同僚は、がんの発生を抑制する機能を持つと考えられる、ある遺伝子の研究をしている。

その遺伝子を遺伝子組み換え技術を使ってノックアウトしたマウスでは、がんの発生率が増えた。そして、その系統のマウスに、再びその遺伝子を導入して働くようにしてやるとがんの発生率は元通りに低くなった。

こういう場合に、遺伝子の再導入によって発がん率に関する形質が救済される、といった風に表現することがある。

遺伝子を潰したり再導入したりと手間のかかる実験ではあるが、遺伝子組み換えは様々な操作を伴う。初めに遺伝子が働かないようにしただけでは、本当にその遺伝子が働かなくなった結果としてがんが増えたのかどうかは厳密にはわからない。遺伝子の機能を回復させた際に、がんの発生率が元通りになることが確認できれば、その遺伝子ががんの抑制に寄与している可能性がずっと高まる。一を引いた後で再び一を足し、ゼロに戻るかどうかを確認するのだ。

しかし研究室では救済という言葉は使わず、同じ意味の英語であるレスキューを使うことが多い。先生が研究の話をする時に、救済などという言葉を使っているのを夏目は聞いたことがなかった。

それに、――救済！――と、感嘆符付きで書かれている点は研究室には不釣り合いとしかいいようがなかった。一体先生は何について考えていたのだろう？

夏目はその周辺に書かれている単語で読み取れそうなものを探した。ＴＬＳという略語が目に入った。その後に筆記体で書かれているのは……、riskだろうか？

「いいじゃないですか」

その声に慌てて向き直ると、満足げな表情を浮かべた先生と目が合った。

「とても綺麗《きれい》な、よい結果です。いささか面白みには欠けますが」

「私もそう思います」夏目は苦笑した。

「この薬剤投与群の方で、早期に衰弱して安楽殺《あんらくさつ》した数例は何だと思いますか？」

「採取した血清を解析に出していますが、腫瘍崩壊症候群《ＴＬＳ》だと思います」

「ですね。私もＴＬＳだと思います」先生は頷いた。

腫瘍崩壊症候群《Tumor Lysis Syndrome》は、腫瘍細胞が大量死する際に起こる緊急症の一つだ。抗がん剤が著しい効果を発揮した際などに、腫瘍内部に蓄積されていた核酸《かくさん》、リン酸、カリウムなどが一気に血中に流れ出して重度の電解質《でんかいしつ》異常や急性腎不全を引き起こすことがある。死に至るケースも多い。

　腫瘍を外科的に直接取り出すのではなく、抗がん剤や放射線治療などによって体内で死滅させる方法が進歩するにつれ、体内でがん細胞が大量に死滅することによるＴＬＳのリスクが大きくなりつつある。元々は主に白血病のような血液腫瘍で問題視されていたが、近年の抗がん剤の進歩で固形がんでの報告も増えていた。

　よく効く抗がん剤の登場による新たな危機。皮肉なものだが治療に当たる側としては皮肉の一言で片づけることのできない、厄介な問題だった。

「血清《けっせい》データが出たらお持ちします」

「腫瘍組織の病理が出たらそれも見せてください。おそらく大量の細胞死が観察できるはずです」

「はい」

「今回のマウスたちは可哀相《かわいそう》でしたが、臨床では可哀相だったでは済みませんからね。腫瘍内科医であれば、ＴＬＳは避けては通れない緊急症です」

「はい。肝に銘じておきます」夏目は頷いた。

「抗がん剤が効きすぎて患者さんが亡くなってしまう。腫瘍内科医としてこんなに悔しいことはありません。後で最近出版された総説を教えますからよく読んでおいてください」

「ありがとうございます」

「今回も統計と数理モデルについては、羽島くんにお願いしたのですか？」

「ええ」

「よい友人を持ちましたね。彼は優秀な研究者になるでしょう」

「少し変わったところがありますけどね」

「そんなことを言ったら、私だって夏目くんだって世間の標準からすれば大分ずれているはずです」先生は笑った。「もっと理解できないような結果が出ると面白かったのですが、あまりに面白い結果が出ると、その分だけ夏目くんの学位取得が遅くなってしまいますからね」

「面白い結果が得られるなら何年かかっても構いません」夏目は軽口を叩いた。それを許すフランクな雰囲気が先生にはあった。

「それが、そうも言っていられないのですよ」

先生は口元に笑みを浮かべたままで、眉間《みけん》に浅く皺《しわ》を寄せた。

「どうしてですか？」夏目は先生が次なる冗談を言うことを予測して、笑顔で尋ねた。

「来年の三月で辞めることにしたんです」

「え？」先生の冗談を待っていた夏目は笑顔を顔面に張り付けたまま言葉を失った。

先生の両眼は優しげな光を湛えたままだったが、口元からはいつの間にか微笑みが消えていた。

先生が退官？　いや国立大学が法人化された今は退職というのか。そんなどうでもよいことを混乱した頭で考えながら、辛うじて一つの質問を紡ぎだした。

「別の大学に異動されるのでしょうか？」

先生は小さく首を振った。

「ではどこかの研究所、ひょっとして海外ですか？」

「いいえ。研究をやめるんです」

先生が研究をやめる？

夏目は医学部卒業後、数年間は病院での初期臨床研修に専念した。その後、博士号取得を志して先生の研究室の扉を叩いた。

先生は最初、夏目の大学院進学に難色を示したが、最終的には夏目の熱意を酌《く》んで折れてくれたようだった。夏目を最後に、先生は博士課程の学生を受け入れていない。

受験前の打診の段階で先生が学生の受け入れを断っていると考えるのが妥当だった。学生の受け入れ停止は他の大学などに異動する前に行われることがあったから、当然、異動に関する噂《うわさ》が立った。しかし先生は何も語らなかったし、訊かれてもはぐらかしていた。

認定医のための研修と並行しての大学院生活は、多忙を極めたが、先生のサポートと励ましがあって何とか乗り切れた。

この三月で四年間の博士課程を終え、晴れて博士号を取得する予定だというのに……。

「そんな……」夏目は絶句した。

「夏目くんの学位は予定通り、必ず今年度で取得できるようにします。今回の動物実験ではよいデータが出ると確信していましたが、これで安心しました。来月にはより詳細なデータが揃って、論文の実験結果部分の執筆を開始できるでしょう。この前預かった論文のイントロもよく書けていました。何の心配もありません」

夏目は、これまでの研究の背景や研究の目的を記述したイントロダクションと呼ばれる論文の導入部分を書き上げて、先生に渡してあった。大きな問題がないというのならよかったが、そう言われて明るい気持ちになれるわけがない。大学教員が異動もせずに辞職するというのはよほどのこと、大掛かりな研究不正や、公費の私的流用といったニュースになるような不祥事か、職務の継続が困難となるような健康上の理由がなければ普通はあり得ない。

さぞ深刻な表情だったのだろう。先生は夏目を気遣うように笑った。

「突然の辞職となるといろいろと想像してしまうと思いますが心配は無用です。研究不正でも、研究費の私的流用でもありませんので。健康状態も特に問題はありません」

「ではどうして辞められるのですか？」夏目は反射的に尋ねてしまった。

「一身上の都合、としか言えませんね」そう言った先生の表情と声音には僅かではあるが迷いのようなものが感じられた。普段は精神的に極めて安定している先生だけに、小さな変調がとても目立った。

夏目は先生をじっと見据えた。言葉が見つからなかったし、どうしてかはわからないがそうすることで先生がなにかを語ってくれる気がした。

約五秒。無言で目を合わせるにはあまりにも長い時間が経過した後で、先生は俯《うつむ》いて笑った。

その瞬間、夏目は強烈な既視感にとらわれた。

「いや、失礼」先生は顔を上げた。「博士号を私のところで取りたいと言ってやって来た時のことを覚えていますか？」

夏目は頷いた。そうだ。あの時と同じだ。

「諸事情で学生は採らないとお答えしたあの時も、同じような顔をして食い下がってきましたね。事情があって今年は学生を取らないと言われれば、普通はなにか事情があるのだと酌んで、どうしてとは訊かないものです」

夏目は既視感の理由を明確に告げられて頬が熱くなるのを感じた。

「夏目くん。私はあなたのあの時の情熱に負けて、最後の教え子としてあなたを選びました。本来であれば私の辞職はもっと早いはずでした。そういった経緯を考慮すれば、あなたに理由を全く告げずに辞める、というのも少々一貫性に欠けるかも知れません」

「はい」

「はい、ってよく言いますよ。まったく」先生は苦々しげな笑いを浮かべながら首を振った。「まあ、いいでしょう。学部長に辞意を伝えて激怒された直後に私の退職を引き延ばした夏目くんがやってくる。運命めいたものを感じずにはいられません」

先生はそこで一呼吸置いてから夏目に訊《たず》ねた。

「夏目くんはどうして医師を志したのでしたっけ？」

「生物に関して究極的な理解に到達することができ、その理解が人の役に立つと聞いたからです」

先生は首を傾げた。「人の役に立てる、というのは多くの医師が口にする言葉ですが、前段についてはあまり聞きませんね。どういうことでしょうか？」

「私が小児白血病《しょうにはっけつびょう》を患った時、私の命を救ってくれた主治医の先生が教えてくれた言葉です。当時は、『普通の形、普通の状態、病気の形、病気の状態、全部を勉強しないと医者にはなれないし、そんな勉強ができるのは医者だけなんだよ』と教えてくれました。子供心にも何だか凄いことを言っているとは思いましたが、医師免許を取得した今なら、その意味がよく理解できます」

「なるほど。それぞれ解剖学、生理学、病理学、臨床医学に対応しているというわけですね」先生は感心した様子で頷いた。

「先生は、やはり人の命を救いたいから医師を志したのだと以前に仰ってましたよね」

「ええ。正確には命を救う手伝いをしたいから、ですが。今もその気持ちに変わりはありません」

「研究をやめて、純粋な臨床家になられるということですか」夏目は語尾を上げずに質問した。

先生は首を振った。

「これから私がなろうとしているものは、医師と呼べるようなものではありません」いつの間にか先生の眼には苦渋という言葉でしか表現できないなにかが浮かんでいた。「私は医師を辞めるのです」

「研究だけではなくて医師も辞められるのですか？」

「ええ」

「ではなにをされるのです？」

たたみかけるような夏目をよそに先生はゆっくり時間をかけて天井を仰ぎ見た。まるでそちらの方向に大切ななにかが存在しているかのように。

一呼吸おいて夏目に視線を戻した時には先程の悲壮感が消え、いつもの清々《すがすが》しい表情に戻っていた。

先生は言った。

「医師にはできず、医師でなければできず、そしてどんな医師にも成し遂げられなかったことをです」


「でもさ。そういう噂はあったじゃない。僕らの学年の後、西條先生は博士課程の学生をとってないし、外部からの研究資金だって研究代表のやつは申請もしてなかったんでしょ？」

羽島はそう言って、芝居がかった様子で二度頷いてみせた。

夏目は羽島と森川、紗希の四人で夕食を終えたところだった。夜の学食は閑散とし、半分以上の空間が消灯されていた。この寂しげな雰囲気は好きになれなかったが、昼の学生数を考慮して設計されているのだから仕方のないことではある。

夏目は首を振った。「先生にはもっとよい条件で研究ができるところからヘッドハンティングの打診があるという噂があった。海外も含めてな。人事の話は決まるまでは口外しないのがルールだ。俺はたとえ海外であっても先生が行くところにはついて行くつもりだったんだ。それが……」まさか、大学を辞職して研究をやめるなんて。

森川が口を挟んだ。「学生だって科研費だって大学を移ったら異動先に連れて行くのが普通やろ。異動の度に何年も学生や研究費をとらへんなんて聞いたことがないわ」

「それはそうかもしれん。しかしだからこそ海外に行くという噂にも信憑性《しんぴょうせい》があると思っていたんだ。先生は優秀な研究者だし、日本の医療や研究が抱える様々な問題についていつも指摘していたからな。それに……」

「それに？」紗希が眉を上げた。

「先生は奥様と娘さんを亡くしていて、今はお独りなんだよ。それもあって日本を離れて海外で新たな研究生活を送りたいんじゃないかと思っていたんだ」

「二人とも亡くなるなんて、事故かなんかでか？」森川が首を傾げた。

「いや。まず十年ほど前に奥様を病気で亡くされている」

先生はまだ医学部生だった時に、東都大学医学部の事務員で、先生と同じクリスチャンだった奥様と恋に落ち、結婚したらしい。医師として、妻を病気で亡くした無念は如何ほどのものだっただろう。

森川が続けて訊ねてきた。「娘さんの方はいつ、どうして亡くなったん？」

「亡くなったのは六年ほど前。理由はわからないが……」

「が？」

夏目は腕を組んだ。「自殺なんじゃないかという噂だ。大学の人間も誰も葬儀に呼ばれなかったらしいからな」

事故や事件ではなかったことは当時報道がなかったことからも明らかだし、病気で亡くなったのであれば誰も葬儀に呼ばれないというのは不自然だ。自殺であれば辻褄《つじつま》が合う。

「自殺の理由はなんなん？」

羽島が冷たい視線を森川に送った。「自殺かどうかもわからないのに理由を訊いても仕方ないと思うけどね」

夏目は頷いた。娘さんの死に関することはそのほとんどが謎に包まれている。簡単に訊けることでもないし、訊いたとしても先生が答えるとは思えない。

「奥さんと娘さんが亡くなったことと、大学の退職は関係あるんかな？」

「森川の質問はまたしてもナンセンスだね。退職の理由がわかっていないんだから、彼が『退職の理由は明かせませんが、家族の死と関係があるんです』とでも言わない限りそんなことがわかるはずもない」

確かに先生の家族の死と退職の関連性については、現状でわかるわけがなかった。

しかし、先生が退職後になにをするのか、その点だけでも夏目は知りたかった。少なくとも考えないわけにはいかなかった。

夏目は一同に問いかけた。「俺は先生が言っていた、医師を辞めた後で『医師にはできず、医師でなければできず、どんな医師にも成し遂げられなかったこと』をするという言葉が気になって仕方がない」

あの不可思議な言葉の後、もちろん夏目はその意味を先生に訊ねた。

しかし、先生は謎めいた微笑みを返すだけで、とにかく博士号取得の心配はいらないし、もし今の分野で研究を続けたいのであればいくらでも職を紹介できると太鼓判を押し、昼食の約束があるからといって先生は部屋を出ていってしまった。諦めるつもりはないが、あの様子ではいつになっても教えてくれる気はないのだろう。

「大体、医者じゃできなくて、医者じゃないとできないことなんていうのは論理的に矛盾してるよね。なぞなぞみたい」紗希が首を傾げた。

「単に矛盾するようなことを先生が言うわけはないんだ」夏目は口元を歪《ゆが》めた。「羽島はどう思う？」

羽島は腕を組んだ。「さっき、夏目からその言葉を聞いた時に真っ先に思い浮かんだのは基礎研究だ」

「どういうことだ？」

「医師の使命というのは一義的には患者を救うことにある。もちろん、基礎研究に没頭してたって間接的に患者救済には役立つよ。でも、患者を直接救済しないことを『医師ではない』と表現して、一方で基礎研究であっても患者から採取した検体の取り扱いは医師でないと難しいから『医師でなければできない』と表現したとすると一応の辻褄が合う」

「でも先生は研究をやめるって言ったんだぜ」

「だね」羽島は頷いた。「それにどんな医師にも成し遂げられなかったこと、というのも基礎研究という解釈では説明できない。医師免許を持っていても基礎研究に没頭して診療をしていない人間はたくさんいる。僕だってそうだ」

「政治家はどうや？」森川が言った。

「うーん」羽島が首を捻《ひね》った。「確かに政治家になったら直接患者を助けることはできないけど、医師ならではの政策提言なんかはできるかもしれない。医師ではできず、医師でなくてはできないという条件に一応当てはまる」

「やっぱ政治家やろ！」

「いや」羽島は首を振った。「政治家だって、どんな医師にも成し遂げられなかったこと、という条件を満たしていない。医師で政治家になった人間もこれまでにいるから」

「だったら総理大臣とか」森川が食い下がった。

夏目は羽島と共に失笑した後で、真顔に戻って言った。

「俺には、先生が研究や医療から離れるとはどうしても思えないんだ」

「なんでそう思うん？」

「先月、ｉＰＳ細胞の発見がニュースになったのは知っているよな？」

三人は頷いた。紗希だけタイミングが少し遅れた。

「あの時、俺はたまたま論文紹介ゼミの当番だったから迷わずにあの論文を紹介したんだ。言うまでもなく世紀の大発見だからな。先生はその時も目を輝かせて活発に議論に参加されていた。これで世の中は大きく変わるだろう、ノーベル賞は間違いないと興奮して言っていたよ」

「確かにノーベル賞は確実だろうね」羽島が同意した。

夏目は羽島に頷き返した。「もちろん、俺がゼミで論文紹介をする前に、先生はあの論文を精読していたはずだ。それでも大発見に対する興奮をスタッフと共有したかったんだろうな。そういう研究者としての喜び、医師としての、教育者としての熱意を俺はあの時も肌で感じることができた。先生はもう何年も前から大学を辞めることを決めていたらしいが、その間、俺も他のスタッフも先生の研究や医療に対する情熱の衰えなど微塵《みじん》も感じなかった。確かに先生は人格者だが、どんな人格者であってもやめると決めた研究に対して、何年にもわたって変わらぬ情熱を維持することができるだろうか？」

「そりゃ、いろんな人がおるよ。定年間際には研究のペースが落ちる先生もおるし、定年退職まで全力で突っ走る先生だっておる」森川が腕を組んだ。

違うんだ。夏目は思った。そもそも先生は定年退職のような通常のプロセスで辞めるんじゃない。

先生が今日のやり取りの中で見せた、苦渋に満ちた表情が脳裏に浮かんだ。好き好んで大学を辞めるのであればあんな顔はしない。先生は医療や研究に対する情熱を失ってはいない。

夏目は先生が言った一言を頭の中で正確に再現した。

――これから私がなるものは医師と呼べるようなものではありません。私は医師を辞めるのでーー

あれはどういう意味なのだろう？　夏目はもう一度考えた。単に医師を辞めるのであれば、医師と呼べるようなものではない、などという言葉を頭につける必要はない。あの表現だと、医師

ではあるけれど、自分では医師であることを認めることはできない、という意味にとれる。そうであれば、医師にはできず、医師でなくてはできず、という部分に関しては一応、矛盾することなく理解することが可能だ。

先生は退職された後も、医師を続けるのではないか。たとえ何らかの理由でご自身では医師であることを認められないとしても。

しかし、どんな医師にも成し遂げられなかったこと、というくだりに関しては、やはりその意味を想像することすらできなかった。あの時の先生の表情からは感情のゆらぎが消え去っていた。その眼には一点の曇りもなかった。先生はいつも澄んだ眼をしていたが、思い返すとあの時の透明感はもう一段階上のものであるように夏目には感じられた。

透き通りすぎている、といってもよいほどに。

3．2016年9月21日（水）　浦安　湾岸医療センター

LED無影灯《むえいとう》の下には青い滅菌布《めっきんふ》が広げられていた。一昔前まで用いられていた、術者が汗をかくような熱を出すハロゲン灯によるものと異なり、LED無影灯は低廃熱な上に状況に合わせた色の調節も可能だ。

今朝の新聞で知ったところによると、LEDの白色は、青色LEDと黄色LEDの光を混ぜ合

わせて作り出されているらしいから、日本人による青色ＬＥＤの発明は外科医にとっても大きな福音をもたらしている、ということになる。湾岸医療《わんがんいりよう》センター病院の呼吸器外科医、宇垣玲奈《うがきれな》は術野を眺めながらそう思った。

滅菌布に開けられた穴から切り開かれた患者の体の一部が辛うじて垣間《かいま》見えた。布の下で眠っているのは柳沢昌志《やなぎさわまさし》という四十代後半の厚生労働官僚だったが、彼の個性を示すものは何一つ目視できない。

今やがんはありふれた病だが、早期発見さえできればそれほど恐ろしい病気ではない。この患者のように画像診断で初期がんが発見されるケースは年々増えてきている。

湾岸医療センターではがんの早期発見を目指した独自のプログラムを開発し、大きな成果を上げていた。費用は高額だが、政財界の人間や官僚、芸能人、さらには裏社会の人間まで、様々な人々が湾岸医療センターの「がんドック」を受診していた。柳沢もがんドックに含まれているＣＴ検査で肺がんが発見された一人だった。

現代の日本では二人に一人が生涯で一度はがんに罹患《りかん》する。日本人男性の十人に一人が生涯で一度は肺がんになるが、五十前という柳沢の年齢で肺がんが見つかるケースは多くはない。センターの検査精度が高いために、本来であればもっと後で大きくなってから見つかるはずだったがんがより若い年齢で見つかったという要素はあるだろう。しかし、まだ現役期間の長い厚生労働官僚のがんを早期発見できたのはやはり幸運だった。湾岸医療センターの最重要ミッションの一つは、富裕層や官僚といった社会的影響力の大きな人々に「医療サービス」を提供することにある。

「ゲフの結果が出た」

スピーカーから病理部にいる熟練の病理医の声が響いた。

手術台の脇に設置された大型液晶モニターの画面が切り替わり、柳沢の肺から採取した腫瘍の顕微鏡画像が拡大表示された。摘出された腫瘍の悪性度を短時間で調べる術中迅速《ゲフリール》診断の結果、得られた画像だった。

病理医はスピーカー越しに病理学的所見を述べ始めた。しかし、説明を最後まで聞かずとも画像を見れば一目瞭然だった。これは悪性の肺腺《はいせん》がんだ。

宇垣は説明の後でモニターに向かって訊ねた。「野口《のぐち》らの分類によるD型の肺腺がんということで宜しいですか？」

短い沈黙の後で病理医の声が厳《おごそ》かに響いた。「増殖は充実破壊性で低分化型だ。D型ということでよいだろう」

よし。

「ありがとうございました」モニターに向かって礼を言い、手術スタッフに宣言する。「胸腔鏡補助下右肺上葉《うはいじょうよう》切除術およびリンパ節郭清《せつかくせい》術に移行します」

術前に取得されたCT画像によると肺にみられた陰影は一センチ径で境界不明瞭であり、その特徴から肺腫瘍であると考えられた。良性の肺腫瘍は稀なので悪性である可能性が高かったが、実際に病理医による確定診断が出るまでは安心できなかった。

これは福音だ。上葉の肺静脈の切断に必要な処置を行いながら思った。この男の人生はこの肺がんによって変わる。

今回のケースでは転移の可能性はほぼないだろう。そして、他の箇所に転移がないことを心から祈った。外科医が手術の成功を望むのは当然のことだ。しかし、今の私のように転移がないことを心の底から祈る外科医はどれほどいるのだろう?

祈るだけでは不安なので、術後に抗がん剤による補助化学療法を実施することで柳沢の同意を得ていた。補助化学療法は、存在している可能性のある微小な転移巣《てんいそう》を抗がん剤で叩くために行われるが、通常二センチ以下の転移のみられない肺がんであれば、術後補助化学療法は行われない。これまでの臨床試験で、ごく初期のがんであれば有効性が確認できないことがわかっているからだ。

ただし、統計学的には有効性が確認できないものの、生存率は術後補助化学療法を行ったグループで僅かに高いという結果が得られていた。患者の転移を是が非でも防がねばならない私には、たとえおまじない程度の意味しかなくても術後補助化学療法を採用する価値がある。

転移を防ぐために採用したのは補助化学療法だけではなかった。

手術時にがん細胞が血中に流出し、転移を引き起こしているという仮説がある。術中散布と呼ばれる、未だその実在が明確になっていない現象を防ぐために、腫瘍近傍からの流出静脈を結紮《けっさつ》する処置が行われていた。こうすることで術中散布によって流れ出たがん細胞が全身へ転移する危険を減らすことができるはずだった。

無意味だと評されれば科学的証拠に基づいた反論が難しいほど、私たちの行っている治療は慎重だ。それでも補助化学療法と流出静脈結紮を宇垣が採用したのは、可能な限り転移を許さないという強い決意の表れだった。

自動縫合器《じどうほうごうき》と呼ばれる切断とホチキスによる縫合を同時に行う器具を用いて、肺静脈、肺動脈、気管支の切断と縫合を行ってから右上葉を切除した。やがて十センチほどの開胸部から、切除された右上葉が把持鉗子《はじかんし》によって引きずり出された。肺は左右一対から成るが、さらに左右の肺は葉と呼ばれる部位から構成されている。今は右側の肺を構成する上、中、下葉のうちがんの発生した上葉を直視下で摘出したのだった。

この程度の初期がんなら完全胸腔鏡下手術と呼ばれる内視鏡のみに頼ったさらに侵襲《しんしゅう》性の低い手術を採用する医師も多いだろうし、上葉全体の切除ではなく区域切除と呼ばれるより狭い範囲の切除を行うという選択肢もある。

今回の手術でも胸腔鏡は補助的に用いられていたが、あくまでも補助であり、重要な操作は直視下で行われていた。侵襲性の低さばかりを気にして、肝心の根治《こんち》性が疎《おろそ》かになってはならない。術後に残る傷は完全胸腔鏡下手術の方が小さくて済む。しかし、今行っている小開胸手術も、一昔前の肺が収まっている胸腔を大きく開き、何十センチもの傷跡が残る手術と比べれば極めて侵襲性の低い手術であるといえたし、安全性、確実性に関しては、少なくとも今回のケースでは小開胸手術の方が高いと宇垣は判断していた。

続いて系統的縦隔《じゅうかく》リンパ節郭清術を実施し、周囲のリンパ節の郭清を行った。がんは血管の他に発生部位からリンパ液の流れに沿って進行する性質がある。リンパ節郭清を行うことでがん細胞が転移している可能性のあるリンパ節を予防的に切除し、腫瘍の取り残しによる再発を防ぐことが期待できる。

　胸腔内洗浄等の必要な処置を終え、術後に胸腔に溜まる余分な空気や血液を排出するための二本の管を肺の上方と後方に設置し、柳沢の開創部を閉じた。経過が良好なら管は五日ほどで抜去《ばっきょ》できる。

　他の臓器やリンパ節に転移を起こしていませんように、ともう一度なにかに祈った。転移が発見された場合、これまでの努力が水の泡になってしまう。

　必要な処置を全て終えた宇垣は、柳沢の意識が回復したのを確認し、朦朧《もうろう》としている柳沢に手術が無事終了したことを伝え、スタッフに事後の指示を出して手術室を後にした。

　術衣を脱ぎ、診察用の白衣に着替えた宇垣は、ロッカーの扉に据え付けられた鏡を見た。

　食事にも気を遣い、定期的にジムに通って運動もしている。先日、化粧品店で受けた肌年齢チェックで実年齢よりずっと若い状態をキープできていると褒められた。

　しかし、鏡に映る顔には疲労が色濃く感じられた。難しいものではなかったとはいえ、手術には細心の注意を払ったから、ある程度の疲労は当然だった。しかし、顔に張り付いたようなこの疲れはもっと慢性的なものだと感じた。

　自分たちが行っていることには誇りを持っている。自分たちは正しいことをしている。でも、それは明確な犯罪行為でもある。

私が犯罪者として裁かれる時、家族がいれば彼らは深く傷つくことになる。その時、子供を授かっていたのなら、その子は犯罪者の子として一生十字架を背負って生きていかなければならなくなるだろう。幸か不幸か、すでに自分には身内と呼べるような人間はいない。今のまま、独りなのであれば家族を憂う必要はない。

一生バレなければ？

それなら何の問題もない。しかし、そんなことが本当に可能だろうか。

計画は慎重に進められているし、計画を知っている者は厳選されているから、内部告発から明るみになることもまず考えられない。

何が起きているのか外部の人間は知ることすらできないのだから、疑いを持つことは不可能だ。それに、万が一なにかの手違いがあって露見の危機が訪れても、自分たちにはこれまで築き上げてきた強力なネットワークがある。

それでも、世の中に絶対ということはない。ましてや自分たちが扱っているのは人間という生物なのだ。生物には多くの不確定性が存在する。故に医療に絶対はないのだ。そうであるならば、自分たちのしていることが絶対に露見しないと考えるのはあまりに楽観的だろう。

いますぐ、この病院を辞めたら？

あり得ない。自分には『先生』を裏切ることなどできない。

それに、たとえ自分であっても先生は裏切り者を絶対に許さないだろう。

裏切られた怒りなどではなく、単に計画を遂行していく上でのリスク要因として裏切り者は排除される。私が裏切る可能性も先生は考慮しているだろう。先生が自分を消すことを決意した段階で、自分の人生は事実上終わる。

深く暗い思考の底から浮かび上がってきた宇垣は、鏡に映る自分の能面に驚いた。

微笑みを浮かべようとしたが、顔が左右非対称に、奇妙に震えただけだった。慌ててロッカーを閉めると、自分でも驚くような大きな音がロッカールームに響き渡った。

手術室側ドアの霞ガラスの向こうに人影が見えた。処置を終えた看護師たちだろう。大きな音を聞いて、ドアを開けるのを躊躇《ためら》っている気配が感じ取れた。廊下側のドアに駆け寄り、逃げるようにしてロッカールームを後にした。


カードをかざして病棟の三階から研究所に入り、立ち止まって深呼吸をした。

やはり研究所は落ち着く。白いリノリウムの廊下を歩きながらそう思った。

湾岸医療センターには研究所が併設されている。併設といっても病棟から直接増築されており、階数も病棟と同じ五階建てで外壁も統一されているため、外部からは病棟の一部にしか見えない。しかし、内部は空調や上下水道の配管に至るまで完全に独立しており、病棟からであっても研究所に入るためには専用にライセンスされたＩＣカードが必要だった。

先程まで感じていた不安が嘘《うそ》のようだった。そのような自分の変化そのものに少し戸惑いを感じながら、宇垣は自分に言い聞かせた。少々の不安を感じるのは仕方がない。自分たちのやっていることの大きさを考えれば、何の不安も感じずにいる方が不自然だ。

少し前に、先生は宇垣の不安を見透かしたかのようにある研究を紹介してくれた。

「こんな心理研究があるのです」理事長室のソファーに向き合って座った先生はこちらを澄んだ瞳で真っ直ぐ見据えながら言った。その透明さは、先生の目に自分の姿は映っていないのかも知れない、と感じさせるほどだった。「被験者たちは二つのグループに分けられてスピーチを行います。それぞれの参加者は自分がどちらのグループに分けられたのかを知らされませんし、実験がどんなものなのかも知りません。スピーチの最中、Aグループに振り分けられた人々には聴衆から肯定的な反応、頷きや拍手などが送られます。もう一つのBグループに属する人々に対しては、聴衆は首を横に振ったり、しかめ面をしたりします」

宇垣は頷いた。

先生は続けた。「スピーチ終了後、切り絵を用いた独創性に関するテストが行われます。このテストは一般に用いられる評価方法の定まったものです。独創性に関するスコアが高かったのはどちらのグループだと思いますか」

答えはすぐに出た。複雑な論理的思考は必要ですらなかった。自分は先生を深く信頼する心さえ持てばよい。先生の計画はいくつものエビデンスに基づいて組み立てられた緻密《ちみつ》なものだ。グループAのスコアが高いのであれば、我々の計画は人々をよい方向に導けないではないか。答えは決まっていた。

「B、ですね?」

先生は満足げに頷いた。「憂鬱な気持ちは人々の独創性を増加させるのです。アリストテレスはすでに紀元前四世紀にソクラテスやプラトンを含む偉人たちに憂鬱《ゆううつ》質的な気質があることを指摘しています。またゴッホや太宰治《だざいおさむ》のように自ら命を絶った天才の例はいくらでも挙げることができます。ミケランジェロ、ダーウィン、バルザック、トルストイ、ヘミングウェイ、宮沢賢治《みやざわけんじ》。チャイコフスキーやシューマンもそうです。彼らは皆、鬱病的な傾向をもっていました。政治家ではリンカーンやチャーチルといった歴史に名を残す政治家が憂鬱質的であったことが記録されています。苦悩し、不安を感じていた人々が偉業を成し遂げられたのがどうしてなのか、わかりますか?」

少し考えてみたが今度は答えが出なかった。感覚的には理解できるが、言葉にならないのだ。首を振って「いいえ」と答えた。

「答えはそんなに複雑なものではないのです」先生は微笑んだ。「実は、というか感覚的にはよく理解できることだと思うのですが、情緒と認知には深い関係があるのです。悲しみや不安は我々をより注意深くし、細かなことに関心を持たせやすくします」

その言葉に啓示の雷を受けた。先生との会話はいつもこのような驚きの連続だった。悲しみや不安は我々をより注意深くする。何と素晴らしく、安らぎに満ちた言葉なのだろう。

「くよくよして細かいことを気にするな、という言葉はよく耳にします」

先生は頷いた。「その文脈では細かいこと、というのは考えなくてもよいことという意味で使われていますね。明るく、楽しく生きることが人生の至上命題であるかのように喧伝《けんでん》されている今の社会では、人々は繊細な思考を放棄し、愚かになっています。嘆かわしいことです」

宇垣は力強く頷いた。

先生は言った。「幸福だけを至上とする社会では苦悩や不安は一種の病として扱われます。今の社会では大病を患った人や鬱病になった人は不幸にして社会のレールから外れてしまった人であると見做《みな》されています。昔は違いました。苦悩や不安、死と滅びは日本文化に宿命として取り込まれていたのです。我々の国土は度重なる地震とそれに伴う津波、火山の噴火、洪水などの様々な災害に襲われてきました。滅びは私たちの国土に内包され、日本人はそれを一種の美意識とともに受け入れてきた。その中で日本人独特の情緒が形成されていったのです」

「はい」

「阪神淡路《はんしんあわじ》大震災でも多くの人々が大変な危機に直面しました。その時の被災者たちの多くが東日本大震災の折には被災地に入り、被災者の気持ちを理解して痛みを分かち合う最良の助っ人として人々を支えたのです。熊本の地震でも、東日本大震災の被災者たちが被災地支援に力を尽くしました」

「しかし天災は人為的に引き起こすことはできません。それに、もしそれが可能なら天災ではなく人災のカテゴリーに入ってしまいます」

先生は頷いた。「そうですね。それに罪のない、多くの人々の命が失われます。そういった意味でもやはり天災は神の御業《みわざ》なのです」

「では、天災によるものではない死、例えば病についてはどうでしょうか？」

先生は悪戯っぽい微笑みを浮かべた。「病は天災と違って、より個人的なものです。しかし、運命によって決定されるという点ではやはり神の御業という他はないでしょう。ただ、コントロールのために現在の科学レベルでは非現実的なエネルギーを要する天災とは違い、病気はコントロールすることが可能です」

「ええ。それこそが医師の仕事です」

「がんドックの受診希望者は、受診経験者の口コミのお陰で増える一方です。宇垣先生に初期がんの手術をお願いすることも、これからどんどん増えていくでしょう」

「我々のがんドックは他の病院より小さながんを見つけることができます。それに万が一、転移が見つかった場合でも私たち独自の治療でがんの進行を食い止められます。優れた治療成績を示し続けているのですからよい評判が広がるのは当然のことです」

「少々費用はかかりますが」先生は楽しげに笑った。

「それは仕方のないことです」宇垣はそう断じた。「私たちが行っているのは完全なオーダーメイド医療なんですから」

オーダーメイド。研究所の廊下を歩きながら宇垣は考えた。そう、私たちが行っているのは完全なオーダーメイド医療だ。それ故に高い治療成績が約束されていて、普通なら絶対に助からないような末期がんの病勢ですらコントロールすることができる。

足を止めて、左手に広がるガラス張りの研究室内部を見渡した。室内にはクリーンベンチと呼ばれる、気流によって外部からの雑菌の侵入が防がれているガラス張りの作業台が並んでいた。作業者は大きなガラス箱の手前側の隙間から消毒した腕だけを内部に入れて作業を行う。クリーンベンチの内部で行われる作業は多岐にわたるが、この研究室では主に患者から採取されたがん細胞の培養が行われていた。

一般の病院であれば、細胞の性質の見極めは病理検査と呼ばれる固定された細胞の顕微鏡による観察と、がんに関連するいくつかの代表的な遺伝子を調べることで治療方針が決定される。ここでもそのような標準的な検査はもちろん行われているが、それに加えて患者から採取したがん細胞を培養して、その性質を調べている。

クリーンベンチで作業を行う作業者は全て女性で、専門的な教育を受けていない人が大半だった。行う作業そのものはこれまでの生物学の歴史の積み重ねの上に成り立っているものであり、作業内容を理解するためには高度な専門的知識が必要だ。しかし、作業というのはその内容を理解しなくても行うことができる。テレビが映る仕組みを知らなくても、簡単な操作でその視聴が可能なように。

がん細胞の培養に必要とされるのは、専門的知識よりも集中力や生真面目さだ。黙々と作業を続ける彼女たちの背中を眺めながら宇垣は思った。むしろ専門的知識は自分たちが行っていることの秘密を守る上で有害だ。一般の病院であればこの部屋の中で行われている作業は、検査室で臨床検査技師が行うべき性質のものだったが、作業者の専門性を求めていない自分たちは、研究業務補助員として彼女たちを雇い入れていた。多くの女性は男性よりもこういった業務に向いているというのがこれまでの経験で到達した結論だった。これらの検査業務は法律上、業務独占されていないので無資格者が従事することに問題はない。

長期間勤務している彼女たちは、作業内容に興味を持ってあれこれ質問をぶつけてくるようなやる気のある新人が、ことごとく試用期間中にクビになることを疑問に感じてはいるだろう。しかし、一日の勤務時間が短い割に給与が高い今の仕事を続けるためには、多少の疑問は口に出さずに飲み込むだけの知恵と分別が必要だ。

今日も着実に作業が行われていることに満足し、突き当たりにあるエレベーターに乗って、最上階である五階に上がった。

エレベーターホールに設置された扉の施錠をＩＣカードをかざして解除した。五階には五つの部屋があり、自分を含む研究所の管理職の居室となっていたが、それぞれの管理職の部屋には扉すらなかった。五階に入れるのは管理職のみで、部下との面会は管理職が必要な場所に赴いて行うことになっている。

自分の居室に入って席につき、パソコンのメールソフトを立ち上げて先生に送るメールを作成した。

件名　Ｒｅ：柳沢昌志さんの件

本文　お世話になっております。柳沢昌志さんの手術が無事終了致しましたのでご報告申し上げます。小開胸にて右肺上葉の切除を行いました。腫瘍は研究所にて処理中です。今後、術後補助化学療法に移行致します。

内容に過不足のないことを確認して、メールを送信した。

続いてノルンと名付けられたデータベースを立ち上げた。北欧系を想起させるブロンド女性の横顔のイラストが画面に表示された後で、メイン画面が開いた。ノルンは電子カルテなどを管理する病院のシステムとは完全に独立したシステムだった。

ノルンの操作画面は医療用情報システムというよりは、ビジネス用のスケジュール管理アプリケーションに近かった。見た目だけではなく、実際の機能も特殊なスケジュール管理アプリそのものだ。

柳沢のデータを呼び出し、今日の手術に関する情報を現在までの診療、治療経歴に加える形で入力した。柳沢の情報は「厚生労働省タスクグループ」に登録されているものとしては最も新しいもので、ステータス欄にはNot yet recruiting. と表示されている。今日の手術は完璧だったので、タスクグループに登録されている他の「資産」と同様に計画遂行のために尽力してくれる日はそう遠くないうちに訪れるだろう。

柳沢のプロフィールを開いて内容を確認した。柳沢昌志、四十七歳。東都大学卒業後、厚生労働省に入省。入省後は医薬品の承認審査業務に携わり、現在は独立行政法人総合医薬品医療機器機構に出向中。家族構成は本人の他に専業主婦の妻一人、大学生と高校生の娘二人。三鷹《みたか》の分譲マンションに家族全員で暮らしている。

プロフィールには数枚の写真が添付されていた。講演会のプロフィール用に撮影されたものをウェブ上からダウンロードしてきたそれらの写真には、精力的で自信に満ちたスーツ姿の柳沢が写っていた。

がんドックの画像診断でがんの疑いありと診断されて診察室を訪れた柳沢は、憔悴《しょうすい》しきった哀れな中年男に過ぎなかったが、これまでの実績をみても、柳沢が優秀な厚生労働官僚であることに疑いはなかった。

いわゆる官僚の多くは能力が高いだけではなく、極めて精力的に働いている。ただ、不幸なことに硬直化した官僚制度の中で、彼らの能力と労力は国民の利益に直結しない官僚組織の維持、拡大のためにかなりの部分が使われていた。それは個々の官僚の人格や人間性の問題ではなく、長年にわたって築き上げられてきたシステムに起因する問題だった。

政治が官僚機構に有効に対抗し得ないことはこれまでの歴史が証明している。厳しい採用試験を通過したエリート集団である官僚に、衆愚的に選出された政治家が対抗できるわけがないのだ。そういう意味では民意を実現する手段としての政治というものは、形式的な幻想に過ぎない。その構図を変えることは容易ではないだろう。

柳沢には厚生労働省と日本の薬事行政が抱える様々な問題を解決するために尽力してもらおう。

登録データによれば彼は新薬の承認過程の効率化等ですでに十分な実績を上げているが、まだまだ努力の余地はあるはずだ。

あなたはもっと頑張れる。そう、死ぬ気になって努力すればできないことなんてないんだから。

宇垣はディスプレイに表示された柳沢の写真に向かって微笑んでから、北欧神話に登場する運命の女神の名を冠したデータベースに今後のプランを入力していった。

もう少ししたら病棟の柳沢の様子を見に行こう。彼は特別な患者だ。どんな小さな変調も見逃してはならない。

その時、メールの着信音が鳴った。タイトルを確認して、技術員からのメールを開いた。待ち侘《わ》びていたメールだった。

タイトル：ＤＮＡ鑑定解析結果
本文：宇垣先生。

お世話になっております。

ご依頼頂いたＤＮＡ鑑定解析結果が出ましたので添付いたします。

今回ご依頼頂いたサンプルに関しましても、同一人物のものとは確認されませんでした。

以上、宜しくお願い申し上げます。


大きく溜息をつく。またハズレか。

添付されたファイルをダブルクリックして開き、データを確認する。

データは平地に鋭い棘《とげ》のような山型のシグナルが林立する形で記載されていた。

先生は娘の命を奪った犯人を探していた。

今回解析したサンプルは連続婦女暴行事件で逮捕されて服役し、最近出所してきた男の毛根を、先生が手懐《てなず》けている反社会的勢力に依頼して、少々荒っぽい方法で採取してきたものだった。採取には自分も立ち会った。

宇垣は先生の依頼で、亡くなった先生の娘の体内に残存していたＤＮＡの主を探していた。

今回の男は最有力の容疑者だった。逮捕後に男が自供した被害者の中に先生の娘は含まれていなかったが、全てを自供しているとは限らない。

男の出所を辛抱して待っていたのに。唇を強く噛《か》んだ。結局のところ、その男は先生の娘の命を奪った犯人ではなかった。

犯人は先生の娘の命を直接奪ったわけではない。また命を奪うことを意図したわけでもない。恐らく彼女の死を犯人に伝えても、そんなことになるなんて想像すらしなかった、とでも言って驚くだけだろう。

右手を頬に当てた。手はひんやりとしていて、少し火照《ほて》った頬には心地よかった。

結果を伝えたら先生はどう思うだろう？

落胆するだろうか。それとも先生はすでに織り込み済みだろうか。

いずれにしても先生はどんな結果であれ、一刻も早く知りたいはずだ。

壁掛け時計を見た。十二時十八分。先生は在室だろうか。

受話器を上げ、理事長室に電話をした。

いつも通り、正確に三コールで先生は電話に出た。


ノックへの返答を確認した宇垣が理事長室の扉を開けると、大きく取られた窓の向こうに広がる東京湾に反射した巨大な光の渦を背に、先生が影となって立っていた。

宇垣が目を細めると、先生はゆっくりとした動きで応接セットのソファーへの着席を促した。

「伺いましょう」先生はそう言って正面のソファーに腰を下ろした。表情は穏やかで、口元にはいつもと変わらない微笑みを浮かべていた。

「結論から申し上げますと、片山良二《かたやまりょうじ》は恵理香《えりか》さんの命を奪った犯人ではありませんでした。こちらが解析結果です」宇垣は封筒から資料を取り出してテーブルに差し出した。

先生は小さく頷いて資料を手に取り、素早く目を動かした後でゆっくりと頷いた。「データの内容は理解しました。ＤＮＡは間違いなく片山のものなのですよね？」

「間違いありません。採取には私も立ち会いました」

「そうらしいですね」

「お聞き及びでしたか。以前も申し上げたように、私はああいった人たちのことを信用していませんので」

「主治医は患者のことを信じなければなりませんよ」そう言って先生は苦笑した。「相互の信頼はよい医療の必須条件です」

「それはそうですが」

「信じられないからといって、宇垣先生が立ち会うのはリスクがやはり大きすぎます。事前に知っていれば止めていました」先生はそう言って困ったように小刻みに首を振った。「だからこそ私に黙っていたんでしょうが」

「申し訳ありませんでした」宇垣は頭を下げた。

「済んだことは仕方がありません。片山がろくでもない人間であることに変わりはありませんが、少なくとも恵理香の仇《かたき》ではないことは確実なようですね」

「残念ですが」

先生はもう一度、今度はゆっくりと大きく首を振った。「いや。残念ということはないのですよ。地道な作業ですが、可能性を一つ一つ潰していくしかないのですから」

「はい」

「事件から時間が経《た》ってしまい、状況的に厳しいですが、最近は警察の有力者にも友人が増えてきました。我々の独自調査と合わせて、その辺の伝手《つて》を辿《たど》れば、いつかは犯人に辿り着くことができるのではないかと考えています。私事に宇垣先生を巻き込んで申し訳ないと思っていますが、同時に深く感謝もしています。誰にでもお願いできることではありませんので」

宇垣は頭を下げた。

「そう言えばよいニュースがあるんです」先生はそう言って立ち上がり、執務机の上の角型封筒から書類を取り出してきて、欲していた玩具を子供に手渡す父親のような表情でそれを座っている宇垣に差し出した。

宇垣は書類に目を通した。すぐに内容を理解し、目を見開いて先生を仰ぎ見た。

「一番の収穫は日本がんセンターでしょう」

「はい」

「宇垣先生が昨年がん治療を行った厚生労働官僚がよい働きをしたのでしょう。首尾よく職員の定期健康診断を受注することができました」

「楽しみです」

「以前にもお話ししたように、がんセンターには私の教え子がいます」

「夏目先生ですね？」夏目のいるがんセンターの腫瘍内科には、先生の指示ですでに複数の患者を宇垣が送り込んでいた。

「ええ。前にも言いましたが、彼は少し変わっているんです。信頼できる腫瘍内科医ですが、少々頑固で、融通の利かないところがあります。あまり細かいことを気にするタイプではないので、計画の支障になることはないと思うのですが」

「がんセンターの医師は多忙です。治療と直接関係のない、細かなことは気にしないでしょうし、保険会社経由で問い合わせがあったとしても偶然だと考えるでしょう。また、偶然ではないと考えたところで、何が起きているのかは理解できるはずがありません」

先生は口元に微笑みを浮かべた。「救済計画も技術的にはいよいよ完成に近づいてきました。これまでは受動的に計画を遂行していたわけですが……」先生は光る海に視線を移して目を細めた。「これからはより能動的に計画を進めることができます。我々はこの国を、そして世界を救済するのです。残された時間は多くはありません。しかし、限られた時間の中でできる限りのことをしようではありませんか」

4．同日　湾岸医療センター

酸素チューブを鼻から入れているのに、随分と息苦しく感じられた。術前の説明では確か手術によって肺活量の十五パーセントが失われるという話だったはずだ。

十五パーセント。たったそれだけの減少でこんなにも息苦しくなるものだろうか。柳沢昌志は上半身を少し起こしたベッドの上で、疑問を感じた。

あの宇垣という女医、腕がよいということだったが、手術でなにか大きな失敗でもしたのではないか。あるいは、想定していたよりがんが広がっていて、当初の予定より大きく肺を切ったのではないか。

痰《たん》も随分絡む。咳をして痰を切ろうとすると、手術で切った右胸に痛みが走って上手く咳ができない。息苦しさも痰が切れないのも苦しくはあったが、我慢できないほどではない。柳沢は自分に言い聞かせた。

術前に同室だった男は、術後に頻繁に看護師を呼び出しては、痛い痛いと文句ばかり言っていた。ああいうのは情けない。見舞いに訪れる人々との会話を聞いていると、どこか大きな会社の社長のようで、個室に空きがないことに関する不満も同室の人間に気を配ることなく喚《わめ》き散らしていた。

本人は病院にだけ文句を言っているつもりだったのだろうが、同室の人間からすれば、自分たちが邪魔だと言われているようにしか聞こえない。あんな奴に備えて個室は空けておくべきだ。つまらないことを思い出して苛立った柳沢は首を振った。術後なのだから、いろいろと不調があるのは当然だ。宇垣医師が来たら一応相談してみようとは思うが、それまではあまり気にしないようにしよう。

三階にある病室の窓からは、浦安《うらやす》の海が見えた。こんな風に海をのんびりと眺めたのはいつ以来だろうか。厚生労働官僚として慌ただしい日々を送ってきた自分には、丁度よい休息なのかもしれない。柳沢はこれまでの経緯を振り返りながらそう思った。

湾岸医療センターのがんドックを勧めてきたのは、厚生労働省に同期で入省した山口《やまぐち》という同僚だった。柳沢も山口もいわゆるがん家系に生まれ、複数の親族をがんで亡くしていた。彼から話を聞くまでは、三鷹にある自宅から離れた、三百床程度の総合病院である湾岸医療センターのことなど知らなかった。

山口も人伝《ひとづて》でこの病院のがんドックを知って受診した結果、直腸内視鏡でごく初期の直腸がんが発見され、そのまま内視鏡による簡単な手術でがんは切除された。その後、転移は現在に至るまで見つかっていないという話だった。

以前の山口は必ずしも精力的に働く男ではなかったが、退院後しばらくしてから人が変わったように業務に邁進《まいしん》し始めた。仕事の量だけではない。質に関しても以前とは見違えるようで、優れた提案を次々と行っていた。ごく初期とはいえ大腸がんが見つかり、しばらくは転移の恐怖に怯《おび》えたことで人生を見つめ直したのだろう、というのが周囲の見解だった。

柳沢は数年前に父親を肺がんで亡くしてから、がんへの不安がそれまでになく大きくなっていた。

父の死を通じて知ったのは、医療の進歩で末期がんの痛みについてはかなりコントロールできるが、息苦しさについては今でもほとんど打つ手がないという厳然たる事実だった。父は随分と苦しんだ後、最後は息苦しさのために横になることもできず、座ったまま息を引き取った。

胸部単純X線撮影のような通常の健康診断で行われる検査では初期の小さながんは見逃されがちであることを知っていた柳沢は、山口の強い勧めもあって湾岸医療センターのがんドックを受診することにした。

正規の料金は高額だったが、山口の話では一定の条件を満たした場合には大幅に割り引かれるとのことだった。柳沢の場合は、がん家系であるという理由で割引が適用された。

他にも喫煙者や肥満など、がんリスクが高いとされる人々が割引の対象となっていた。一方で、がん家系割引が適用された山口が、高校教員の兄を紹介しても割引が適用されなかったそうで、割引の基準は必ずしも明確ではないようだ。遺伝的にがんになりやすいという条件は兄弟で変わらないはずだ。

がんドック自体が優れている他にも、湾岸医療センターでがん検診を受けることには大きなメリットが存在した。それは手術をした後で万が一、がんの転移が見つかった場合でも化学療法、放射線療法、免疫療法を組み合わせた独自の治療法により、高い治療成績を収めている点だった。

独自のこの治療法は個々人の状態やがんの性質に応じて実施される完全なオーダーメイド医療であり、非常に手間がかかるとのことだった。それゆえ多くの患者を受け入れることが難しく、他院で手術を受けて転移が発見されたような患者は原則として受け入れていないらしい。

早期がんの発見率の高さに加えて、万が一がんの転移が見つかった場合の治療成績の高さが、たとえ高額であっても湾岸医療センターのがんドックに社会的影響力の大きな人々が集まる理由となっていた。

自分の肺に小さな腫瘍が見つかったと告げられた時、柳沢は大きな衝撃を受けた。早期発見を目指したがん検診ではあるが、発見されないに越したことはない。

あの日、検診が一通り終わった後で、柳沢は診察室に通され、宇垣医師から随分あっさりと肺に腫瘍が存在すること、手術が必要なことを告げられた。

*

　突然のがん告知にうろたえる柳沢に、宇垣医師は静かに微笑んでから言った。

「でも、ご心配なく。頻度から考えて柳沢さんの腫瘍は非小細胞肺がんの可能性が高いです。今回のように一センチ以下で発見されて手術すればほぼ百パーセント治ります」

「百パーセント？」

「ええ。もちろん、手術せずに放置すれば助かる可能性はどんどん下がっていきますが」

　宇垣医師はそう言って、診察室のディスプレイに手術時の腫瘍の大きさや転移の有無と、その後の生存率を示したグラフを見せて説明した。確かに一センチ以下であれば、どこかに転移が見つかってその後に死亡する危険性はあまりないと考えて良さそうだった。

「がんじゃないという可能性はないんでしょうか？」

「もちろん、ないわけじゃありません」

「がんだとはっきりしてから手術、というわけにはいきませんか？」

「そういう方法もあります。穿刺《せんし》生検《せいけん》といって、肺に針を刺して腫瘍の一部を採取し、顕微鏡で悪性かどうかを確認するのです」

「それをお願いできないでしょうか？」針を肺に刺すのも嫌だが、手術よりはマシだと思った。

「できなくはないのですが、腫瘍が小さいので難しい上に、悪性だった場合に針を刺した穴に沿ってがんをまき散らしてしまう危険性があるんです。それに、気胸といって針を刺した穴から空気が胸腔に入り込んで呼吸が困難になることもあります。今回の場合、開胸手術をして腫瘍を直接採取した方がよいと思います。元々、肺腫瘍が良性であることは少ないのですが、良性であるから切らなくてよいということではないのです。良性腫瘍は転移を起こしませんが、大きくなってくると周りを圧迫したりして障害を起こすので」

「今、開胸手術と言いましたが、内視鏡手術というわけにはいかないのでしょうか？　ネットで調べてみたら、小さな腫瘍なら内視鏡手術で摘出できると書いてあったのですが」

「ええ。確かに完全胸腔鏡下術という、胸に穴を開けて行う手術をすることもできます。でも、私が今回採用しようと考えている小開胸術も十センチ程の小さな開胸部から胸腔鏡の助けを借りて手術をするので、負担は小さく、安全で確実な手術であるといえます」

「内視鏡での手術はして頂けないのでしょうか？」

「もしどうしても完全胸腔鏡下術をお望みなら、他の病院をご紹介致します。完全胸腔鏡下術に関しては私よりもずっと熟練した先生を知っていますので」

そう言ってウェブブラウザを開き、ブックマークからどこかの病院のページにアクセスしようとした宇垣医師を柳沢は慌てて制した。

「ちょっと待ってください。先生がそう仰るのならその、小開胸術というので是非お願いします」

訳のわからない病院に回されてはたまらない。転移はほぼあり得ないということだったが、他の病院で手術をして、万が一転移が見つかった場合には、この病院の独自療法が受けられなくなってしまう。普段は抗がん剤を含む様々な薬剤の販売承認業務に携わっているが、手術に関しては素人同然だったし、抗がん剤にしても承認業務に携わっているからこそ、その効果に限界があることを知っていた。

「わかりました。小開胸術は、昔行われていた開胸手術に比べれば体の負担も痛みもずっと小さいのでそんなに心配しないでください」

「傷の大きさは十センチって仰いましたよね？」

「はい」

柳沢は指で十センチの長さを表現しようと試みて、その指を自分の胸に当ててみた。小さな開胸部といっても自分の片胸の幅を考えると随分大きな傷に思える。

それを見た宇垣医師は、引き出しから二十センチのアクリル製定規を取り出した。

「十センチはこれくらいです。柳沢さんが今、指で示されたのは十五センチくらいありましたよ。それに、開胸するのは胸の正面ではなくて横なんです。ちょっと体の右側をこちらに向けて右腕を上に挙げて頂けますか？」

言われた通りにすると、宇垣医師は定規を柳沢の体に当て、指を定規に沿って動かした。

「こんな感じで切るわけです」

「いや、これでも大きくないですか？」

「昔はこんな感じでした」柳沢医師は指先でぐるっと柳沢の体を三十センチ程なぞった。

柳沢は背筋に冷たいものを感じた。

「それで肋骨《ろっこつ》を切って手術したんです。もう腕を下げてもらっていいですよ」

柳沢は正面に向き直った。「私の場合、肋骨は切らないのですか？」

「ええ。肋骨どころか筋肉もほとんど切断しません。筋肉をなるべく切らないように切開して、肋骨の間を押し広げてそこから手術をします」

柳沢は肋骨の間に指を当てて押してみた。この隙間が簡単に広がるとは思えないが、何とかするのだろう。いずれにしても骨はおろか筋肉もほとんど切らないというのであれば確かに体にかかる負担は小さいだろうし、治るのも早いだろう。

「だんだん不安が小さくなってきました。先生の説明は明快ですね」

宇垣医師は慈愛に満ちた笑みで柳沢を見つめた。看護師が白衣の天使なのであれば、この人は白衣の女神だと柳沢は思った。

＊

その女神が病室に降臨したのは、柳沢が息苦しさと痰を切れない気持ち悪さに三十分ほど喘《あえ》いだ後のことだった。

「お加減は如何《いかが》ですか?」カーテンを開けて現れた宇垣医師は、やはり女神と表現するのが相応しい笑顔を湛えていた。

「なんか随分息苦しく感じますね。十五パーセントの肺活量低下でこんなにも息苦しいものでしょうか?」

「いえいえ」宇垣医師は首を横に振って苦笑した。「現在の柳沢さんの肺機能は半分ほどに低下していると思います」

「え？　だって手術の前には十五パーセントだって……」半分では随分と話が違う。手術は失敗したのだろうか。急に息苦しさが増すのを感じる。

「それは残った肺の機能が完全に回復した後の話です。今は手術直後ですから。でも心配しないでくださいね。これがずっと続くわけではありませんので」

「そうなんですか」柳沢は少し安心した。別に手術に失敗したわけではないらしい。

「息を吸うと切ったところが痛みますか？」

「ええ」

「結構痛いですか？」

柳沢は少し考えた。我慢強くないと思われたくはない。

しかし、そんな柳沢の心中を見透かしたかのように宇垣医師は言った。

「もし、痛いならいつでも仰ってください。痛みの程度というのは驚くほど個人差があるんです。頻繁に痛みを訴えたからといって、弱い方だとはスタッフは誰も考えません。痛みの強さに応じてすぐに鎮痛のための処置を行いますからね」

柳沢は頷いた。いつでも痛みを取ってくれるのであれば、逆にできるだけ痛み止めには頼らないようにしようという気にもなれる。

「痛みは我慢して、できるだけ薬を使わない方が回復は早いのでしょうか？」

「いいえ。そんなことはありません。痛みで夜に眠れなくなってしまったらその分だけ回復が遅れてしまいます。それから術前にもお話ししたように、動けるようになったらどんどん動いた方が回復は早いんです。回復のためにも痛みを我慢するのはよくありません」

「なるほど。危うく我慢してしまうところでした」

「手術は上手くいきました。術前に説明したように、手術中に腫瘍の病理型を調べましたが、やはり悪性であることが判明しました。そこで、右肺上葉を全て摘出し、関係するリンパ節も取り除きました」

「悪性、ですか」柳沢はしばしの間言葉を失った。カーテンの仕切りの向こうには別の患者もいるはずだ。この病棟はほとんどが早期がんの手術患者だということだったが、他の人もいるところではっきりとがん告知されるのは意外だった。もっとも、術前に受けたがんの疑いが強いというあの診断を伝えられた時が、いわゆるがん告知だったのかもしれないが。

宇垣医師は頷いた。「ええ。事前に説明させて頂いたようにその可能性は高かったわけですが、やはりそうでした。しかし、これも術前に説明させて頂いたことですが、非常に早期のがんなので再発する可能性はかなり低いと考えられます」

「それでも可能性はゼロではないんですよね?」

「可能性はゼロではない」宇垣医師は微笑みを保ったまま柳沢の言葉を繰り返した。「もちろん可能性はゼロではありません。例えば九十九パーセントで再発がみられないケースでも、一万人あたりで考えれば百人が再発するんですから」

柳沢は赤面した。「そうですよね。そんなことはわかりきっているのに。私も厚労省の業務に長年携わる中で、何でもかんでも絶対に安全でなければ納得しない人々にうんざりしていたんですが、自分のこととなるとこれです」

「危険があるかないかといった二者択一的な判断しかしない人々のことですね。早期とはいえ、がんになったのですから柳沢さんの場合は仕方ないと思いますけど」

「いやいや。お恥ずかしい限りです」

絶対に安全なものなどこの世に存在しない。生命に必須の水でさえ飲みすぎればイオンバランスを崩して死に至るし、そうでなくても呼吸器に入れば人を窒息させるのだ。

危険性に関して重要なのはそれがどの程度のリスクを伴うのかという点にある。当然といえばあまりに当然だが、この当然が当然でなかったために引き起こされた悲劇は枚挙にいとまがない。

「先生は以前に起きた、給食のパンによるノロウィルスの食中毒事件をご存知ですか？」恥ずかしさを誤魔化《ごまか》すために、柳沢は全く別の話題を口にした。

「ええ。なんとなくですが覚えています。加熱食品であるパンで食中毒など、よほどずさんな管理をしていたのだろうと思った記憶がありますから」

「私も最初はそう思いました。しかし続報を聞いて、この件もこの国に深く根差したゼロリスク信仰によって引き起こされたものだと知ったのです」

宇垣医師は小さく首を傾げて続きを促した。

「給食のパンがノロウィルスに汚染されたきっかけは保護者によるパンの焦げの指摘だったんです」

「焦げ？」

「ええ。先生もご存知のように、魚や肉の焦げにはＤＮＡに変異を引き起こす物質が少量含まれているというのは事実です。しかし、実際にそれらの焦げでがんになるためには、食べきれないほどの焦げを食べ続けないといけないと考えられています。ましてやパンの焦げなら問題になりません」

宇垣医師は頷いた。

「パンの小さな焦げなど無視しても何の問題もないのです。しかし、神経質な親の中には給食で焦げなど、とんでもないという人もいるようです」

「ええ。ああ、なるほど」

宇垣医師は給食センターで起きたことを理解したようだった。

「あとは先生のご想像の通りです。給食センターでは、この保護者の指摘に対して真摯に対応し、焼きあがったパンに焦げがないか、一つ一つ丁寧に手で確認することにしました」

「その結果、それまでは清潔に保たれていたパンに汚染の余地が生じ、食中毒が起きてしまった、というわけですね」

柳沢は頷いた。「焦げという無視できるはずのリスクに過剰反応した結果、食中毒というより危険度の大きなイベントが起きてしまったというわけです。小さな焦げを気にした保護者も問題ですが、やはりより大きな問題は食のプロであるはずの給食センター側が一見丁寧であるようで、明らかに誤った対応をしてしまった点にあると思います」

「保護者の無知と、給食センターの事なかれ主義が引き起こした悲劇というわけですか」

「ええ」柳沢は溜息をついた。「私はできるだけ論理的に物事を考える訓練をしてきたつもりですが、やはり自分ががんになると、冷静ではいられないようです。私は自分の体は宇垣先生に預けると決めています。また、おかしなことを申し上げることもあるかもしれませんが、その時は私の意見など意に介さず、専門的見地から最良と思われる方法を選択してください」

「かしこまりました」

宇垣医師は小さく頭を下げた後で花のような笑顔を浮かべ、愛《いと》しい人でも見るかのような眼で柳沢を見つめた。

柳沢は思った。どうしてこんな視線を自分に送るのだろう。誰に対してもそうなのだろうか。自分は決してモテない方ではないが、知りあって間もない美人女医が自分に特別な感情を抱いていると勘違いするほど愚かではない。

ではこの熱い視線は何なのだろう。そこまで考えた時に柳沢はそれ以上、宇垣医師と目を合わせていられなくなった。

あからさまに視線を逸《そ》らすほどナイーブではない柳沢は、少しだけ視線をずらして彼女の口元に目をやった。

病室に唯一、明るい赤を挿す。彼女の艶《つや》やかな唇がわずかに開き、白く光る歯が垣間見えた。

5. 2016年9月23日（金） 築地 日本がんセンター

厳しいな。医局の大型液晶モニターに映しだされた画像を見た夏目は即座に判断した。呼吸器内科のスタッフ全員が参加してのモーニングカンファレンスは、個々の患者の状態が示され、議論の末に治療方針の決定がなされる重要な場だ。

患者は小暮麻里《こぐれまり》、三十二歳。各種検査の結果、複数の肺内転移を伴う肺腺がんであることが明らかになっていた。

肺内に複数の転移が存在していることから手術は不可能だった。抗がん剤治療を行っても余命は恐らく半年程度。最近、臨床試験を行っている新薬による化学療法を提案する方針が決定された。

「小暮さんの担当は夏目くんでお願いします」呼吸器内科長の片桐《かたぎり》はカンファレンスの最後にそう言った。穏やかさを表現する口髭《くちひげ》と鋭い目付きの両方が、片桐の人間性をよく表現していた。無論、お願いなどではなく決定事項が便宜上そう表現されただけだったが、患者に提案することになった臨床試験は夏目が中心的な立場で担当してきたので、指名は当然のものだった。「承りました」と言って夏目は片桐に向かって頷いた。

カンファレンスが終わり、皆がそれぞれの業務に戻る中、夏目は席を立って先程発表した後輩に声をかけ、小暮の引き継ぎはいつがよいか訊ねた。今が一番都合がよいというので二人で病棟に向かい、診察室に小暮を呼び出した。

後輩が小暮に簡単に事情を説明し、夏目を紹介した。

「宜しくお願いします。先生」後輩が去ると小暮は椅子に座ったまま頭を下げた。

夏目は返礼した。「担当医が代わる、というのは不安なものかも知れませんが、我々はチームで医療に当たっています。私が初診を担当した患者さんを、他の医師が担当することも当然あります。それぞれ得意分野というものがありまして」

小暮は不安そうな表情で訊ねてきた。「呼吸器内科というのは、抗がん剤治療をする科なんですよね？」

「ええ」夏目は頷いた。

「ということは私のがんは末期なのでしょうか？」

夏目はゆっくり息を吸った。いつまで経っても進行がん患者に対する説明には慣れない。慣れるべきではない、とも考えている。

「末期の定義というのは曖昧《あいまい》です。説明があったと思いますが、小暮さんのがんが進行がんに分類される状態にあることは確かです。一昔前までは手術ができないほどステージの進んだがん患者さんは確かに末期的だったといえるかもしれません。しかし、最近では薬が進歩していまして、根治しない場合でも長い間がんの成長を抑制することが可能になってきています。私もがんの長期抑制を目指しています」

小暮はこちらを真っすぐ見つめた。

「では、私の余命はあとどれくらいだと思われますか？」

夏目は再び返答に窮《きゅう》した。余命の宣告は難しい。余命を長めに予測してしまうと、結果として訪れた早い死に対して遺族は不満を持つ。だから医師は余命を短めに宣告する傾向がある。

一応、先程のカンファレンスで余命があと半年程度だという予測は出ていたが、正式な余命診断ではない。

しばし逡巡《しゅんじゅん》した後に夏目は口を開いた。

「余命というのはそう簡単に予測できるものではないのです。特に最近は保険絡みの問題が複雑で、余命半年になった時点で死亡保険金が受け取れる特約があったりするものですから。我々は複数の医師が多面的に検討して、余命を予測するようにしています」

「実は、私も死亡保険金を生前に受け取れる特約に入っているんです。それにがんと診断されると一時金が受け取れるがん保険にも加入しています。うちは母子家庭で、娘に障害があります。お恥ずかしい話ですがあまり経済的に余裕がないものですから……」

そういうことか。夏目は納得した。最近の保険の中には、ある一定の余命を切るとその時点で死亡保険金の支払いを行う「リビングニーズ特約」が無料でつけられるものが多い。夏目自身も生命保険にリビングニーズ特約を付加していた。がん保険も、最近では通院での治療が多くなってきているし、手術時の入院期間も短くなりつつあるので、入院費よりも一時金に主眼を置いたものが増えてきている。

「承知致しました。では保険会社の書類を頂ければ、そちらに診断を記載させて頂きます。しかし、予測はあくまでも予測ですからね。これから詳しい状況と今後の治療方針を説明しますので頑張りましょう」

「宜しくお願いします」と言って彼女は頭を下げた。

　夏目はまず小暮のがんの状況について説明した。彼女は手帳を取り出し、夏目の話を聞きながら時折ボールペンを走らせていた。記録は人を客観的にさせるし、客観的でなければメモを取ろうなどとは思わないものだ。進行がんであることがはっきりした直後にメモが取れるのはたいしたものだと夏目は思った。弱々しい印象を受けたが、改めなければならないのかもしれない。障害のある娘さんがいるということだったが、そのことが彼女を強くしているのだろう。

　夏目は病状の説明に引き続き、新薬の臨床試験の説明をした。今、治験をしている薬剤は欧米における先行試験の結果がすでに得られていて、現在標準的に行われている化学療法よりも寿命が延長することが期待できる。

「やはり、治る見込みはないのでしょうか」説明を聞き終えた小暮は悲しげな、そしてどこか乾いたような微笑みを浮かべて言った。

「可能性はあります」夏目はそこで一旦言葉を切った。「ただ、高くはありません。今回の薬がよく効いてがんが消失する完全寛解と呼ばれる患者さんの割合は、欧米の先行試験では被験者全体の五パーセント以下です」

　小暮のがんは治験参加者全体でみても進行度が高く、完全寛解する可能性はさらに低いと考えなければならなかった。しかし、夏目はそのことに触れるのは止めた。患者にしてみれば五パーセントでも十分に低い確率なのだ。

「五パーセント……」

「新薬は元々延命を目的として作られています。長期にわたって腫瘍の進行を抑えることができれば、今と変わらない生活を続けることができます」

小暮は口元を引き締めた。真剣な面持ちで何事か思考を巡らせている様子だったが、やがてその口元が緩んだ。

「混乱していますね。私。リビングニーズ特約で保険金をもらえないと困ると考えたり、その上で助かりたいと思ったり」

夏目は黙って続きを促した。

「今はとにかく一日でも長く生きることを目標にして頑張ります。リビングニーズの手続きはしてみますけど、その上で頑張りますから、先生のお力添えを宜しくお願いします」

「もちろんです」夏目は頷いた。「一緒に頑張りましょう」

今後のスケジュールについて確認した後で、小暮は帰っていった。

強い人だな、と電子カルテに必要事項を入力しながら夏目は改めて思った。

がん告知の直後に冷静になれる患者は珍しい。がん告知後、患者は様々な精神的な経過を辿ることが知られている。混乱、現実逃避、怒り。運命を受け入れ、冷静になるためにはそれなりの時間が必要とされる。

今は健気《けなげ》な小暮も、今後は悲観的になることがあるだろう。

患者の精神状態をフォローするために、病院には専門のスタッフが配置されている。経過を注意深く見守り、必要に応じて専門スタッフの精神的ケアが受けられるように注意しよう、と夏目は思った。

6．2016年9月28日（水）　丸の内　大日本生命

「夏目のところからまた例のパターンの早期事故案件？」

「ええ。査定システムが不正の疑いがあると判断しました。保険加入から支払い請求までの期間が短すぎる上、今回はがん保険にも加入しています」

森川は部下である水嶋瑠璃子《みずしまるりこ》がデスクに差し出した資料にざっと目を通した。

森川は椅子の肘掛《ひじか》けを人指し指で叩いた。「リビングニーズ特約による死亡保険の生前給付がちょうど三千万。がん保険の方は一時金が上限一杯の五百万か」

「以前にも夏目先生の診断書付きで同じような請求が来た時に、友人だと仰っていましたよね。これで四件目です。以前の三件は結局不正の痕跡は見つからず、リビングニーズ特約で保険金が支払われていますが」

水嶋はコンピューターがメッセージを読み上げるような淡々とした調子で言った。背筋《せすじ》を伸ばして直立する姿はアンドロイドのようだ。

森川が勤務する大日本生命《だいにほんせいめい》本社調査部では、保険金の支払い査定を一部自動化している。

大多数を占める通常請求は査定を半自動化することで、保険金の請求から支払いまでの時間を短縮させ、競争の激しい生保業界で顧客満足度を上げることに貢献していた。

一方で、査定システムは不正の可能性のある案件に関しては自動でアラートを出してくる。今回は保険契約から間を置かずに保険金が請求された、早期事故と呼ばれる案件だった。

被保険者の氏名は小暮麻理。彼女は保険加入から八ヶ月で余命半年の末期がんと診断されていた。保険に入ってすぐに都合よく病気に罹る可能性は低いので、そういったケースでは病気に罹っていることを隠して保険に加入した疑いがある。保険の掛け金が収入と比較して高いこともアラートレベルが高くなっている要因だった。年齢もがんになるには若い。

一件ならば偶然として片付けることができる。問題はここ数年、同様の事案が増加していることだった。保険加入、あるいは保険料の増額から短期間でのがん診断、収入に不釣り合いな高額の保険料、そしてリビングニーズ特約による保険金の支払い請求。

これまでのケースでも状況的に不正の疑いが強かったのでしっかりとした調査が行われたが、結局不正は見つからず、請求通りに保険金の支払いが行われていた。夏目には個人的にも相談してみたが、偶然だと一笑に付されている。そもそも頑固者で正義感の強い夏目が不正に加担するとは森川にも思えなかった。

不正がないのであれば、いくら状況が怪しくてもそれは偶然ということだ。森川はそのように考えていたが、水嶋は納得していないようだった。

もう一度資料に目を通してから、森川は言った。

「保険加入時の査定もしっかりしとるな。まあ、収入に比べて保険金が高額だから当然や。保険加入時に本人がすでにがんだった可能性は否定できるやろう。となると、余命診断の方が問題になるか。でも、夏目は絶対に不正なんかせんぞ」

「それでも、気にはなりますよね」

「まあな」

「また課長にお願いできますか」

「まあ、夏目に話を聞くくらいは構わん。でも、通常の調査も入れさせろ。余命診断した側と、調査する側が古い友人同士なんていうのは、そっちの方が怪しいわ」

「課長にそんな不正に加担する勇気があるとは思えませんが」

森川は苦笑した。「君は勇気というものについて誤解しとるな」

「訂正します。課長にそんな度胸があるとは思えないのですが」

森川は首を振った。「まあ、何とでも言ってくれ。とにかく、今度会うからその時に話は聞いとくわ」

「お願いします。正式な調査は別に依頼を出します」

「でもな、今回も不審な点は見つからんと思うで。加入時の審査はちゃんとしとるし、診断を下したのは堅物で知られる俺の先輩なんや。前も言ったように、不正に関与している可能性はないと断言できる」

「ええ。そうなんでしょうね」

「じゃあ、何でこだわる」

「女の勘です」水嶋は真顔で言った。

「女の勘?」森川は口元を歪めた。「そんなもんが君に備わっているとは知らんかった」

「当社ではセクハラの相談はどこにすれば良かったでしょうか」

「勘弁してくれ。女の勘というのが法廷でどのように扱われるのか興味はあるけどな」

「冗談です」

「真顔で冗談を言うな。ただでさえなにを考えているのかわかりにくいんやから」

「冗談は真顔で言うものだと父に教わりました」

「それも冗談か?」

「いいえ」

森川は再び首を振った。「他にもなにかあるから気にしてるんやろう?」

水嶋は別の資料を机上に差し出した。

「うちの書式で作成された診断書です」

森川は差し出された診断書に素早く目を通した。こういう仕事に長年携わると資料に目を通す速度が上がっていく。

「またしても無数の肺内転移の存在する肺腺がんです。粟粒《あわつぶ》を撒いたような特徴から粟粒《ぞくりゅう》肺内転移というらしいですが、肺腺がんの粟粒肺内転移は珍しいらしいんです」

「よく勉強しとるな」森川は椅子の背もたれに体を預けた。「でも、偶然ちゃうかな」

水嶋は頷かなかった。「珍しいタイプのがんが連続してみられたことに対する夏目先生のコメントももらってきてください」

「構わんよ。夏目だって偶然だと言うやろうけどな。訊いといてやるから、この件はひとまず忘れろ」

「承知致しました」

「よし。まだ見せてない資料があるやろ。全部置いていけよ」

彼女は残りの資料を森川の前に置き、頭を下げてから自分のデスクに戻った。

優秀な社員だ。森川は彼女の背中を見送りながら思った。資料を小出しにしながら話を進めるのは気に入らなかったが、それをどこかで楽しんでいる自分はもっと気に入らなかった。以前から薄々感づいてはいたが、自分はやはり彼女に好意を抱いているのかもしれない。

森川は水嶋が用意した資料にもう一度目を通した。確かに腺がんの粟粒肺内転移は珍しいようだが、それだけだ。珍しい出来事が連続で起こることもある。

やはり偶然だな。森川はそう結論して資料をクリアファイルに入れた。

7．２０１６年9月30日（金）　築地

「粟粒肺内転移？　なんじゃそりゃ」

脳がアルコールの影響を大分受けていることがわかる、甘ったるい発音で紗希が訊いてきた。

夏目は紗希、羽島、森川と四人で、築地《つきじ》にある馴染みの料理屋の個室で飲んでいた。

夏目は、紗希が差し出した猪口《ちょこ》に日本酒を注いだ。強い果実香と甘み、旨味、酸味のバランスの取れた埼玉の地酒だった。「ぞくりゅうというのは粟の粒と書く。転移巣が粟の粒を肺にばら撒いたように見えるからそう言うんだ」

森川が訊いてきた。「で、もっかい確認するけど、夏目としては特に気になる点はないんやな？腺がんの粟粒肺内転移は珍しいらしいけど」

「がんの珍しさと不正とは関係ないだろ？」夏目は口の端を歪めた。先程から小暮麻理の病状に関する質問を受けていた。初めは世間話程度のものかと思ったが、話しているうちに非公式の調査のような様相を帯びつつある、夏目は微かな苛立ちを感じていた。

「まあ、そうなんやろうけどな」

「確かに四件目となると気にはなるだろう。でも俺としては他の三人も障害者の子供がいたり、難病の家族を抱えていたりして経済的にも困窮していたから、保険金が支払われたことで少し安心していたんだ」

「でもなあ、いくらなんでも都合がよすぎるで。やっぱり」

「不正の可能性があるとすればどんなものが考えられるんだ？」

「最もポピュラーなのは加入時に病気を隠して加入後に病気になったことにすることやな。でも保険金が高額だったこともあって加入時の健診記録はしっかりしてた。小暮さんが加入時にすでにがんに罹ってた可能性はないわ」

「他の可能性は？」

「主治医が嘘をついとるとか」

「おいおい」夏目はかぶりを振った。「間違いなく小暮さんは肺がんで生命の危機に瀕《ひん》しているよ。他の三人も間違いなくがんだった。余命診断には俺以外の複数の医師が関わっている。虚偽の診断を下すことなど不可能だ。以前の診断でも同僚に意見を求めている」

「冗談や。夏目が不正をしないことくらいわかっとる」

「ならいいんだが」夏目は酒を呷《あお》った。「で、小暮さんは生前に死亡保険金を受け取れそうなのか？」

「大丈夫やろ。保険期間の短さや、収入と不釣り合いな保険金の高さはかなり怪しかったから調査したけど。不審な点はなかったからな」

「そうか。ならよかった。彼女には障害をもつ小学生の娘さんがいるんだ。生前にできるだけ環境を整えてあげられたらと言っていた」

　森川は頷いた。「そのためのリビングニーズ特約や」

「余命診断は出したが、小暮さんが少しでも長く生きられることを祈っているよ」

「新薬が効くとええな」森川は頷いた。

　いや。それはわからないんだ。夏目はそう思って静かに首を振った。「小暮さんの薬が新薬かどうかはわからない。二重盲検《にじゅうもうけん》試験だから新薬が投与されているのかどうかは、小暮さんはもちろん、俺にも伝えられない」

「そうか。そうやったな」森川はそう言って腕を組んだ。

「どういうこと？　何で医者もどの薬が使われているか知らないの？」話を聞いていた紗希が口を挟んだ。

「患者さんに対して秘密になっている理由はわかるよね？」羽島が紗希に訊いた。

「うん。病は気から、でしょ？　新薬が投与されているとわかればそれだけで元気になってしまうかもしれない。そうしたら薬の効果かどうかわからなくなっちゃうもの」

「まあ、そんなところだね。で、医師も人間なので新薬が使われていることを知ってしまうと、公平に評価するのが難しくなるんだよ。治験でとられるデータの中には、機械的に測定できるものもあるけど、医師が観察によって点数付けをしなきゃならないものもあるからね」

「観察する時に主観が入っちゃまずいものね」

「それに患者さんに対する感情の問題もある。必要なこととはいえ、最新じゃない薬を投与されている人を気の毒に思ったりするかもしれない。だから臨床試験に参加する医師はどの薬が投与されているのか知らない方がいいんだよ」

　紗希は頷いた。「確かに。偽薬を投与されている患者に、薬が効いて治るといいな、なんて言われた日にはかなり辛いもんね。偽薬が投与されている患者が誰かなんて知らない方がいいよね」

「いやいや」羽島は首を振った。「がんのような致死性の高い病気の臨床試験では、プラセボといわれる偽薬が使われることは基本的にはないんだ。いくらなんでも気の毒すぎるからね。それで、実薬と呼ばれる現在標準的に治療に使われている薬剤が比較対象として使われるんだ。今使われている薬よりも優れていれば新薬として世に出す価値がある」

「でも、新薬の試験に参加しているつもりでそうじゃない薬が使われてたらやっぱり可哀相だと思うけど」

「臨床試験に参加せずに化学療法を希望すれば、いずれにしても実薬が使われるんだ。それに新薬は効果が高いかもしれないけど、思わぬ副作用が起こることも多いんだ。大規模に調べてみた結果、新薬が実薬より効かなかったことがわかることだって珍しくないんだよ」

「なかなか難しいね。まあ、どういうことなのかはわかった」そう言って紗希は頷いた。「で、その患者さんは助かりそうなの？」

「残念ながら厳しいだろう」夏目は首を振った。「検査結果などから総合的に判断して、一時的に腫瘍が縮小したり、成長が止まったりしても、その状態が長期間維持されることはあまり期待できない」

「そっか。でもさ、余命半年って診断されて、もし半年たっても生きていたらどうなるわけ？生前に受け取った死亡保険金を返さなきゃいけないの？」

　森川が答えた。「いや、そんなことはない。実際、リビングニーズで保険金を受け取って半年以上生きる人は大勢おる。リビングニーズ特約による支払いが行われた人の内、半年後も生きていた人の割合は三割、一年後でも一割の人が生きていたという報告もあるくらいでな。別の報告では大腸がんで余命半年と診断された人の約四割が一年後に生存していたというものもある」

「そうなんだ。確かに余命を正確に言い当てるのって難しそうよね」

「それに極端な話、奇跡的にがんが綺麗さっぱりなくなって天寿を全うしたとしても支払ったお金の返還が要求されることはない。まあ、リビングニーズ特約で保険金が支払われたあとで、病気が完全に治るなんてことは極めて稀やけどな」

「リビングニーズ特約でもらえるお金はいくらくらいなの？」

「保険の掛け金によるけど、最大で三千万円って決まっとる。保険金が三千万以上の場合、残りは死亡後に支払われることになる」

「ということは、三千万以下の時は全額受け取れるのね？」

「希望すれば全額受け取ることもできるで」

「全額受け取らない人なんているの？」

「おるよ」

「どうして？」

森川は首を振った。

「夏目にも紗希ちゃんにもうちの生命保険に入ってもらっとって、リビングニーズ特約もついとるけど、どうせ資料読んでないんやろ？」

「読んでない。付き合いで入ってるんだし、わからないことがあったら森川くんに訊くから」

「ありがとうございます。では、お客様のご質問に回答させて頂きますわ」森川は苦笑した。「生命保険で支払われる死亡時支払金は非課税なんだ。リビングニーズ特約で生前に支払金を受け取る場合も同様に税金はとられん。ところが本人が保険金を受け取り、その後死亡して残ったお金を遺族が相続すると相続税がかかる」

「そっか。じゃあ、医療費に充《あ》てるにしても、華々しく遊びに使うにしても、生前に必要ない分は遺族が保険会社から直接受け取れるようにした方がいいんだ」

「まあ基本的にはそういうことやな」

「小暮さんの保険金はいくらなの？」

「あー、それは……」

森川は口をつぐんだ。部外者にあまり込み入った顧客情報を漏らすのは、流石《さすが》に気が引けるのだろう。

「ここまで相談しておいてそこは内緒なわけ？　誰にも言ったりしないわよ」絡むような口調で紗希が言った。

森川はしばし無言で何事かを考えていたが、やがて小さく溜息をついた。「みんな口が堅いだろうし、夏目以外は患者と知り合いでもないわけやし……。掛けられた生命保険は三千万円。全額の生前受け取りを希望しとる。一時金が受け取れる保険金五百万円のがん保険にも加入しているので全部で三千五百万円やな」

羽島が森川に訊ねた。「三千万というのはリビングニーズで受け取れる上限丁度というわけだね。全額を生前に受け取ることができるということだけど、それは珍しいことなの？」

「そんなことないよ」

合わせて三千五百万か、と夏目は思った。大金ではあるが障害を持った子を一人で遺していくには心許ない金額だった。それでもまだ生命保険に入っていただけ幸運だったのだろう。保健期間も短いという話だったから、発がんのタイミングが少し早ければ生命保険に入っていないということもあっただろう。

羽島が再び森川に訊ねた。「夏目が診断したっていう他の三人はいくらの保険金をかけていたの？」

「正確には思い出せんけど、三千万を超えてはいなかったはずやで。ただ、やはり高額ではあったな」

「その人たちもリビングニーズで全額を受け取ったのかな？」

「ああ」森川は頷いた。

「なるほどねぇ」羽島は難しそうな顔をして腕を組んだ。

森川が地酒の四合瓶を恭しく掲げ、夏目の前に差し出してきたので、夏目は盃を呷ってから差し出した。

「話が逸れたな。もう一度確認させてくれ。夏目としては今回の診断にも不審な点はないんやな？」

「ああ」夏目は注がれた酒を啜《すす》った。「保険請求という点ではいろいろと都合の良すぎる点があるかもしれないが、医師としては不審な点は全くないな。何だったら、お前のところの社医に面会してもいい」

「それには及ばんわ。夏目が不審な点がないというなら誰が見たってないんやろうからな」

夏目は羽島の方をちらりと見た。なにか嫌味を言うかと思ったのだ。

羽島はにやりと笑った後で、静かに首を振った。「いや、状況的に考えて僕も不審な点はないと思うよ。何だったらカルテを見るけど、呼吸器内科の他の先生も見ているんだったら大丈夫でしょ。たださ……」

「なんや？」森川が怪訝《けげん》そうな表情を浮かべた。

「その、夏目の案件以外にも不自然な保険請求が増えているっていうのはちょっと気になるな。がん自体は高齢化に伴って増えている病気ではあるけれど、保険加入後間もなくがんになる事例が増えているっていうのはどういうことなんだろうね」

「わからんなあ」

「その、怪しい案件の全てのデータが見られればなにかわかるかもしれないんだけどな」

「流石にそれはできんわ。今回話したことだって内緒にしてもらわないと困る」

「それは大丈夫だけどさ」羽島は腕組みをした。「やはり加入前にがんだとわかっていて、それを隠して加入しているということなら全て納得がいくんだけどな」

「それはないわ。加入する段階で収入の割に保険料が高かったからきちんと調査したんやからな。怪しまれている状況で嘘をつき続けるのって難しいもんやで。こっちだってプロが査定しとるわけで」

「簡単に隠せるなら保険会社が傾いちゃうもんね」紗希が頷いた。

「じゃあこういうのはどうだろうか」そう言う羽島の目には意地の悪い光が宿っていた。「実は小暮さんには一卵性双生児の妹がいるんだ。そして、ある時その妹が末期がんと診断されてしまう。ところが妹は生命保険に入っておらず、貯金もない。もちろん末期がんだから今更保険加入などできない」

「おいおい」夏目は右手をあげて遮った。「勘弁してくれ、また双子かよ」先日の双子すり替わり事件については、羽島によって先程曝露されていた。

「そこで小暮さんが一肌脱ぐことになった」羽島は、夏目など存在しないかのような態度で自説の披露を続けた。「まず健康な小暮さんが生命保険に加入する。妹のがんが進行し、余命半年と診断された時点で、小暮さんの保険証でがんセンターを受診させる。その後、小暮さんに扮した妹が夏目大先生から余命半年との診断を受けて、リビングニーズ特約による死亡保険金を受け取り、必要な分を妹に渡す。医療費はもちろん、まだ動けるうちにやりたいことをさせてあげることもできるだろう。美談だね」

「詐欺だろうが」夏目は眉間に皺を寄せた。なにが美談なものか。

「今回の場合、小暮さん本人は一回もがんセンターを受診しなくても実行可能だから、夏目大先生が気付かないのも無理はない」

「その妹が助からないで亡くなったとして、その後はどうするんだ？　小暮さんの戸籍は消えるんだぞ」

「確かにそのままがんセンターで亡くなったら、小暮さんが死亡したことになっちゃうだろうけど、妹の方は適当にがんセンターからフェードアウトすればいいんだよ。終末期医療の段階になったら転院していく患者さんってたくさんいるでしょ。妹の方は紹介状なしでも受け入れてくれるホスピスに本人の保険証で入院して、そこで亡くなれば問題ない」

「そんなことをして小暮さん本人はなにか困ったりしないのか？」

「一度末期がんと診断されているから、小暮さん本人はもう生命保険には加入できないだろうけどね。でも、妹が必要としているお金は賄《まかな》えるし、余ったお金は小暮さん本人が今後のために使えばいい。経済的に余裕があるとはいえない小暮さんにとっても、メリットが大きいじゃないか」

「なあ、森川。羽島の言う冗談みたいな詐欺は現実に実行可能か？」

　森川は少し考えてから口を開いた。「まず、すり替わり受診に関してやけど、双子じゃなくても別人の保険証で受診することはもちろん違法やな。でもすり替わり受診自体はたまにあるからな。ふつう、保険証には顔写真が付いてない。貸した側と借りた側が同じ病院を受診したりしなければなかなかバレん。不正が露見するのは、借りた人間の医療費が高額になって逃げたりされて、貸した側が訴え出たりするケースやな」

　長引く不況と非正規雇用者の増大で、健康保険に加入していない人の割合は増加しつつある。医療費の全額自己負担は健康保険料を払えない人間にとっては重い負担となるため、保険証を借りて病院を受診する人間が後を絶たないという話は夏目も聞いたことがあった。

「健康保険についてはまあ仕方がないとしても、高額の死亡保険金が支払われるところまで簡単にいってしまうもの？」紗希が疑問を呈した。

「そう簡単にはいかんよ。少しでも不審な点があれば徹底的に調査される」

「でも、細心の注意を払って巧妙に実行されればバレないかもしれないわよね」

「今回は早期事故ということで改めて調査が入る。夏目も小暮さんのことで今後なにか気付くことがあったら教えてくれ」

夏目は頷いた。「わかった。なにか動きがあったら連絡する。もし、転院すると言い出したら転院先を聞いておくよ。羽島の言っているようなことが本当にあるとは思えないけどな」

「小暮さんが一卵性双生児かどうかは、調査会社に依頼すればわかるやろう」森川はそう言って頷いた。「しかし、現時点ではそこまでする必要はない。差し当たっては今後の経過を見守ることにしよう」


二十三時過ぎに、夏目と紗希はタクシーで豊洲《とよす》にあるマンションへ帰ってきた。自宅に戻っても紗希は飲み足りない様子で、キッチンから氷と炭酸水を取ってきて、ハイボールを二つ作った。夏目は酒はもう十分だと思いながらも、付き合うことにした。

「さっきの森川くんの話、どういうことなんだろうね。怪しい保険金請求に、典明が診断書を書いたんでしょ？」

「偶然さ。前にだって大日本生命の保険金絡みの診断書は何回か書いたことがある。今回はそれがたまたま連続して、たまたま保険加入からの時期が短かったってだけだろ」

「たまたま。たまたま」紗希は少し意地の悪い笑いを浮かべた。偶然にしては出来すぎだとでも言いたいのだろう。

「偶然と言ったって、たった四件だぜ。酒の席のツマミとして森川が話題を提供しただけだよ。実際、個別に調査が入って問題なかったから保険金も支払われたわけだし」

「まあ、あたしだって典明が不正に関わってるなんて思ってないけどね」紗希はそう言ってなにかを考えついたような顔をして、夏目を見た。「ねえ。結局、がんというのは何者なの?」

「多細胞生物の定め、あるいは反逆した自分」夏目はしばし考えた後で答えた。

「多細胞生物の定め」紗希は音から紡ぎだした言葉をじっくりと眺めるようにして繰り返した。

「そう。生物は元々細胞一つ一つがバラバラで生活していた。いわゆる単細胞生物という奴だ。彼らの細胞分裂は周辺の環境が良ければどんどん行われる。増殖に秩序はほとんど必要ない。それぞれが独立して生活しているんだから」

「うん」紗希は頷いた。

「ある時、細胞が寄り集まって群体として生活する生物が現れた。初めはただ集まっているだけだった群体は進化の過程でより洗練されていって、細胞ごとに分業を行うようになった。体を動かすための細胞、栄養を吸収するための細胞、呼吸をするための細胞、そして次世代の個体を作り出すための生殖細胞といった風に」

紗希は再び頷いた。

「分業がしっかりしてくると、もう細胞は無秩序に増殖するわけにはいかない。例えば血管や気管の壁を作る細胞が無秩序に増えたら管が塞がってしまい管として機能できなくなる。だから細胞同士が連絡を取り合って、必要な時以外には増殖しないようになっている。これが多細胞生物の基本だ。例えば俺たちが切り傷を負うと、周りの細胞は活発に増殖して失われた部分を埋める。でも傷が埋まった時点で細胞はピタリと増殖を止める。細胞の増殖サイクルはいくつものチェック機構があって、無秩序な増殖が起きないようになっているんだよ。アクセルは踏み込まれすぎないようにいくつもの監視機構によって制御されているし、ブレーキにも複数のバックアップシステムがある」

「多細胞生物では、細胞増殖は秩序だって行われる。アクセルとブレーキは厳密に管理されている」紗希は確認するように要点を小声で繰り返した。

「そうだ。しかし環境中には様々な発がん要因がある。それは食品中に普通に存在する天然の発がん物質だったり、タバコだったりする。また、生きていれば体内では活性酸素が自然に発生する。それらは生命の設計図であるＤＮＡの配列を変化させてしまう。その結果、ＤＮＡにコードされているタンパク質の形が変化して、異常な働きを示すようになり、アクセルが踏み込まれすぎたり、ブレーキが利かなくなったりする。バックアップシステムがあるから簡単には無秩序な細胞分裂は始まらないけれど、それでもやがて限界がくる」

「がんになってしまう」紗希は神託《しんたく》を口にする巫女《みこ》のような神妙な表情で言った。

「いや」夏目は首を横に振った。「傷ついた細胞はアポトーシスといって自殺するようにプログラムされている。更にそのプログラムも壊れてしまった場合でも、周りの細胞がおかしくなった細胞を殺す。だから細胞はそう簡単に増殖を開始したりしない。それに細胞増殖の回数も決まっている。ヘイフリック限界というものがあって、普通の細胞の分裂回数は予め決められていて、その回数を超えると分裂できなくなるんだよ。いろいろな安全策が講じられていて、簡単にはがんにならないようになっているわけだ。しかし、それらの機構も回避するような突然変異が起きてしまうと、いよいよ無秩序な細胞増殖が起こってしまう」

「アクセルが踏み込まれブレーキが壊れ、なおかつ定められた死を回避した細胞が増殖を始める」紗希は確認した。

「ああ。それでもまだ細胞はがんと言える状態にはない。この段階ではまだ良性腫瘍だ。細胞は増殖するけど、腫瘍はその場所で大きくなるだけで転移したりしない。もちろん大きくなる場所によっては神経を圧迫したりして問題が発生する。しかし、手術などで取り除いてやればその後の経過は良好なんだ」

「がんへの道は長く険しい」紗希は聖書の一節を読み上げる敬虔《けいけん》な信者のように呟《つぶや》いた。

夏目は頷いた。「実際、がん化に関する研究が進むにつれ、がん化を防ぐ機構の精緻さとそれを突破するがん細胞の巧妙さに科学者たちは驚くことになった。そういう意味ではがんは一つの奇跡だ」

「奇跡が私たちの命を脅《おびや》かすのね？」

「そんな風に表現することは可能だと思う」夏目は頷いて、更に続けた。「最後の奇跡は、周囲の組織に浸潤して他の臓器に転移する能力の獲得だ。転移できるようになった細胞は体の様々な場所を侵略していく。転移を受けた臓器は、がん細胞の無秩序な増殖によってやがて機能を保てなくなり、個体に死をもたらす。転移の際には本来がん細胞のような異物を攻撃するために存在する免疫系を巧みに利用することもわかっている。その他にも自分の増殖のために新たな血管を作り出したり、増殖をサポートしたりするための様々な能力をがん細胞は持っているんだ」

「どうして免疫系はがんを攻撃してくれないの？」

「いや。免疫系はがんを攻撃しないわけじゃないんだ。でも、そういう攻撃をすり抜けてきたものが結果としてがんとなって生き残る。それに、がん細胞は変異したとはいえ自分の細胞だ。免疫系はどうしても正常細胞とがん細胞の違いを識別しにくい。抗がん剤が劇的な効果を上げにくいのも同じ理由だ。正常細胞とがん細胞の違いが小さいために、がん細胞だけを効果的に殺す薬剤を見つけるのは難しい」

「早期発見が大切だ、というのは良性腫瘍のうちに手術で取ってしまえばよい、ということなのね？」

「いや。説明がよくなかったかもしれないな。がんの中には良性腫瘍から悪性化するものもあるけど、腫瘍としてはいきなり悪性腫瘍として出現するものも多い。そういう風に突然変異が起こる、ということだ。そういう場合でも早期発見が重要なのは間違いないんだが」

「最初に多細胞生物の定めだって言ったわよね。多細胞生物だったら何でもがんになるの？　ミミズもオケラもアメンボもトンボもカエルもミツバチもスズメもイナゴもカゲロウも」

「そのランダムなキャスティングは何だ？」

「ランダムじゃないわよ。名曲『手のひらを太陽に』オールスターズ。みんな、生きているし友達なんだから、がんにもなるんじゃないかと思って」

「真面目に答えていいか？」夏目は訊ねた。

「もちろん。真面目に質問しているんだから」紗希は真顔で頷いた。

「君のお友達のうち、オケラ、アメンボ、トンボ、ミツバチ、カゲロウは昆虫だ」

紗希は頷いた。「私たちのお友達。イナゴもね」

「実は昆虫やエビ、カニを含む節足動物というのはがんになりにくいみたいなんだ。そういう報告がある。毎年もの凄い量のエビやカニが消費されているわけだけど、エビやカニの腫瘍を見たことがあるという人はとても少ないそうだ。がんは英語でキャンサーと言うが、これはギリシャ語でカニを意味する。外から判別しやすい乳がんの形がカニに似ているからそのように呼ばれたらしいんだが、皮肉なことにカニ自身はがんになりにくいというわけだ」

「どうして？」

「それはわからない。昆虫に関しては寿命が短いからって言う人もいるけど、俺は疑わしいと思う。ロブスターやカニには数十年生きるものがいるが、それでもがんにはなりにくい。なにか別の理由があると考えるのが妥当だ。例えば環境中の発がん性物質の中には体の中にある酵素《こうそ》で代謝されて初めて発がん性を発揮するものがある。ひょっとしたら節足動物はそういう酵素の働きが弱いのかもしれない、という説は読んだことがある」

「一番シンプルな動物でがんになるのは何？」

「海綿《かいめん》ってわかるか?」

「保健体育の授業で習ったけど」

「それは海綿体。海綿はスポンジのことだ。今でこそスポンジはプラスチック製だけど昔は死んだ本物の海綿を使っていたんだ。海綿はもっともシンプルな多細胞動物の一つで、海綿からはヒトのがん関連遺伝子と似た遺伝子がたくさん見つかっているんだ。多細胞生物の定め、といったのはそういうことなんだよ。一番単純な多細胞動物にすでにがん関連遺伝子が存在している。節足動物だってがんになりにくいだけで、がんの報告がないわけじゃないしね」

「逆にいうとそれだけ昔からがんに苦しめられているのに、どうして未だに生物はがんを克服できないの?」

「それは簡単だ。ふつう野生動物はがんになる年齢まで生きられない。生物が進化するためには選択圧といって、ある遺伝的特徴を持つ個体が生き残りやすくなるイベントが必要になる」

「高いところの葉を食べるためには首の長い個体が有利で、そういう特徴を持つ個体が増えていって現在のキリンの姿になった、というような話ね」

「人間もつい最近まではがんになりやすくなる年齢まで生きられず、選択圧は基本的にかかりようがなかった。がんは稀な長寿に関連した、珍しい病気だったんだ」

「じゃあ、これから人は進化するの? がんになりにくいように」

「それはないだろうな。多くのがんは子供が大きくなった年齢で出現する。進化の主体は常に次世代なんだ。選択圧はかかりにくい。逆に言えば、ほとんどの生物はすでに繁殖期前にはがんになりにくいように進化しているとも考えられる」

「これ以上、がんは人間を進化させないのね？」

「おそらくは」と夏目は答えた。「でも、これまでの進化はがんに影響を与えている。例えば肥満はがんのリスクを増大させるけど、脂肪を溜《た》め込みやすい性質というのは食料が少なかった時代には凄く有利な特徴だった。現代の先進国では食料がたくさんあるから脂肪を燃焼しやすい体質の人の方が健康を維持しやすいわけだが」

「食料難になればいいのに」紗希は言った。彼女はジムに通うなど、かなりの努力を払って現在の体型を維持しているのだった。

「食料難になったらこんな美味しいものを口にできなくなるし、米を酒にする余裕もなくなる」

「それは困る。とても」紗希は悲しげな表情を浮かべた。

紗希の悲しげな顔を見て、夏目は素直に可愛《かわい》らしいと思った。酒のない世界で途方に暮れる紗希を見たくはなかった。いや、たとえ食料難になっても紗希の晩酌《ばんしゃく》分の酒くらいはなんとか自分が工面してみせる。酔っぱらうと少々厄介ではあるけれど、酔って楽しそうにしている彼女を眺めるのは、今では夏目の大きな喜びの一つだった。

紗希のグラスが空になったので、今度は夏目がハイボールを作った。幸いこの世の中には紗希を満足させるのに十分な酒が存在しているようだった。このささやかな享楽と安寧が維持されますように。少し酔った頭で、夏目はそう思った。

第二部　転移

8．2017年3月30日（木）　霞が関　独立行政法人総合医薬品医療機器機構

窓外の空を濃淡のはっきりした鈍色《にびいろ》の雲が、驚くような速さで流れていく。

天気予報は寒冷前線通過のために断続的に強い雨が降ると言っていたが、今は雨が降っているのだろうか。窓の外に目をやった柳沢は思った。ビルの六階からでは窓際に立って地表を行き交う人々が差す傘の様子でも見なければ降雨の有無を判別することは難しい。

腕時計を見ると針は十七時近くを示していた。

厚生労働省所管の独立行政法人である総合《そうごう》医薬品医療機器機構《いやくひんいりょうききききこう》は、六本木通りに面した二十階建てのニュー霞《かすみ》が関《せき》ビル内にある。略称はＰＭＤＡ。動物園の人気者と同じ発音で呼ばれ、待合室などには非公式なものではあるがそれとなくパンダのイラストが配されている。

その愛称とは裏腹に、ＰＭＤＡのミッションは国民の健康のために極めて重要であり、医薬品の副作用などによる健康被害救済、薬事法に基づく医薬品・医療機器などの審査、医薬品や医療機器などの品質を確保する安全対策および情報提供などが行われていた。

部屋のドアが開き、慌てた様子でスーツ姿の髭面男が慌ただしく戻ってきた。週刊誌の記者だ。

「いやいや、インタビューの途中でどうもすみません。朝から腹の調子が悪くて」

そう言って男は黄色い歯を見せて笑い、無造作に髪の伸びた頭を掻《か》いた。

「いえいえ」

「時間、大丈夫ですか？」

柳沢はスーツの袖を上げて腕時計を見た。先程、見たばかりだから十七時前であることはわかっている。

「実はこの後予定がありまして、十七時半にはここを出なければならないのです」

「それは申し訳ありません。じゃあ、もう少しで終わらせますから。柳沢さんはさっき、臨床試験は薬害を防ぐためにやっているわけではないと仰いましたよね。そこ、もう少し詳しく説明してもらえませんか？　安全性を確認した上で販売許可が出ているものだと思っていましたから、驚きました」

「医薬品を臨床開発するときには、治験が行われて有効性と安全性が検証されます。治験では有効性と安全性がまだ充分に確立されていない医薬品の候補をボランティアに投与します、ですから必要以上に多くの人間に漫然と投与することは倫理的に問題となるんです」

「なるほど。言われてみればそうですよね」記者は頷いた。

「そのため、治験では有効性を検証するために最低限必要な患者数を事前に予測して、その限られた患者のみを対象に臨床成績を評価するんです」

「でもやっぱり有効性だけの評価では不十分なんじゃないですか？」

「もちろん、安全性の評価もします。重大な副作用が多発して開発が中止された薬剤も多いですから。でも、副作用は薬物の効能ほどには頻繁に現れません。安全性を正確に評価するためには、有効性を評価するのとは比較にならないほど多くの患者数が必要となって大変なんですよ」

「どのくらい大変なんです？」

「例えば一万人に一人の割合で発生する副作用を九十五パーセントの検出力で一例検出するためには、統計学的には最低三万例の症例を必要としますが、治験で一気にこれだけの症例を集めて実施するのは現実的には極めて難しいのです。仮に千例に対して三年かかる前提で計算すると、必要な情報を集めるのに最低でも九十年かかることになります」

記者は目を丸くした。「九十年！　そんなに待っていられませんね」

「ええ。ですから安全性が完全に確認された医薬品のみに製造販売承認を与えるシステムにしてしまうと、発売が大幅に遅れてしまうわけです。開発コストも今よりも大幅に跳ね上がって、それは販売価格に上乗せせざるをえません。そんなことは誰も望まないでしょう」

記者は頷いた。「なるほど。取材前に持っていた、国と製薬会社が結託して危険な薬を売ろうとしているというイメージは薄れてきました」

柳沢は苦笑して続けた。「実際には、動物実験と治験のデータの範囲内で有効性と安全性が認められれば製造販売承認が下り、より詳細な安全性情報は市販後調査と呼ばれる副作用データの蓄積によって評価されています」

「でもやはり、その辺が不完全な状態で世に出てしまう感じがして不安になるんですよねえ」

「ええ。まさにその通りなんです。承認時点ではデータは完全ではありません。一種の仮免許のような状態です。でも、安全性も有効性も現実的に可能な範囲でしっかり調べられています。自動車の仮免許だって、もっと教習所で特訓してから交付した方が事故は減るでしょう。でも、ある程度の段階まできちんとトレーニングをしたら後は実地で学んだ方が効率的です。それと同じようなものなのではないでしょうか」

「仮免許が正式な免許になるのはいつですか？」

「仮免許というのはあくまで比喩《ひゆ》ですが、販売から半年間はかなり集中して安全性に問題がないかを確認します。それに承認から原則八年後に改めて有効性や安全性を確認する再審査制度もあります」

「そういった調査がきちんと機能していれば薬害は起こらないはずですよね？」

「ええ。ただ、副作用と薬害については分けて考える必要があります。副作用は重篤なものを含めて完全に防ぐことはできません。一方、薬害については決まった定義があるわけではないのですが、医薬品の有害性に関する情報を国や製薬会社が軽視したり無視したりした結果、社会的に引き起こされる人災といったイメージで捉えておけばよいと思います」

「うーん」記者は唸《うな》った。「でもそれは匙《さじ》加減の問題ですよね。なにをもって軽視とするのでしょう？」

「それは薬剤が適応とする疾患によっても変わってくるでしょう。例えば風邪薬で人が亡くなるような副作用が多発すればそれは即問題として取り上げなければならないでしょうが、がんのような致死性の高い病気の場合には、どうしても薬自体の効果が強くなるので、薬剤の効果と副作用のバランスを慎重に見定めていかなければいけません」

「血液製剤によるエイズや肝炎なんかは明確な薬害といえるかと思いますが、抗がん剤なんかは難しいですよね」

「ええ。でも感染症に関しても過去のものとは言いきれないんです。我々はこれからやってくる新しい時代に備えて医薬品の感染症対策を進めています」

「と、いいますと？」

「以前に死者由来硬膜《こうまく》の移植により医原性クロイツフェルト・ヤコブ病が発生したり、血液製剤によるウィルス感染が発生したりしたように、細胞由来の成分が関わってくるとどうしても感染症のリスクが出てきます。すでにわかっている病原体であっても検査等の対応には苦慮することが多いのに、世の中にはまだまだ未知の病原体が存在しているはずなんです」

「これまで知られていなかった感染症が、再生医療の発展と共に急に出てくるんですか？」

「いいえ。でも、例えばピロリ菌は胃がんの原因として重要であることは今でこそ有名ですが、昔は胃に細菌が住みついていて胃がんを引き起こしているなどとは誰も考えなかったわけです」

「はい」

「同じように、今までは感染症と関係なく発生すると考えられてきたがんのような致死性の病気が、実はこれまで知られていなかった感染症によって引き起こされていることが明らかになる例はこれからも出てくるでしょう」

「でも、本当に誰も知らなかったのなら仕方ないですよね？」

「ええ。でも、大抵ははっきりとした研究結果が出る前に、何らかの警告が発表されているものなのです。我々は海外の情報を含めて情報収集に努めています」

「医薬品による感染の方は早期発見に努めるということでアクションが明確ですが、先程お話しになった副作用の方は本当にさじ加減が難しそうですね」

「過去において国による薬害の認定が遅れて、被害が拡大した事例が存在することは忘れてはならない事実です。同じ過ちを繰り返してはなりません。一方で、少数の副作用による訴訟に怯えて、医療現場や製薬会社が萎縮してしまうことは公益になりません。新薬の一日でも早い登場を待ち望む患者さんやご家族はたくさんいらっしゃるのですから。その辺の情報発信も我々の非常に重要な業務であると考えています」


取材対応を終えた柳沢は急いでオフィスに戻り、部下に申し送りをした後、急ぎ足で職場を後にした。幸い雨は止んでいたが、風が強く、雲は相変わらず驚くような速さで流れていた。いつ強い雨が降ってきてもおかしくない空模様だった、降ってきたら傘はあまり役に立たないだろう。半ば走るような速さで日比谷線の霞ケ関へと向かった。結局、駅まで雨に降られることはなく、地下鉄の階段を下りた柳沢は安堵《あんど》の溜息をもらした。

八丁堀で京葉線に乗り換えて、新浦安にある湾岸医療センターに向かった。

肺がんの術後の経過は順調だった。息苦しさは手術後数日で無くなり、今では肺の一部を切り取られて呼吸量が十五パーセント落ちたようには全く感じられなかった。

職場にはがんのことを秘密にしている。宇垣医師がそのように勧めてきたのだ。

通常であればがんと闘うために職場の協力が求められるため、医師は職場へがんの告知を行うことを勧める。しかし、湾岸医療センターのがんドックを受診する患者は社会的な地位や影響力からがんになったことを隠したがることが多く、病院としても最大限そのような意向を酌んだ医療体制を整えているとのことだった。

例えば、手術後の定期的な受診については休日や夜間の特別診療によって、昼間の業務に支障がないように受けることが可能だった。今日もまたいつもより帰宅時間を早めなければならなかったが、日中の業務には支障をきたすことなく診察を受けることができる。

手術後に念のため行われている術後の抗がん剤治療も、特に重い副作用は出なかった。肝機能のチェックのために月に一回の診察を受けなければならないのが煩わしかったが、健康上の大きな問題はなかった。術後一ヶ月、炎症の数値が高いとのことで炎症を抑える薬を注射した程度で、その炎症もその次の診断では問題ないと言われた。

煩わしい一方で、夜間診療の時には好奇心をくすぐられる出来事にも遭遇した。

湾岸医療センターを受診する人間は社会的な地位の高い人物が多いという噂は聞いていたが、実際に夜間診療を受けてみると、大物の国会議員や財界人を病院のロビーなどで見かけることが退院後のこの半年で複数回あったのだ。

もちろん一官僚である柳沢とは違って、彼らは病院でも特別な待遇を受けているようであったが、それでもリムジンでエントランスに乗り付けたり、秘書や社員とともにロビーを通り過ぎたりする姿を他の患者から完全に隠せるものではない。

ネットで調べる限り、彼らが入院しているという話は見つからなかったから、恐らく通院しているのだろう。そして、彼らがどのような病気で診察を受けているのかは柳沢にも容易に想像することができた。自分と同じがんに違いない。

もちろん、病院に行く理由について、彼らは見舞いなどと言って取り繕うこともできるだろう。柳沢もなにか証拠を持っているわけではない。

情報を週刊誌に売り渡すほど生活に困ってもいないし、そもそも夜間の病院で有名人を見かけたなどと同僚や友人に言おうものなら、自分が病院にいた理由をいろいろと詮索《せんさく》されるに決まっていた。柳沢にとってこの件は通院の密やかな楽しみ以上の意味はなかった。

誰しも事情は同じなのだろうな。

車窓を流れていく無数のマンションの灯り。その一つに子供を抱え上げる父親と思しき男性のシルエットを見つけた柳沢は思った。それぞれに仕事と生活がある。がんは今ではありふれた病だが、それでもがん患者が生きやすい社会であるとはとても思えない。

進行がんで、本当に職場の協力が必要なのであればともかく、手術可能なごく初期のがんの場合は職場にあえて告知しない人間も多いらしい。

出世街道まっしぐらというわけではない自分のような官僚であっても、がんになったという事実が今後の考課《こうか》に与える影響は気になる。政治家や財界人であれば可能な限り隠したいと考えるのが人情というものだろう。

それにしても、と柳沢は思った。わずか数回の受診で毎回自分でも顔と名前が一致するような重要人物を見かけるのだから、やはり湾岸医療センターが得ている信頼というのは絶大なものがあるのだろう。

自分があの病院を受診できたのは幸運だった。

今日は通常の定期検査に加えて、先日、術後初めて受けたCT検査結果の説明を受けることになっていた。今回の結果で転移が見つからなかったとしても、それで安心というわけにはいかない。いくら転移の確率がほぼないと言われているとはいえ、一度は肺がんが見つかってしまったのだ。

こういった検査を繰り返し受けながら、徐々にがん診断後の人生に慣れていくしかない、と柳沢は思った。自分で調べてみたが、手術後五年経って再発が起こらなければその後に再発する可能性は低いらしい。それまではいろいろとすっきりしない日々が続くだろうが、せめて湾岸医療センターを訪れる大物たちをゴシップ的に楽しんでやろうじゃないか、と柳沢は思った。

海沿いを走るために強風による運行障害が起きやすいことで知られる京葉線だったが、幸いなことに今日は一部区間で速度を落としただけで済み、定刻より僅かな遅れで電車は新浦安駅に到着した。ホームに降りると強い風が体を煽《あお》り、ホームまで吹き込んできた細かく冷たい雨粒がコートを濡《ぬ》らした。

高架になっているホームから改札のある地上に降り、タクシー乗り場に向かう。病院の無料送迎バスもこの時間には運行を終了しているし、路線バスでは最寄りのバス停からでも病院まで歩いて五分ほどかかる。普段であればどうということもない距離だが、傘をさすのも難しいこの強風の中を歩くのは御免だった。

悪天候ではあったがタクシー待ちの列はそれほど長くなく、五分も待たずに柳沢はタクシーに乗り込むことができた。

「お見舞いですか?」行き先を告げ、走り出したタクシーの車内で、柳沢とそう歳の変わらないように見える運転手が訊ねてきた。

「ええ。家内ががんでね」運転手との会話をあまり好まない柳沢は、家族ががんだと言われればあまり余計なことは訊いてこないだろうと踏んでそう答えた。

「ああ。それは大変ですね」

運転手はしばし口をつぐんだ。タクシーは赤信号で停車した。

作戦が成功したと思うや否や、運転手は柳沢の方を振り向いた。

「でも、湾岸医療センターに入院できたのはよかったですね。あの病院は評判がいいから」

「そうらしいね」

素っ気なく返答しながらも、柳沢は運転手の意見を少し聞いてみたくなった。どの街でも運転手は情報通であるからだ。これまで同僚の薦《すす》めと受診した時の好印象だけで病院を信じてきたが、別の角度からの評価も加わればより安心できるというものだ。

「ここだけの話ですけどね」運転手はわざとらしく声のトーンを少し落とした。「私でも名前を知っているような政治家やら会社の社長さんを乗せたことも何度もあるんです」

「都内から?」

「新浦安からです。湾岸の道路は結構混むんで、事故渋滞なんかの時は電車で来ることもあるみたいで。あまり知られていませんが、がんでは実績のある病院ですから、きっとあの人たちもがんなんですよ」

「でも、私と同じで見舞いかもしれない」

信号が青に変わった。運転手は車を発進させながら言った。「いえ。お見舞いの方なら話の雰囲気とか持ち物でわかりますよ。社会的に成功した人が手土産も花も持たずにお見舞いって考えにくいでしょう」

運転手の言う通りなのだろう。自分が見た有名人たちも、見舞いではないことは明らかだった。

「評判がいいっていうのはどうしてなんだろう？」

「なんか最新設備で小さながんを見つけられるっていうのと、転移しちゃってた場合も独自の治療法があるらしくて、がんの進行が抑えられるらしいんですよ」

「へえー」柳沢は感心してみせた。どうやら噂は本当のようだ。

「奥さんは手術したんですか？」

「ええ。まだ初期だったから大丈夫みたいだけど、やっぱりこの先ちょっと心配だね」

「湾岸医療センターなら大丈夫ですよ。きっと」

「ありがとう。そうだといいんだけど」

ついでに悪い噂がないかも訊いておくことにした。

「なにか悪い噂はないの？」

「特にはないですねえ。あ。いや、なんでもないです」

「なんだい？　気になるな」

「いえね、たまにチンピラみたいのが病院の前で騒いでることがあるんです。医療ミスで転移が起きたから金を寄越せってね」

「でも、チンピラなんだろ？」

「ええ。だから気にしなくて大丈夫ですよ」

「うん。どこにでもおかしな患者が少しはいるものだからね」

　程なくして五階建ての湾岸医療センターが見えてきた。病院自体は、特に新しさも古さも感じさせない、平凡な外見の病院だった。

　車止めに付けてもらい、運賃を支払い、礼を言ってタクシーから降りた。雨は相変わらず強い。

　正面玄関からロビーに入り、受付で診察券と保険証を差し出すと、いつものように診察室の前で待つように指示された。

　建物の外装こそ何の特徴もない湾岸医療センターだったが、内装や照明は上品なトーンでまとめられていた。もちろん、病院のロビーなので居心地がよいということはないが、それほど苦痛を感じずに過ごすことができる。

　夜間の診察に関しては完全予約制だったが、ロビーの長椅子は半分弱が埋まっていた。いつもより混んでいる。自分と同じで悪天候による交通遅延を恐れて早めに出てきた人が多いのだろう。

　診察室が並んでいる側を歩きながら、患者の中に有名人がいないかどうかをざっと確認してみたが、残念ながら見当たらなかった。

有名人がいないことに少し落胆し、いつもよりは待たされるかもしれないと覚悟しながら柳沢は空いている席に腰を下ろした。

同じ長椅子の右側には、母子と思しき二人が座っていた。母親は三十代後半といったところだろうか。整った顔立ちをしていたが、痩《や》せすぎていたし、肌にも髪にも艶がなかった。

しかし、彼女の奥に座る娘にふと目を移して驚いた。母親と同様に整った顔立ちをした小学校低学年と思しき娘は、明らかに青白い肌をしていて、呼吸も弱々しかった。思わず凝視してしまった柳沢の視線に気付く余裕すらなさそうだ。ふと視線を感じて顔を上げると母親と目が合った。慌てて視線を逸らした。

病に冒されているのは母親ではなく、娘の方に違いない。母親の方は娘の病気によって疲弊しているのだ。娘はやはりがんだろうか。

柳沢は以前聴いた、小児がんに関する勉強会の内容を思い出した。

がんの発生率は加齢とともに上昇する。タバコや放射線など、発がん率を上昇させる因子は様々なものが知られているが、一番の発がん因子は加齢であると考えられている。子供は滅多にがんにはならないが、稀に大人のがんとは性質の異なる小児がんが発生することがある。小児がんには抗がん剤が効きやすいものが多く、最近では七割以上が治るらしいが、この子は薬が効きにくかったのかもしれない。

「ねえ、まだ?」か細い声で娘が母親に訊ねた。

「ごめんね。もう少しだと思うんだけど、今日は天気が悪くて、早く来ちゃったからね」母親が娘に詫びた。

「今度はお母さんが病気なの？」

「まだはっきりはわからないの。この前、病気かどうかはっきりさせるために検査をしたから、今日はその結果を聞きにきたの」

「リナと同じ、心臓の病気？」

「ううん。違う。お母さんの心臓は大丈夫」

「お父さんと同じ、がん？　お母さんも死んじゃうの？」

「大丈夫だからね」

母親が娘を抱き寄せる気配がした。

柳沢は意識して母子の方を見ないようにしたが、内心で深く同情した。娘が病気なのは間違いではなかったが、母親の方ががんである可能性があるのか。しかも夫もがんで亡くしているらしい。なんて不運な家族なのだろう。

スピーカーから呼び出しのアナウンスが流れた。

「山岸祥子《やまざきしようこ》さん。五番診察室にお入りください」

母親は立ち上がり、待っててね、と娘に告げてからおぼつかない足取りで診察室へ入っていった。彼女を呼んだ声は宇垣医師のものだった。

一人になった娘をそれとなく気遣いながら、柳沢は漫然と時を過ごした。一度は仕事をしようかとノートパソコンを鞄《かばん》から取り出したが、結局は集中力を欠いていることに気付いて、しまい直した。

先程までは意識していなかったが、あるいは意図的に意識しないようにしていたが、術後初めてのCT検査の結果がこれから告げられることになっていた。

宇垣医師は切除した肺がんの大きさから考えて、統計的には再発はほぼないと言っていた。しかし、統計はあくまで統計だ。百人中一人しか再発がなくても、自分がその一人になってしまったら自分にとってはそれが全てだ。

様々な思考を巡らせながら待っていると、後ろの長椅子に人が座る気配を感じた。

「こんなに早く着いちまって。もっとのんびり出ても大丈夫だと言ったじゃねえか」年齢を感じさせる声が背中から聞こえた。

「早くといってもたった二十分です。普通の病院なら予約時間に着いてももっと待たされます。しかも会長、我々は前回も遅刻してしまって危うく治療を受けさせてもらえないところでした。宇垣先生からは次にこんなことがあったら、治療の継続を断ることもあると念を押されたじゃないですか」

「んなことはわかってるんだよ」

背後をそれとなく確認すると、声のイメージ通りの、背の低い胡麻塩《ごま》頭の老人と、若く線の細い眼鏡の男性が並んで座っていた。特に記憶にある顔ではなかったが、どこかの会社の会長と付き人を務める社員なのだろうか。

呼び出しを待っていると突然、重いバッグが床に落ちるような音が右手から聞こえた。

「おい！」会長と呼ばれていた胡麻塩頭が叫んだ。

「あ！」付添いの若い男も声を上げた。

柳沢は反射的に右手の床を見た。そこには先程の女の子が蒼白《そうはく》な顔で仰向けで倒れていた。

「お嬢ちゃん大丈夫か⁉」少女に一番近い会長が床に片膝を付き、肩に手をかけて抱き起こそうとした。

「動かしちゃだめです！」柳沢は反射的に叫んだ。

顔を上げた会長と目が合う。只者《ただ》ではない眼力に圧倒されそうになった。

相対してみてわかった。この二人は、どこかの会社の会長と社員ではない。少なくとも、まともな会社ではないはずだ。ヤクザの親分とインテリヤクザの部下、といったところだろうか。

しかし、会長のその目は同時に、どうすればいい？　と、問うていた。

柳沢は遠くに見える女性看護師に叫んだ。「女の子が倒れました！」そして会長に向き直った。

「ここは病院です。助けはすぐに来ます。素人が触らない方がいい」

会長は頷いた。少女の肩にそっと手を置き「すぐに先生が来て何とかしてくれるからな」と呼びかけた。

少女は苦しそうに頷いたように見えた。しかし何度も繰り返される喘ぐような頷きは、問いかけに対して返されているものではないのだとすぐに理解した。よくわからないがこれは一種の反射に違いない。

会長はもう一度顔を上げて柳沢に訊いてきた。「この子は一人で病院に来たのかい？」

「母親と一緒でしたが、今は診察室です」

「おい山本！　診察室に行ってこの子の母ちゃんを呼んでこい！」

「はい！　って、どこの診察室ですか？」

「五番です。宇垣先生の担当です」柳沢は咄嗟《とっさ》に答えた。

「五番！」山本が頷いて走り出す。

ストレッチャーと共に当番医が駆け付けたのと、母親が宇垣医師と共にやって来たのはほとんど同時だった。素早く身を引いた会長に代わって、母親が少女にすがり付いてなにかを喚き散らした。

「拡張型心筋症の既往《きおう》があります！」宇垣医師が母親の声に負けない大声で叫んだ。

当番医は頷いた。「死戦期《しせんき》呼吸が出てるな。自動体外式除細動器《AED》でいい！」

看護師はAEDのオーダーを受ける前にすでに走り出していたように思えた。AEDはロビーの一般患者でも手の届くところに設置してあった。以前に職場で講習を受けたことがあるが、実際に心室細動が起きた患者にAEDが使用されるのを目にするのは初めてだった。医師であればAEDではなく、通常の除細動器を使用できるはずだが、近くで見えているAEDの方が早くて確実だと判断したのだろうか。それとも、全自動でない除細動器の使用に不安を感じたのだろうか。

「リナ！　しっかりして！」

「お母さんは離れてください！　これじゃあ処置ができない！」当番医が叫んだ。

「ほら！　あんた離れろって先生が言ってんだろ！」会長が低い声で唸るように言った。やはり、堅気の人間が出せる声ではないな、柳沢は思った。ただ、その凄みのある声からは、混乱と狼狽《ろうばい》も感じ取れた。

ロビーが混沌《こんとん》に包まれる中、柳沢は看護師を目で追い続けた。彼女は素早くＡＥＤのボックスを設置場所から取り外すと、凄い勢いで戻ってきた。緊迫した雰囲気の中で、柳沢は何故か運動会の借り物競走を思い出した。

再び少女の方に視線を戻すと、母親が会長によって娘から引き離されていた。少女の上半身の服は脱がされて白い肌が露出している。

当番医が看護師からひったくるようにして受け取ったＡＥＤのボックスを開けると、録音された音声が説明を開始した。彼は説明を聞くことなく装置を取り出し、パッドを少女の胸部に張り付けて少し身を引いた。

装置は電気ショックが必要かどうかを、心臓の電気パルスを読み取って確認する。その間にノイズが入らないようにするためと、この後に必要であれば行われる電気ショックの危険から逃れるために身を引く必要があることを柳沢は思い出した。

「通電ボタンヲ押シテクダサイ」人工音声が指示した。当番医は間髪入れずにボタンを押した。

少女の胸部がビクンと動いた。装置が指示を出し、医師がそれに従うという構図に柳沢は皮肉めいた面白みを感じた。確か装置が必要と判断しなければ、ボタンを押しても通電されない仕組みになっていたはずだ。

当番医は心拍と呼吸を確認した。「よし！　運びましょう」

少女はストレッチャーに移され、母親と共に廊下の奥へと運ばれていった。心拍と呼吸が回復した際の当番医の表情を見る限り、少女は助かるように思われた。

ストレッチャーが運ばれていくと喧騒《けんそう》は嘘のように去り、代わって本来の静寂が待合室を包み込んだ。


「さて」つかの間の喧騒が去ったロビーで、宇垣医師が残った一同を見渡した。「ご協力ありがとうございました。皆さんの診察はこの後行います。先程のお母様への診察は後になりますので、次は柳沢さんですね。すぐお呼びしますのでもう少しだけお待ちください」

そう言って診察室に戻っていった宇垣医師のすらりとした背中を目で追っていると、横から声がかかった。

「いやあ、よかったな」会長は、皺の多い、精悍《せいかん》な顔に笑顔を浮かべていた。

「ええ。本当に」

「子供が目の前で死ぬなんていうのは、見たくはねえもんな」

「ええ」柳沢は同意した。

一呼吸空けて会長が口を開いた。

「あの先生に診《み》てもらってるってことは俺と同じで難しい病気なんだろうけど、あんたは俺からみればまだまだ若い。何とかなるといいな」

「ええ。ありがとうございます」励ましてくれているのだろうと思って礼を言った。内心では自分はごく初期だったんで問題ないはずだけど、と付け加える。

会長が少し声のトーンを落として言った。「俺はさ、初期がんだから転移は考えにくいと最初に言われたんだが、転移が見つかっちまった。でも、なんだかよくわからない、怪しげな治療が効いて、何とか元気にやってる」

「ちょっと、止めてくださいよ会長」先程、山本と呼ばれていた男が慌てた。「日本がんセンターの治療では病気は進む一方だったじゃないですか。ここに戻ってきたらまた小さくなったんですから、怪しげだなんて……」

「俺だって、自分のことだからいろいろ調べたんだ。ここでやってるような免疫療法は大体怪しいんだってよ。まあ、効けば文句はないが」

話を聞いていると、主治医に黙ってセカンドオピニオンを受けたという。柳沢は心中で嘲笑《ちょうしょう》した。それはセカンドオピニオンではなくてドクターショッピングと呼ばれる全く別の行為だ。

セカンドオピニオンというのは主治医の了解の元、診療記録を提供してもらって別の医師の意見を聞くことを指す。セカンドオピニオンは診療ではなくて相談なので健康保険が利かず、全額自己負担になることを含め、名前ばかりが有名になっていて内容について知らない人間が多すぎる。

初期の肺がんが転移した？　柳沢は不安を感じた。しかし、一口に初期といってもいろいろな段階に細分化される。自分の肺がんよりは大きな状態で見つかったのかもしれない。いや、そうであるに違いない。

一方で、最先端医療機関である築地の日本がんセンターでもお手上げだった転移巣が小さくなったという今の話は安心材料だった。考えたくはないが、万が一転移が見つかったとしてもこの病院なら本当に何とかしてくれるのかもしれない。

「あの母ちゃんも肺がんなんだろうな。娘さんもまだ小さいのに」会長は呟くようにして言った。先程は難しい病気という言葉でぼかしていたのに、結局は暗に柳沢の病気が自分と同じものかどうか確認しているのだろう。

「それはわかりませんけどね」

先程聞いた母子の会話と宇垣医師の診察を受けていることを合わせて考えれば、彼女に肺がんの疑いがあることは間違いなかったが、かといってそうであると確定しているわけでもない。

「がんじゃないといいんだけどな」会長は独り言のように呟いた。

「ええ」

「柳沢昌志さん、五番診察室にお入りください」天井のスピーカーから宇垣医師の声が聞こえた。

柳沢は立ち上がり、二人に向かって会釈をしてから診察室へ足早に向かった。行きがかり上、話をすることになってしまったが、訳のわからない人間とあまり関わり合いになりたくはなかった。次回は受診する曜日を変えよう、と柳沢は思った。

診察室の扉を開けると、宇垣医師がモニターを見つめていた顔をこちらに向けた。「先程はありがとうございました。連絡があって、女の子の容体は安定しているそうです」

「よかった」柳沢は安堵した。これからもいろいろと大変だろうが、死んでしまってはそれで終わりだ。

柳沢は促されるまま丸椅子に座った。「もっとも人の心配ばかりしていられる身ではありませんがね。いつがんが再発するかわからないんだから」

「ええ」宇垣医師の表情が曇った。「では早速ですが、検査結果をお話ししますね」

何故表情が曇る？　再発するかわからないという言葉に対して、ええ、とはどういうことだろう？　同意したということは再発する可能性がある、つまり少なくともまだ再発していないということか？

「あの……」柳沢は続きを促した。

「今映っているのは三ヶ月前、術後三ヶ月で撮影した胸のX線写真です。この時点では影はどこにも見当たりません」宇垣医師はモニターの画像を示しながら言った。

柳沢は頷いた。心拍が急増し、心が震え始めていた。この時点では？　この話の流れは……。

「そしてこちらがこの前撮影したCT画像です」そう言って宇垣医師は別の画像ファイルを開いた。

現れた画像には、黒く映し出された肺にたくさんの白い点が存在していた。素人である柳沢にも何が起きたのか一目瞭然だった。

「転移、ですか？」

「はい」宇垣医師は微かな皺を眉間に寄せて頷いた。マウスを操作してさらに別の画像を開いた。

「こちらが肝臓の画像です。肺に加えて肝臓にも転移が確認されます」

直後にやってきた感情は怒りだった。ほぼ百パーセント転移はないと言ってたじゃないか！

柳沢は心の中で叫んだ。いっそ、声に出して目の前の女医をなじってやれれば少しは気が晴れるのかもしれない。しかし、幸か不幸かそのようなことをしても空《むな》しいだけだと考えるだけの知性を持ち合わせていることも、柳沢は脳の別の部分で知覚していた。

「柳沢さん。落ち着いて聞いてください。ショックなのはわかります。でも柳沢さんが抱いているがんのイメージは一昔前のものかも知れません」

「一昔前？　どういうことでしょうか？」自分の声が震えているのを感じながら柳沢は訊ねた。

「以前は確かに転移イコール死、でした。でも近年状況は変わりつつあります。分子生物学の発展でがんのタイプによってはがんが治ることだってあるんです」

「それは知っていますよ。でも、今でも転移が起きてしまった患者のほとんどは助からないんでしょ？　前にも言いましたが私は薬事行政に携わっているんです。気休めは止めてください」

「気休めではありません」宇垣医師は静かに、しかし力強く言った。

柳沢は先程の二人組の会話を思い出した。日本がんセンターでは進行を止めることができなかったがんが、ここの治療で小さくなったと言っていた。

転移がんに対するこのセンターの治療が優れていることは以前から聞いてはいたが、実際の体験談を直接耳にしたのは先程が初めてだった。そもそも自分に転移が起こるとは思わなかったから、湾岸医療センターの独自療法に関しては一種の保険程度に考えていたのだ。

柳沢は少し落ち着きを取り戻した。転移は衝撃的だが、元々万が一の転移に備えてこの病院を選んだのだ。今は話を聞かなければならない。

「確かにこちらの独自治療は実績を上げているようですね。さっき待合室で一緒になったお二人は、日本がんセンターで進行を止めることができなかったがんが、ここの治療で小さくなったと言っていました」

「二人？　ああ」宇垣医師は頷いた。「他の患者さんのことをあまり話すわけにはいきませんが、確かにあの患者さんのがんも大きくならずに済んでいます」

「も、ということは他にもそういう方がたくさんおられるのでしょうか？」

「手間のかかる治療法なので費用も高額になってしまい、あまり多くの方を受け入れるわけにはいかないのですが、治療法が適合される方に対しては非常によい成績を収めています」

「適合、と言いますと？」

「がんのタイプです。簡単に言えば我々の療法は幅広いタイプのがんに効果を発揮しますが、どんながんにも効くわけではない、ということです」

「私の場合は適合しそうですか？」

反射的に訊いてしまった後で、柳沢は息を飲み、拳《こぶし》を固く握った。適合しなければ自分の人生は事実上終わると考えた方がいい。

「はい」宇垣医師は柔和な笑顔をみせた。「手術時に採取したがん組織を培養してテストを行い、柳沢さんの肺腺がんは我々の治療法が適合する可能性が極めて高いことが判明しました」

「治りますか？」

「残念ですが完全にがんが消えることはないと思います。しかし、がんの成長や転移を抑えることはできそうです。小さくなることも期待できます」

「そうですか」柳沢は俯いた。

「そう気を落とさないでください。がんというのは大きくならなければほとんど問題はないのです」

「理屈はわかりますが……」

「我々はこう説明しています。我々の治療法はある意味ではがんを治しているのだと」

「さっき治せないって言ったばかりじゃないですか」こいつはなにを言っているんだ？　柳沢は自分の眉間に先程から寄っているであろう皺が深くなるのを感じた。

「柳沢さんの肺腺がんを治すことは難しそうです。しかし、大きくならない、あるいは極めてゆっくりとしか成長せず、転移もしないならそれは良性腫瘍と同じです。良性腫瘍はがんではありません」

宇垣医師の言葉に柳沢は感心すると同時に、少しだけ気持ちが明るくなった。

「なるほど。ある意味ではがんを治すというのはそういうことですか。確かに良性腫瘍であればそれほど怖くはありませんからね」

「ただ、保険が利かないので、治療費はそれなりにかかってしまいます」

「如何ほどでしょうか？」

「月十五万円ほどです。がん保険等に加入されていても自由診療をカバーするものでなければ費用は全額自己負担となります」

「十五万ですか」高いな、と柳沢は思った。がん保険も先進医療をカバーするものには入っていたが、自由診療をカバーするものではない。がん保険加入時には自由診療の多くは怪しげなものだと思っていたからだ。十五万は柳沢にとって決して支払えない額ではない。そもそも自宅から通学している大学生の娘が一人暮らしでもしていたら、そのくらいの金額が月々消えているはずなのだ。

「我々の治療は複数の治療法から成り立っています。いろいろな方法を試してみて、場合によっては月々の治療費が少なくて済むようになることも十分考えられます。もちろん他の病院で標準的な化学療法を受けられたいというのであれば、紹介状を書きますので遠慮なく仰ってください」

宇垣医師の言葉は『馬鹿な選択をして幸運を逃すつもりなら、どうぞご自由に』という風に翻訳されて柳沢には聞こえた。そんな馬鹿げた判断を自分がするわけはないじゃないか。「是非、こちらで治療を受けさせてください。お願いします」柳沢は頭を下げた。

「わかりました。我々もベストを尽くしますので一緒に頑張りましょう」

宇垣医師はそう言って力強く頷いた。

9．2017年3月31日（金）行徳

「しかし、考えれば考えるほど、今回の件は都合が良すぎます。あり得ません」傍らを歩く水嶋が眉根を寄せた。

「だからこうやってわざわざ出向いてきたわけやが……」森川は進行方向から目を離さずに答えた。まさかこんな展開になるとはな。

水路の両脇には桜並木が続き、覆いかぶさるように満開の桜が咲き誇っていた。森川は水嶋と共に市川《いちかわ》市行徳《ぎょうとく》にある小暮麻里のアパートへ向かっているところだった。

リビングニーズ特約による支払いが、夏目の診察患者から立て続けに出ていることを夏目と羽島に相談してから半年が経過していた。

結局、支払い時の調査でも不審な点は見つからず、リビングニーズによる死亡保険金三千万円が、がん保険の五百万円と共に支払われた。

あり得ないことが起きたのはその後だ。夏目からは新薬の臨床試験に参加している小暮の病状について、逐次連絡を受けていたが、驚くべきことに治験中に、がんが消え去ったのだという。その後の再発もなく経過は極めて良好らしい。

羽島が言っていた双子すり替わり受診仮説は誤りだった。小暮のがんは急速ではあるが段階的に消えていったし、誰かがすり替わった形跡は全くなかった。念には念を入れて双子がいないかどうか調査会社に依頼して調べたが、小暮麻理に双子の姉妹は存在していなかった。やはり、が

んになった双子とすり替わって生命保険を不正受給していたなどということはなかったのだ。

しかし、それでめでたしめでたしというわけにはいかなかった。あまりに都合が良すぎるからだ。

水嶋が言った。「しかし、保険外交員の方と二人で、ぞろぞろとお祝いに上がると警戒されるのでは」

「ええんちゃう。プレッシャーがあった方が、向こうがなにか隠していた時に焦ってボロが出やすいやろ」

「それは我々の本来の業務ではありません」

「お前がデスクでうとうとしてなければ、一人で来るつもりやったんやけどな」

「昨日も深夜まで勤務しておりました」

「せっかくのフレックス勤務なんや。しっかり家で寝てから会社に来ればええよ」

「遅くまで寝ていると母が起こしにきます。デスクで寝た方がよいのです」

行く手の道端で小柄な中年女性、保険外交員の金本《かねもと》が手を振っていた。

「お。いたいた。金本さんだ」

ということはあそこが小暮のアパートなのだろう。金本は小暮を保険に加入させた外交員だった。

小暮の自宅は、お世辞にも綺麗とはいえない二階建てアパートの二階にある一室だった。各戸の間取りは2ＤＫほどありそうだったが、駅から徒歩二十分という立地と築年数を考えれば家賃は七万程度だろうか。もっと安いかもしれない。

「お待たせしました。約束の時間よりまだ少し早いですけどね」森川は頭を下げた。

「いい天気だから会社にいるのがもったいなくて」金本はそう言って、小太りの体を嬉《うれ》しそうに震わせた。

「頼まれていたお土産です」水嶋が金本に紙袋を手渡した。東京駅で買ってきた老舗のカステラが入っている。

「ありがとうね。小暮さんの娘の果鈴《かりん》ちゃんがここのカステラが大好きなのよ」

「約束の十五時まであと五分程度ですから、一応もう少し待ってから行きましょう」

金本は頷いた。「本社の調査部の方がお祝いに来られるなんて初めてですよ」

「珍しいことなのでどういうことかと思ってらっしゃるでしょうね」

「ええ」金本は笑顔で頷いた。目には遠慮のない好奇の光が宿っている。

「特にどうということもないんです。ただ、上司がたまにはお客さんと接することも大事だと言うもんですから。亡くなられた方の遺族よりも、小暮さんのように末期から回復した人の方が会いやすいなと、ただそれだけなんです」

「ああ。なるほど、そういうことですか」口ではそう言い、笑顔を作ったままだったが金本は全く納得していない様子だった。

まあ、いいか。と森川は思った。金本がなにを疑っても自分たちに影響はない。無論、金本も自分たちが何らかの不正を疑っているのだと踏んでいるのだろう。保険金詐欺の中には勧誘者が加入者と結託したものも多いが、この様子では少なくともその可能性はないようだ。金本の視線は、自分たちがやってきた理由を単なる好奇心から知りたがっていることを明確に示していた。

「果鈴ちゃん、体が生まれつきあまりよくないらしいですね」森川は金本に尋ねた。

「ええ。小暮さんが果鈴ちゃんを身籠ってまもなく、風疹《ふうしん》になったみたいなのよ」

「みたい、というのは？」

「はっきりした風疹の症状が出なかったらしくて。ただ……」

「なんですか？」

「旦那、いや、元旦那ですけどね、彼が風疹を発症したらしいのよ。妊娠がわかってからは本人は風疹の予防接種ができないでしょ？　それで、風疹が流行っていたこともあって旦那さんに予防接種をしてもらって家庭内に風疹が持ち込まれるのを防ごうと思ったらしいんだけど、元旦那は大丈夫の一点張りで結局予防接種しなかったらしいのよ。で、結局元旦那は風疹に罹って、急いで実家に帰ったらしいんだけど、風疹って潜伏期間でも人にうつしちゃうらしいの」

「それで、小暮さんは特に症状は出なかったけど感染していて、先天性風疹症候群の果鈴ちゃんが生まれた、というわけですか」森川は腕を組んだ。

「その時の主治医は障害児《しょうがいじ》が生まれるリスクがあることをきちんと伝えたらしいんだけど、小暮さんは中絶したりしなかったのよ。やっと授かった子供だったらしいから」

風疹は、水疱瘡《みずぼうそう》やはしかと同様に、発疹《ほっしん》を特徴とするウィルス性の感染症だ。しかし、それらに比べると感染性は弱い。

風疹が問題になるのは、妊娠十週目までの妊婦に感染した場合、高確率で心臓、聴覚、視覚などに障害を発生させる点にある。風疹は予防接種で防ぐことができるが、日本では様々な要因が重なって、予防接種を受けていない人が多数存在している。

「それにしてもその、元の旦那は酷《ひど》すぎますね。風疹が流行っていたのに予防接種を打たないなんて」

「それだけじゃないのよ」金本は眉をひそめ、小声になって続けた。「果鈴ちゃんに障害があるとわかるや否や、元旦那は他に女を作って蒸発しちゃったんだから」金本の口元には小さな笑みが浮かんでいた。本人は気付いていないだろう。嫌なものを見た、と森川は思ったが、それは悪意とまでは言えないものだと考えることにした。

「酷いですね」水嶋がそう言い、眉間に深い皺を寄せて悲しそうな表情を浮かべた。

「本当よねえ」金本がそう言って大きく頷き、小暮の前夫が如何に酷い男であるかを水嶋に語り始めた。

森川はこれ以上ゴシップ的な話を聞く気が起きなかった。

前夫は気の小さな男なのだろう。予防接種は痛みもあるし、金もかかる。そして予防接種は無意味だとか、むしろ害があるという情報は巷《ちまた》にいくらでも転がっている。そういった都合のよい情報だけを拾うことで、危機感や後ろめたさを感じることなく、自らを正当化して予防接種を逃れたのだろう。

逃げられた小暮からすれば絶望せざるを得ない状況だが、よくある悲劇でもあった。母子家庭の経済状況は厳しく、障害を持った娘と共にぎりぎりの生活を送っていたのだろう。そして、娘にとって唯一の頼りだった小暮自身が末期がんに冒された。その時の絶望の深さについては、森川の想像の範疇《はんちゅう》を超えているとしか言いようがなかった。

娘の行く末を案じていた小暮は、多額の生命保険を掛けてはいたが、それとて病気を抱えた身寄りのない娘を遺して逝くには心許ない金額だった。

しかし、小暮は死の淵《ふち》から奇跡的に回復した。そしてリビングニーズ特約によって得た三千万円はそのまま手に入ることになった。

話だけ聞けば「捨てる神あれば拾う神あり」と多くの人は思うだろう。自分だって自社の生命保険が絡んでいなければ、涙をさそう奇跡の一つとして心に留《とど》める程度だったに違いない。

しかし、自社の生命保険で不正の可能性があるとなれば、単なる奇跡として片づけるわけにはいかなかった。もし不正が存在するのであれば、それを放置することは大多数の善良な保険加入者を裏切ることになる。

不審な点がないかどうか、予断を持たずに見極めよう。その結果何もなければそれでいい。疑っていたことを心中で詫びながら、回復について心からの祝辞を述べようじゃないか。小暮の治癒の過程については、主治医である夏目から、特に不審な点はなかったと聞いている。

夏目の診断でリビングニーズ特約による保険金を受け取った四人のうち、小暮以外の三名は、がんセンターでの治療を受けずに転院していたが、夏目が転院先に照会するなどして現状を調べ、教えてくれることになっている。

リビングニーズ特約の理念を考えれば、実際に亡くなる時期が半年後以降でも問題ないと森川は考えていた。

小暮のように、奇跡的に死の淵から蘇《よみがえ》る患者がいることも、本来であれば喜ばしいことだ。稀ではあるが、ゆえに生命保険制度上も問題にはならない。

しかし、医療の水準は近年急速に高まりつつある。

夏目の話では今回小暮に治験薬として投与された抗がん剤は、従来のものより延命効果の点で優れていることが示されつつあるものの、革新的とまではいえないとのことだった。薬の効果があったのだとしても、普通に考えれば小暮が治ったのは非常に運がよかったということのようだ。

森川は時計を見た。十五時を僅かに回っていた。

「行きますかね」

水嶋と金本は会話を止めて頷いた。耳だけは二人の会話を聞くともなく追っていたが、やはり金本はたいした話はしていなかった。

金本が呼び鈴を押すと、ドアの向こうでのぞき穴から外を窺《うかが》う気配がし、ドアが小さく開いた。

「こんにちは。ごめんなさいね、まだ病み上がりでしょうに押し掛けたりして。これ、保険会社の方からの快気祝い。ほら、果鈴ちゃんここのカステラ好きだったでしょう」金本が挨拶を一気にドアの中に叩き込んで、紙袋を室内に差し出した。ありがとう、という少女の声が聞こえた。

「お気遣い頂いてありがとうございます。どうぞ」室内から少女とは別の、静かで落ち着いた声が聞こえた。小暮本人だろう。

金本はドアを大きく開き、身を引いた。森川と水嶋は一歩前に進んだ。

声のイメージ通りの線の細い女性と小学生くらいの女の子が玄関口に立っていた。

「こちらは大日本生命の森川さんと水嶋さん」

「森川です。この度はご快復おめでとうございます」

「水嶋です。ご快復おめでとうございます」

森川と水嶋は頭を下げて用意していた名刺を差し出した。

「小暮です。今日はご丁寧にどうもありがとうございます」名刺を受け取った小暮は深く頭を下げ、一呼吸おいてから顔を上げた。丁寧な所作だった。

森川も頭を下げた後で、小暮の顔を見た。何らかの感情が読み取れないかと考えてのことだったが、特に何も読み取れなかった。隠し事をしている様子もなければ、なにかを不安に感じている様子も見受けられない。

「娘の果鈴です」

果鈴は「こんにちは」といって頭を下げた。発音に僅かな癖が感じられた。片耳とその後ろになにか装置を付けていた。補聴器かと思ったが、それにしては大きい。森川は母へ補聴器をプレゼントした際にその小ささに驚いたことがある。

「人工内耳です」森川の視線を察したのだろうか。小暮が言った。「娘は生まれつき耳と心臓がよくないのです」

果鈴は森川の顔をじっと見つめていた。視線は目に向けられてはおらず、森川の口元に向けられているようだった。

「人工内耳だけでは完全に言葉を理解することはできません。唇の動きを読んで補っているんです」

小暮は森川ではなく、果鈴の方を向いて言った。果鈴は頷いた。

「こんにちは」森川は努めてはっきりと唇を動かして果鈴に挨拶した。

果鈴はにっこりと微笑んで「こんにちは」と元気な声を返してきた。

可愛らしい子だな、と森川は思った。挨拶くらいなら読唇《どくしん》せずともわかるのだろうが、喜んでもらえたようだ。

どうぞ、と言って小暮は室内を示した。まず金本が素早く靴を揃えて室内に入り、森川と水嶋が続いた。

室内に足を踏み入れると、女性だけが生活している空間に特有のよい匂いが、春風に乗って森川の鼻腔をくすぐった。森川たちは促されるままに、ダイニングテーブルの椅子に腰を下ろした。果鈴はそこが定位置だと言わんばかりに炬燵《こたつ》に入り、ノートパソコンを開いた。

「それにしても、今回は本当にお世話になりました。何と言ってよいのかわかりませんが、なんだか申し訳なくて」電気ポットのお湯を急須に注ぎながら、戸惑った様子で小暮が言った。

「そんな馬鹿なこと言わないで。大変な病気が治ったんだから、申し訳ないだなんて。ねえ?」

金本は森川の顔をちらりと窺った。

「ええ」森川は頷いた。「リビングニーズ特約に基づく保険金の請求は、契約者様の正当な権利です。今回のようなケースは極めて珍しいですが、だからこそこうしてお祝いに伺ったわけで」

「ほら、あたしたちって、お悔やみを申し上げに行くことがほとんどなんだから」そう言って金本は笑った。

小暮は戸惑ったような微笑みを浮かべた。「正直、助かってはいるんです。うちは父親もいなくて、娘がハンディキャップを持っているものですから」小暮は茶碗に緑茶を入れて皆に出した。

「頂いたお金は大切に使わせてもらいます」

「もう具合は大丈夫なの？」金本が尋ねた。

「はい。お陰さまで」小暮も椅子を引いて席に着いた。「先週からは働きに出てます」

「あら、それはよかったわね」金本が手を合わせた。「どちらに勤めてるの？　前の会社は辞めたのよね？」

「ええ。前は派遣でしたから。今は浦安の運送会社で事務員をやっています」

「今度は正社員なの？」金本は意外そうな顔をした。

「はい」

金本には馴染めない部分もあったが、一緒に来てよかったな、と森川は思った。自分はこんな風にずけずけと質問することはできない。

「本当によかったわね。がんで仕事を続けられなくて困っている人も多いのに、がんになった後で正社員になれるなんて」

森川は金本に厳しい視線を送った後で、炬燵に入っている果鈴を見た。目が合ったが特に驚いている様子は見受けられなかった。母親の命を脅かした病のことを娘さんは知っているのだろうか。

「娘には私のがんのことも、保険金を頂いたことも話してあります。もちろん、がんが治ったことも」小暮は森川の懸念を察した様子で言った。「それに、私が正社員になれたのはがんになったからなんです」

「がんになったから？」金本が不思議そうな顔をした。

「はい。私を採用してくれた運送会社の社長さんも、がんの転移が見つかり、その後奇跡的に治った人なんです。同じ境遇の人を積極的に採用してくださっているそうで」

そんなこともあるのか、と森川は思った。同郷だからとか、学校の後輩だからという話はよく聞くが、同じ病気を克服したから、というのも確かにシンパシーを感じやすいのだろう。がんのような命に関わる病気、それも末期と診断されれば尚更だ。

「よかったわね」そう言う金本の眼が少し潤んだ。悪い人ではないのだな、と森川は思った。

小暮は頷いた。「働きやすい職場です。娘の具合が悪くなった時にも柔軟に対応してくださいますし。社長はあまり病気のことを話しませんが、立派な人です」

一度、死の淵を目にしてそこから復活した人間は、人生が変わるのだと聞いたことがある。末期がんから生還した人間を採用するというのは、理に適っているのかもしれない。

「素敵なお話です」水嶋がそう言った。「ところで、どうやってその素敵な社長さんに出会えたのでしょう？」

「病院で先生が紹介してくださったんです」

「病院」水嶋が首を傾げた。「築地のがんセンターですか」

「いえ。浦安にある湾岸医療センターです」

「湾岸医療センター」水嶋はただ病院名を繰り返した。相手に続きを促しているつもりらしい。

「かかりつけ、とでもいいましょうか。果鈴は行徳の産婦人科で生まれましたが、障害があることがわかってからは湾岸医療センターでお世話になってきました。それで、私も風邪くらいだったら近所のクリニックで済ませるんですけど、アレルギー性鼻炎に関しては湾岸医療センターを受診するようになったんです」

「アレルギー科の評判を聞いて、湾岸医療センターに行くようになったのではないのですか」

「いえ。果鈴の付添いで行った時に、循環器の担当の先生が私の症状をみて、アレルギー科の受診を勧めてくれたんです。たいしたことはないと思っていたんですけどね」

「なるほど。なにか特別な治療が施されるのですか」

「特別かどうかはわかりませんが、院内で処方してくれた飲み薬と、注射による減感作《げんかんさ》療法をしてくれています」

「アレルギーの原因となる物質を注射して、アレルギー反応を抑える療法ですね」

「ええ」

「がんセンターでの治験中は、アレルギーの治療はどうしたんですか?」

「治験に入る前に受診して相談したら、症状も出ていないししばらく薬なしで経過観察しよう、ということになりました」

「ところで」森川は話に割って入った。アレルギーの話を聞きに来たわけではないのだ。「医療センターっていうくらいだからそれなりに大きな病院なんでしょうけど、がんについてはそこで診てもらわなかったんですか？　確か健康診断で肺に影が見つかったんですよね？」

「ええ。職場の健康診断で撮った胸部X線写真で影が見つかって、まず湾岸医療センターに行きました。でも、がん関係の診察は混んでいて、他の病院を受診するように言われたんです」

　金本が顔をしかめた。「ああ、あそこってがんの治療のためにお金持ちや政治家が随分通ってるらしいけど、独自の治療法で高額な上、保険も利かないって話よね。あたしたちみたいな貧乏人は門前払いなのよ、きっと」

　小暮は少し困ったような顔をした。「きっと本当に混んでいたんだと思いますよ。いろいろと親身になって相談に乗ってくれる病院です。保険の加入だって湾岸医療センターで勧めてもらったんです。初めはそんなに高額の保険を掛けなくてもと思ったんですが、相談しているうちにだんだんと娘のことで心配になってしまって」

　森川は訊ねた。「それで湾岸医療センターにがんセンターへの紹介状を書いてもらったんですか？」日本がんセンターは、一般の病院などから紹介された高度先端医療行為を必要とする患者に対応する病院として厚生労働大臣の承認を受けた特定機能病院であるため、受診には紹介状が必要とされている。

「いいえ。近くにある塩浜《しおはま》総合病院を口頭で教えてもらっただけでした。その方が早くて面倒も少ないから、と」

「それで、塩浜総合病院を受診したわけですね？」

「ええ。でも検査の結果、珍しいがんなので、がんセンターで診てもらった方がよいということになって紹介状をもらいました」

「それで夏目先生の診察を受けて余命診断を受けたわけですね。夏目は自分の高校時代からの友人なんです」

「そうだったんですか」小暮は目を見開いて、この日一番の笑顔を見せた。「夏目先生に宜しくお伝えください。先生は私の命の恩人です。夏目先生が臨床試験への参加を勧めてくれなかったら私今頃どうなっていたことか」

「治療は順調に進んだようですが、特に辛いものではなかったんですか？」

「そうですね。全体的には思っていたほど辛くありませんでした。抗がん剤って、毛が抜けたり、治療中ずっと吐いたりするイメージがありましたから」

「重い副作用もなく、がんが消え去ったのは本当にラッキーでしたね」

「ええ。ただ、副作用として重いかどうかはわかりませんが、何とかっていう、がん細胞が一気に死ぬ時に特有の症状があることが、治療開始後すぐにわかりました。薬がよく効いている証拠と言われて、症状もごく軽いということでしたが、数日間入院しましたから」

「どんな症状が出たんですか？」

「手足が痺《しび》れる感じで。血液検査をして何とか症候群だとわかったんです」

その何とか症候群というのが何なのか、夏目に訊いてみようと思い、メモを取った。

スマートフォンを操作していた水嶋が手を挙げた。「腫瘍崩壊症候群が該当するようです」

「あ！　それです」小暮は頷いた。

水嶋は頷いて、どこかのウェブサイトを読み上げた。「場合によっては死亡すると書いてあります。小暮さんは症状が軽くてよかったですね」

小暮は頷いた。「ええ。本当に。夏目先生が上手に対処してくれたからなんでしょうけど」

森川も頷いた。「ラッキーでしたね」

「本当に私は幸運でした。がんになったのは不幸でしたけど、薬もよく効きました。リビングニーズの保険金も頂いた上に、こうして元気でいられるんですから」

全くだと森川は思った。しかも、収入を考えれば不釣り合いに保険料の高い生命保険に加入した後、短期間でがんと診断されている。そんな幸運はそうそうあるものではない。

しかし、今のところ小暮が何らかの不正を働いたとは全く思えなかった。彼女は悪事に手を染めるような人間には全く見えなかったし、自らに訪れた幸運をただただ感謝している様子だ。

森川はリビングニーズの話がもう一度出たところで、意識して笑顔を浮かべ、これまで訊きにくかった質問を投げかけることにした。

「幸運といえば、保険金の支払い期間が短かったのもラッキーでしたね。ご存知かもしれませんが、加入から一定期間内に保険金の請求が発生した場合は全てのケースで普通よりも詳しく調査させて頂くんです」

「ええ」小暮は少し不安そうな表情を浮かべた。

「もちろん、小暮さんの場合は調査の結果、不審な点などなかったので保険金をお支払いしたわけですから何の問題もないのですけれど。稀ではありますが保険金詐欺なんかもあるものですからね」

「そうですね。保険金の支払い期間が短くて、何だか申し訳ありませんでした。でも私はその点も幸運だったと思っています。がんになってからじゃ遅かったわけですから」

森川が口にした保険金詐欺という言葉にも小暮は全く動じなかった。もしこれで詐欺を働いているとすれば小暮はたいした役者だということになるが、とてもそうは思えない。

特に不審な点はない、と森川は結論した。偶然にしては出来すぎてはいるが、何ら作為が感じられないのだから、これ以上疑ってかかるのは顧客に対して失礼だ。

これは、様々な不幸に見舞われた母娘に与えられた一種の恩寵《おんちょう》なのだろう、と森川は思った。自分は無神論者だが、いや、そうであるが故に困窮している母娘を救済してくれる何ものかの存在を否定する気にはなれなかった。

その時、森川は部屋にカタカタという小さな音が響いていることに気付いた。音の方に目をやると、炬燵に入った果鈴がノートパソコンを操作していた。ネットをしているのではなく、一心不乱になにかをタイプしていた。キータッチは驚くほど速い。

「果鈴ちゃん」森川は果鈴がこちらを向くのを確認してから、口をはっきりと動かして話しかけた。「一生懸命、なんかしてるの？」

「アプリの勉強」そういって果鈴は少しはにかんだ。

「アプリって、パソコンとかスマホとかの？」

果鈴は黙って頷いた。そして再びキー入力を始めた。あまり騒がれるのが嫌なのだろうか。

小暮はなにか眩《まぶ》しいものを目にしたような眼差《まなざ》しで果鈴を見た。

「今はコンピューターエンジニアになりたいと言っています。自分のように耳が聴こえない人のために動画に自動的に字幕をつけるシステムを改良したいと言っています。それに、先天性風疹症候群で目が見えない子がいることを知ってからは、目が見えない人がパソコンをもっと自由に、簡単に使えるようにしたいとも言うようになりました。今は子供のためのコンピューター教室に通っています。教室は凄く実践的で、ああやって実際にアプリを作って動かしたりもしているんですよ」

「驚いたな」単に驚いただけではなかった。水嶋と金本が小暮と同じような視線を果鈴に送っていた。自分も同じような顔をしているに違いない。果鈴はちらりとこちらを見ただけで、再びキーボードを叩きはじめた。

「パソコン教室に通うお金は、頂いた保険金から出させてもらっています。あのノートパソコンも買わせてもらいました」

森川は目を細めた。保険金を何に使おうがそれは加入者の勝手だし、普通は何に使われたかを保険会社が知ることも、興味を持つこともない。それでも今回のように子供の夢を叶《かな》えるために使われているのは嬉しかった。

理想に過ぎないのかもしれないが、これが保険のあるべき姿なのだと森川は思った。いや、現実に疲弊して理想を諦めるのはやめよう。

遺された保険金を巡る争いで不仲になる遺族はこれからもなくならないだろう。生命保険のために命を奪われてしまう人も出るだろう。

それでも、生命保険が人々の祈りや愛に基づいて成立していること自体が揺らぐことはない。現に目の前には、母の愛によって未来を切り開こうとしている将来有望な子供がいる。自分の携わっている仕事がその大きな助けとなっている。

胸が熱くなる、という久しく忘れていた感覚を森川は取り戻していた。疑いに基づいて訪問した家庭でまさかこのような経験をするとは……。

小暮の家を後にし、金本と別れた。陽光が橙色《だいだい》を帯び始めていた。

「保険金が適正に使用されていて安堵しました」そう言って、水嶋は途中寄ったコンビニで買った、コーヒー味の豆乳飲料に挿されたストローを口にした。

「加入者がどんな風に保険金を使おうが、俺たちには関係ないわ」

「果鈴さんのやろうとしていることは凄いと思います。課長は凄いと思わないのですか」

「思う」

「嬉しくはありませんか」

「俺が素直に喜びたいんは、不正が行われているような気配がなかったことやな」

「その点にも安堵しました。不正を疑って訪問しておいて、こんなことを言うのはいささか整合性に欠けますが」

「全くや」森川は笑った。

「不正の証拠が発見されれば、果鈴さんの夢が実現不可能になるかもしれません」

森川は頷いた。仮に母親が不正をしていたとしてもあの子には何の罪もない。自らが生まれ持ったハンディを受け入れ、そのことを生かして社会に貢献しようとしている。

この件でもう調査が入ることはないだろう。元々調査は終わっていたのだ。データを使って不正を検出する自分たちの通常業務では、加入者と顔を合わせることはまずない。あまりに奇妙な出来事だったので、特例としてこうして出向いてきたが、水嶋を連れて来てよかったなと森川は思った。

「課長はこのあと夏目先生たちとお花見の予定でしたね」

「うん。そこで色々と情報交換することになっとる」

「週明けが楽しみです。専門家の先生が、この不思議な出来事をどう考えているのか」

「そうだ、今日来てみるか？」

自然に誘えた自信があった。

「上野のお花見にですか？」

「うん。夏目と、もう一人、がんセンターの医者が来る。といっても、もう一人は臨床はやってないけどな。でも疫学の専門家だから話が合うかもしれん」

　羽島が変わり者だということは伏せておいた。水嶋を警戒させることはないからだ。

「今回の件はいろいろと不思議な点が多すぎて、気にはなりますが、お邪魔じゃないんですか？」

「もちろん。みんな歓迎するよ」

「興味はありますけど……」

「何や？」

「女性はいないんですか？」

「おる」森川は笑顔で答えた。「夏目の奥さんが」

　紗希が酔うと絡み癖があることは言う必要はないと判断した。

　水嶋は安心した様子で頷いた。「ちょっと家に電話していいですか？　気合の入った夕食だったりすると母に申し訳ないですから。そんなことは滅多にありませんが」

「もちろん」森川は頷いた。

　水嶋はスマホを取り出して家に電話をかけた。カレー？　というフレーズが聞こえた時点で森川は心のなかでガッツポーズを組んだ。水嶋は遅くならない旨を伝えて電話を切った。

「大丈夫でした。宜しくお願いします」

「みんな喜ぶやろうな。それにカレーは一晩寝かした方が美味《うま》い」

「作りたてのものと比較したことはありませんが、私もそういう印象は持っています」

「そうですね、って素直に言えばええのに」

水嶋は口角を少しだけ上げた。「今日は直帰扱いですから、このまま上野に向かうことになりますか」

「俺はそのつもりで来た」

「夜は結構冷えるでしょうね。この格好ではいささか不安を覚えるのですが」

「そうやな。夏目の奥さんが豊洲の自宅に寄ってから来るはずやから、なんか持ってきてもらおう。それから羽島というさっき言った疫学の専門家が毎年熱燗《あつかん》を用意してくれる」

「熱燗ですか。温まりそうですが、上野公園は火気の使用ができないはずです」

「火は使わへんよ」

「ではどうやって？」

「まあ、楽しみにしておくとええ」

見たらきっと驚くだろう。あるいは呆《あき》れるかもしれない。

10. 同日　上野公園

上野公園の桜は、たなびく雲を思わせる濃密さで頭上を染め上げていた。灯りに照らされ、夜空と明確なコントラストをなす様は蒔絵《まきえ》に描かれた風景を思わせた。

その下に広がっているのは、日本的としか表現しようのない混沌だった。間違いなく混沌でありながら、秩序が随所に存在する奇妙な空間。

道行く人々の中に森川の姿を見つけた夏目は、ゴザの上で立ち上がって森川を呼んだ。こちらに気付く様子のない森川を、すかさずスマホを取り出して呼び出した。森川が歩きながらスマホを耳に当てるのが見えた。

「右斜め後ろだ」

森川は振り返って手を振った。横にいる大人しそうな子が連れてくると言っていた同僚なのだろう。

レジャーシートの間をあみだくじのようにしてやってきた森川が手を挙げた。「遅くなったな」

「美人さんじゃないの」すでに頬に赤みがさしている紗希が、森川の連れてきた女性を見て言った。

女性は頭を下げた。「水嶋です。急に参加させて頂くことになって申し訳ありません」

「下の名前は何ていうの?」

「瑠璃子です」

「じゃあ、瑠璃子ちゃんでいいよね。これ、フリースのブランケットを持ってきたの。よかったら使って」

「ありがとうございます」

「さあ、森川くんも瑠璃子ちゃんも座って座って。二十時になったら提灯《ちょうちん》が消えちゃうからあと二時間くらいしか飲めないんだよ」

紗希に勧められた森川は水嶋と並んで車座に加わった。

「このペットボトルは？」座の中心に並ぶ、ラベルが剝がされた五百ミリリットルのペットボトルを見た水嶋が質問した。

「何だと思う？」羽島がペットボトルを手にとって水嶋の前に差し出した。

「書いてあるのはお酒の名前ですか」

「その通り。ここは瓶を持ち込んじゃだめなんだ。で、ペットボトルに詰め替えて持ってきてるというわけ。怪しいでしょ？」

「ええ。でも瓶を持ち込んでいる方がかなりおられるように見受けられましたが」

「あれは素人さ。駄目なもんは駄目。どうして駄目なのかは知らないけど、ルールはルールだ」

羽島は提灯の明かりを金縁眼鏡に反射させながら首を振った。

「羽島や。ほら、疫学が専門の医者がいると言ったやろ」森川が紹介した。

「はじめまして。医者といっても免許をもっているだけでね。言わばペーパードクターさ」そう言って羽島は日本酒の試飲会などで使われる使い捨ての小さなプラスチックコップを水嶋と森川の前に置いた。

「熱燗もあるんですか？」水嶋が訊ねた。

「うん。そこの魔法瓶に入ってる。右の魔法瓶が熱燗、左が温燗《ぬるかん》。それぞれの酒に合った温度で温めてある」

「家で温めて持ってきてるんですか？」

「まさか」そう言って羽島が待ってましたとばかりに嬉しそうな顔をした。「それじゃ如何に魔法瓶といえども一番美味しい温度じゃなくなっちゃうよ。そこにある自作の燗付け器で温めているんだ」羽島はそう言って自分の背後にある装置を示した。水が張られた金属製の箱にお銚子《ちょうし》が浸かっている。

「ここは火気厳禁ですよね？　電気ですか？」

「バッテリーで必要な熱を得るのは大変だ。酸化カルシウム、俗にいう生石灰を水と反応させて発熱させるんだよ。今年自作して、今日初めて実戦投入したんだけど上手くいっている。家でテストは繰り返したけどね」

「それだって危なくないんですか？」

「同じ仕組みは、カップの燗酒や弁当を温めるためにも使われているよ。新幹線の車内でだって使われているんだから、ここで使って悪いことはないでしょ」

「去年までは、燗が付けられるワンカップの中身を抜いて、自分たちの好みの酒を入れてやってたんや」森川がそう言って笑った。

「中身はどうしたんです？　捨てたらもったいなくないですか？」水嶋が首を傾げた。

「集めて取っておいて、後日、本醸造が好きだった僕の祖父の墓石に掛けた。祖父も喜んだと思うよ」

「え？」森川が目を丸くした。「本醸造好きのお爺様《じい》のために持ち帰ると言っとったからてっきり生きとるもんやと……」

「いや。僕が大学生の時に亡くなってるよ」

森川が呆れた様子で首を振った。

夏目は苦笑して、水嶋に挨拶した。「初めまして。夏目です。こっちは妻の紗希。みんな高校時代からの腐れ縁でね」

「まずは乾杯しよう。夏目。頼むよ」羽島がそう言って魔法瓶に入った液体を、水嶋と森川のコップに注いだ。

「では、いつもの古ぼけた四人に若者が加わってくれたことを祝して乾杯」

夏目はそう言って、五人はプラスチックコップを合わせた。水嶋が様子を窺っていたが、周りが飲み干したりしてはいないことを確認して、一口つけただけでコップを置いた。

「そうそう。飲み干したりしなくていいんだからね。もちろん、飲み干したければ飲み干してもいいんだけど」紗希が箸と紙皿を渡しながら水嶋を気遣った。

「ありがとうございます。ちびちびやらせて頂きます」水嶋は礼を言って周囲を見回した。「場所取り、大変だったんじゃないですか？」

「大変だったよ」羽島が腕を組んで目を瞑《つぶ》り、二度頷いた。

「嘘つけ。お前が場所取りしたわけじゃないだろう。俺たちが到着した時はお前しかいなかったが」夏目が羽島の頭を小突いた。

「今年は誰に取ってもらったんや？」森川が羽島に訊ねた。毎年、羽島は仕事上の貸しがある同僚や製薬会社の社員などに花見の場所取りをやらせているのだ。

「今年からは非公開にするよ」羽島は首を振った。「夏目が怒るんだもの。自分も恩恵に与《あずか》っているくせにさ」

「別に怒っていたわけじゃないが」

「まあいいじゃない」紗希が夏目を遮った。

「そうそう。場所取りなんかじゃ普通は得られない恩恵を彼らは僕から受けるんだから。夏目は何も考えなくていいんだよ」

　夏目は反論しようと思ったが、ちらりと水嶋の方を見て、言葉を飲み込んで今日の訪問のことを訊くことにした。

「森川は今日、小暮さんのところに行ってきたんだよな？　彼女、元気そうだったか？」

「元気やったで」

「果鈴ちゃんもいたか？」

「うん。果鈴ちゃんも元気そうやったな」

「なにか気になる点は？」

「なかったな。調査会社に調べさせたけど、小暮さんには双子もおらんかったし」

「そりゃそうだろうさ」羽島が悪びれる様子も見せずに言った。「でも可能性を早めに潰しておくのは悪いことじゃない。いろいろ考えた上で実は双子でしたなんて、ミステリー小説だったら読み終わったとたんに放り投げられるところだ」

　夏目は溜息をついた。「まあ、そうだな」

「そういえば、小暮さんは腫瘍崩壊症候群というやつになったらしいな」森川が訊いてきた。

「ああ。ただ症状は軽くて、十分に対処が可能だった。少々抗がん剤の効きが良すぎたんだろうな。固形がんでの腫瘍崩壊症候群は珍しいが、最近は抗がん剤の効果が高くなってきているから時々遭遇する」

「特に気になる症状ではないんやな？」

夏目は頷いた。「ああ。小暮さんのご家庭の様子はどうだった？」

「保険金は娘さんの将来のために適正に使われている様子やった。久しぶりに保険というものの意味を確認できてよかったわ」

「そうか。それはよかった」それはよかったんだが、と夏目は思った。「俺が大日本生命のリビングニーズ特約のために余命診断をした小暮さん以外の三人のその後について調べておくって約束だっただろ？　調べは少し前についていたんだ。その上で、今日、森川が小暮さんのところを訪問するまで結果は伝えないことにした」

「なんで？」森川が眉間に皺を寄せた。

「森川には予断をもって小暮さんのところを訪問して欲しくなかったからだ。いくら疑ってかかっても、小暮さんに不審な点がないことは俺が保証できるんだから」

「夏目、他の三人は一体どうなって……」

夏目は全員の顔を見回してから言った。「全員ご存命だ」

紗希が素早く反応した。「前に余命宣告を受けても、それ以上生きる人は珍しくないって言ってたよね？」

　夏目は頷いた。「余命診断は難しいからな。しかし余命診断後にがんが綺麗さっぱり治ることは稀だ。問題は三人ともがんが消えてしまったことなんだ。小暮さんも入れれば、俺が余命半年と診断した全員が、ということになる」

「そんな馬鹿な……」森川が呻《うめ》いた。「そんな馬鹿なことってあるか？　保険の加入状況に不審な点のある末期がん患者が全員、助かった？」

　紗希が言った。「どうやって調べたの？　小暮さん以外の三人はがんセンターから他の病院に転院していたんでしょ？」

「一人は自宅から通える病院で、新薬の治験に参加した。残り二人は新薬の臨床試験への参加を希望せず標準化学療法を近くの病院で受けたいということだったので、それぞれの自宅から通いやすい病院に紹介状を書いた」

「標準化学療法って何？」

「現在使用されている普通の抗がん剤による治療のことだよ」紗希の問いに羽島が答えた。

　夏目は頷いた。「転院した患者さんが亡くなった時には紹介先の病院から連絡が来る。しかし、今回は亡くなったという連絡は来ていなかった。なにか手違いがあったのかもしれないし、連絡の義務があるわけでもないから、こちらから電話でそれぞれの病院に確認してみたんだ」

「そうしたら、三人とも寛解していたというわけだね？」羽島は楽しげだった。

「ああ。もちろん、今後の経過は見守らなければならないが、転移を起こした肺がんが標準化学療法で一時的にでも完全寛解することは稀だ。それが四例全てで起こるなんてことはあり得ない」

「夏目先生の誤診のお陰で森川のところは大損というわけだね」羽島が笑いながら言った。

森川が慌てて手をはためかせた。「別にリビングニーズ特約で保険金を受け取った患者さんが治ったからって、うちが損をするわけじゃない。それに余命診断には夏目の同僚だって関与しとるんや。うちの社医だって問題ないと判断してるわけやし、夏目を責めるんは筋違いや」

「だってさ。よかったね」

「よくはない」夏目は羽島を睨《にら》んだ。「俺の余命診断が外れたことに変わりはないからな。もちろん、通常であれば喜ばしいケースではある。でも、生命保険に関して怪しいと疑われていたケースで寛解率百パーセントはやはり気になるな」

「起こり得ないことなの？」紗希が言った。

「起こりにくいことではあるね」羽島が言った。「今回の四人は二人が治験中の新薬による化学療法、二人が標準化学療法を受けたわけだよね。ちなみに小暮さんが受けた新薬の化学療法で完全奏効《そうこう》する率はどのくらいだと見込まれてるの？」

「難しいところだが、多く見積もっても五パーセントといったところだな」

「たったそれだけ？」紗希が驚いた。

「それでも現在承認されている抗がん剤よりも優れているんだ。そもそも寛解ではなくて延命を主な目的としているんだからな」

森川が言った。「そういえば小暮さんに使われたのが新薬かどうか、夏目は本当に知らんのか？」

「知らん」

「ほんまに？」

「森川が疑うのは勝手だが、知らんものは知らん」

「じゃあ、その五パーセントというのも新薬が使われたとして、という話なんやな？」

「そうだ」

「まあ、細かいことはいいじゃないか」羽島が二人に割って入った。「とにかく、小暮さんが新薬を投与されたと仮定して、がんが消える確率が五パーセント。面倒くさいから全員にその確率を割り当てるとしよう。ランダムに選ばれた四人全員が寛解する確率は？」

「わからない」紗希は明らかに自分で考える前に訊いていた。

「十六万分の一」水嶋が答えた。

「え？　それが起こるのってどのくらいの確率？」紗希が再び訊ねた。

森川と羽島が共に夏目を見た。水嶋だけが珍しい動物でも目にしたような表情で紗希を見つめていた。

夏目は苦笑しながら首を振った。「紗希、自分がなにを言っているのかわかっているか？　十六万分の一は十六万分の一だ」

紗希は口を尖《とが》らせた。「ちょっと、あんたたち何で典明を見たの？　変なことを言ったのはわかったけど」

「直接見たって怒ったでしょ」羽島が鼻を擦《こす》った。

「何とかしてっていう視線を典明に送るくらいなら直接私を見て笑いなさいよ」

「次からはそうするよ」羽島は笑った。「いずれにしても四人全員が寛解する可能性は、今回の場合もっと低いと考えるべきだね」

夏目は頷いた。「四人は余命半年と診断されていたんだ。一般的な治験参加者よりも進行度が高かったことも考慮すれば確率はさらに低くなるはずだ」

「つまり起こり得ないことが起こったということ?」

「起こりにくいこと、ですね。宝くじの一等が当たる確率は一千万分の一ですが、当たる人はいるんですから」紗希の問いに水嶋が答えた。

「じゃあ、起こりにくいことが偶然起きたと考えるの?」

「さてね」羽島が楽しくて仕方がないという様子で両手を合わせた。「何の不正もないことが証明されたのなら偶然が起きたと考えてもいいけど、まだそうと決まったわけじゃない。不自然な生命保険のことも合わせて考えれば、こんなことは起こり得ないと言い切ってしまってもいいくらいだ」

「ああ。でも今のところ不審な点はない」森川は腕を組んだ。

「今のところは、ね」羽島は金縁眼鏡を人差し指で直した。「でもありとあらゆる可能性を検討したわけじゃない。そうでしょ?」

夏目は顔をしかめた。「ありとあらゆる可能性?」

「うん。普通なら起こりにくいことが起きた。偶然ではないと考えるなら、どうしてそうなったのか原因を考えなきゃならない」

「原因？　例えば？」

「そうだな。例えば、なにかのきっかけで、抗がん剤が非常に効きやすい肺がんが多発するようになっているのかもしれない」

「そんなことってあり得るんか？」森川が訊いてきた。

「新しいタイプのがんが突然現れることはある。チェルノブイリ原発事故の後の小児甲状腺《こうじょうせん》がんみたいにな」

　羽島が微かに口角を上げた。

　夏目は続けた。「しかし、今回の場合は不自然な保険加入とセットになってるんだぜ？　それに、うちの他の患者では、抗がん剤が効きやすい肺がんが多発している兆候は全くないんだ」

「なるほど」羽島は頷いた。「では、誰かが進行性肺がんをこっそり治療していたとしたら？」

　夏目は苦笑した。「どうやったらそんなことができるんだ？　進行性肺がんを高率で寛解させる治療法なんか俺は知らないぞ」

「うん」羽島は目を瞑って頷いた。「夏目はなかなかいいことを言うね。そう、そんな方法は僕も知らない」

「何が言いたい」夏目は苛立ちを隠さなかった。

　羽島は目を開いた。

「いや。知らないだけかもしれない、と思ってね」

「知らないだけ？　実際にそんな治療法があるとでもいうのか？」

「わからない。だって知らないんだもの。でも、知らないことが存在しないとは限らないじゃないか。医療の進歩は著しい」

「お前なあ」夏目はうんざりしながら首を振った。「そうやって自分でも信じていないことで混ぜっ返すのはやめろよな」

羽島は口元に浮かべていた笑いを消した。「でも今回は真面目に進行性肺がんを高確率で治せる方法があるかもしれないと思ってるよ。ふざけちゃいないさ」

「だからどうしてだよ」夏目は顔をしかめた。「それぞれの人間に不審な点はないわけだろう？少なくとも小暮さんは俺が治験中ずっと診ていたわけだし、森川が訪問しても不審な点はなかった」

「ずっといっても、通院で抗がん剤投与を受けてたんだから、他でこっそり治療を受ける余地はあるじゃない。それにさ……」

「何だよ？」

「四人に共通して関与している医療関係者って夏目しかいないんだよ。普通は夏目がなにかをしていると疑うべきところなんだけどな」

「おいおい」

「まあ、でもそれはないよね。夏目は良くも悪くもそんなタマじゃないもの」

「そうね。良くも悪くも典明はそういう感じじゃないものね。もう少し、ミステリアスなところがあってもいいと思うんだけど」紗希が同調した。

「君までそんなことを言うのかよ。勘弁してくれ」

「さて。夏目黒幕説が秒殺されたところでもう一度事件について考えてみよう」

「事件なんか？　これ」森川が言った。

夏目は首を振った。「ほっとけよ森川。羽島が勝手に盛り上がり始めた時にいちいち突っ込むのは、細菌性胃腸炎の時に止瀉薬《ししゃ》を処方するようなもんだ。流して放置した方が予後がいい」

「上手いことを言うもんだね。飲み食いをしている今は不適切極まりないけど」羽島は涼しげな顔で夏目の嫌味を流した。「さて。四人の寛解が偶然ではないと考えるなら、原因を考えなければならない。疾患の寛解で原因となるのは治療行為だ。四名は治療を受けているわけだけど、寛解が高率で期待できるような状態じゃなかった。ここまではいいかな？」

「いちいち確認するな。勝手に喋《しゃべ》っていろ。ほら、皆も羽島の妄想をいちいち聞く必要はない。こいつの妄想をバックグラウンドミュージックにして酒を飲もう。ツマミだってまだほとんど減ってないじゃないか」

「まあ、いいや。じゃあ、勝手に続けるよ」羽島はそう言って酒に口をつけた。「そう考えると、誰かが四人を寛解に導いた、ということになるんじゃないだろうか？」

「だから訊くなって。興味が出てきたらこちらから話しかけるから」

「癖なんだよ。夏目もいちいち応答しないでいいよ」羽島は少し申し訳なさそうな顔をした。

紗希が水嶋にいろいろと個人的な質問を始めた。夏目は夜桜を愛《め》でながら隣で話し続ける羽島の言葉に耳を傾けることにした。

「ええと」羽島は頭を掻いた。「そうそう。じゃあ誰が四人を寛解に導いたのか。これは現時点ではもちろんわからないわけだけど……」

そこで羽島の声が聞き取り難くなった。ぶつぶつと独りで呟く様子は泥酔者を思わせたが、羽島はそれほど酒に弱くないし、限界が来ると寝てしまう。昔からそうだが、羽島は酒と自己陶酔でハイテンションになるのだ。本人に言わせると、酒が常識的な概念の結合を曖昧にして、新しいものの見方を促すらしい。

夏目は頭上の桜を眺めた。

自分はあと何回、桜の春を迎えることができるのだろう。平均寿命まであと四十数年。ということは四十数回。十分すぎる気もするし、たったそれだけで死んでしまうのか、と少し寂しい気持ちにもなる。

いつか自分にも死が訪れることはわかっていたつもりだが、桜を通して考えると生命に限界があることがこれまでになく生々しく感じられた。しばしそのことに呆然《ぼうぜん》とした後で、夏目は独り桜に向かって献杯し、杯を乾《ほ》した。

「そもそも何故その人物はそんなことをしたのか」羽島の声が突然明瞭になった。「進行性肺がんを治せるような高度な医療を提供できるのなら、こそこそ治したりしないで堂々と治せばいい。その方法を世に広めれば、進行性肺がんは難治性ではなくなって皆に感謝されるじゃないか……」

そうだ、と夏目は思った。そんな方法があるなら堂々と治せばいい。世界中から賞賛されるだろう。

気が付くと全員が黙っていた。結局は羽島の話を聞いていて、続きが気になるのだろう。

ところが羽島は黙ったままだった。

「おい。続きはどうした」夏目は羽島をからかうように言った。

「なんだ」俯いていた羽島は顔を上げた。「僕の話を聞いているんじゃないか」

「バックグラウンドミュージックが途切れたら気になるだろう。故障したわけではないんだな?」

「やはり、ちょっと無理があるかなあ。優れた治療法を開発した人がいて、密《ひそ》かに治療を施しているっていうのは」

「無理は承知だ。そのくらいで話が止まるなんて、お前も老いたものだな」

「そんなこと言ってもね」夏目のコップが空になっていることに気付いた羽島は酒入りのペットボトルを手にして、酒を注いでくれた。「こっそりそんなことをする動機が推定できないとやはり仮説としては無理があるよ」

「いつものように無茶苦茶を言って楽しませろ」夏目は茶々を入れた。

「そんなこと言われてもさあ。みんなで考えようよ。いい肴じゃないか」

夏目は顎を揉《も》んだ。「せっかく開発した画期的な治療法を医者が隠しておくわけないだろ。特許かなにかが絡んでいるのであればそういう手続きをとるだろうし、こそこそ治療を続けるなんて考えられんよ」

「救済」そう呟いた水嶋の声は、喧騒に包まれた上野公園ではあまりに小さかった。しかし、そうであるが故に奇妙に強調されて夏目の脳に響いた。

「救済……」羽島はその言葉を繰り返し、再び沈黙した。そしてなにかに気付いたように小さく目を見開いて水嶋を見た。

水嶋が続けた。「進行性肺がんの優れた化学療法を発見した人物がいたとします。もし、その人物がこの治療法を世に広めれば、進行性肺がんで亡くなる人は激減するでしょう。多くの人が救われます」

「じゃあそうすればええ。それこそが救済や」森川が言った。

「でも、もしそんな優れた治療法があって世に広まっていたとしたら、今回の小暮さんのケースではどうなっていたでしょう？　夏目先生は余命半年の診断書を書きましたか？」

夏目は即答した。「書かない。余命診断というのは標準的な治療法を用いた上での話だからね。進行性肺がんが高率で根治するような治療法が広まっていたら、それはもう余命半年とはいえない」

水嶋は頷いた。「治る見込みが高いのですから余命半年という診断はつかず、リビングニーズ特約による生命保険は支払われなかったはずです。病気は治ったでしょうが、生活は苦しいままです。小暮さん以外の三人も、それぞれ経済的な問題を抱えていました」

羽島が頷いた。「それが今回の生命保険の支払いで救済された。なるほど。困窮している人を生命保険で救済するために、謎の人物は奇跡の治療法を公開しない。話の筋は通るね。瑠璃子ちゃん、君は頭がいい」

　水嶋は少しはにかんだ表情を浮かべて首を振った。

「待て待て」夏目は手を挙げて羽島に異議を唱えた。「本気で納得しているのか？　大体、そんな優れた治療法が本当に存在しているとして、その方法を開発したのは医師のはずだろ？」

「まあ、医師である蓋然《がいぜん》性は高いと思うね。必ずしもそうとは限らないけど」

「困窮している人を助けるために、優れた治療法を開発しておきながら世に広めないなんて、そんなことを医師がするか？」

「いろんな医師がいるさ。夏目だって知ってるでしょ？」

　夏目は首を振った。「いや、俺はそんな奴は医師として認めん。大体、困窮している人を経済的に救済するのは医師の仕事じゃない。医師なら優れた治療法を見つけたらそれを公開して、多くの人を救うべきだ。それにそんなの詐欺じゃないか」

「詐欺になるの？」羽島が森川に訊いた。

「うーん」森川が腕を組んだ。「わからんが、詐欺にはならんかもな。何らかの罪には問われるやろうけど」

「どちらにしても、そんなのは絶対に間違っている」夏目は憤った。

「まあまあ」羽島が夏目を宥《なだ》めるようにして言った。「あくまでも仮説の一つだからさ」

「どうやって検証するんだ？　検証できないなら仮説とはいえない」

羽島は頷いた。「そうだね。検証の方法はいろいろ考えられるだろうけど、まず大事なのはその救済する側の人間が実在するかどうかという点だ。森川が小暮さんのところに行った時にその存在を匂わせるような情報はなかった？」

森川は首を振った。「いや。さっきも話したけど、気になる点はなかった。密かにがんセンター以外での治療を受けていた徴候があればすでに話しとる」

「小暮さんはどこの病院の紹介で夏目のところに来たの？」

「どこだったっけな。千葉の方の病院だったと思うが」羽島の問いかけに夏目は拳を額に当てた。

「えー」森川が手帳を開いた。「塩浜総合病院やね。市川の」

「ああ、そうだ。確かそういう名前だったな」夏目が頷いた。

羽島が再び訊ねた。「そこを受診したのは、なにか主訴《しゅそ》があったからなの？」

紗希が主訴という言葉を聞いて眉間に皺を寄せたのを見て、森川が主訴というのは自覚症状のことです、と耳打ちした。

夏目は首を振った。「いや。健康診断時の胸部撮影で肺に陰影を指摘されて、塩浜総合病院を受診したとのことだった」

「その件ですが、えーと」スマホをいじっていた水嶋が手を挙げた。「初めに塩浜総合病院に行ったんじゃないんです。その前にこの湾岸医療センターという病院を受診しようとしたと言っていました」そう言って、皆に画面を見せた。

「湾岸医療センター？」夏目は首を傾げた。「最近そこから来た患者さんを診察したような気がする。誰だったかな」スマホを取り出し、湾岸医療センターを検索した。

羽島が言った。「少なくともがん分野では名前を聞かない病院だ。学会でも聞いたことがない。でも何故か僕もどこかで見た覚えのある名前だ。まあ、よくありそうな名前ではあるけれど」

水嶋が首を傾げた。「おかしいですね。うちの外交員さんの話では、がん治療でも実績があって政治家やお金持ちがたくさん受診しているということでしたが」

森川が頷いた。「確かにそう言っとった」

「まあ有名かどうかはどうでもいいが、小暮さんはどうしてまず湾岸医療センターに行ったんだろう？」

「アレルギーの治療で以前から通っていた病院らしいです。健康診断で引っかかったので精密検査をお願いしたら、がんに関しては混雑しているから他の病院を受診した方が早いと言われたそうで」

森川がそう答えると羽島は首を傾げた。「忙しくて受診拒否だなんて随分冷たいんだね。ＣＴ撮影くらいならすぐできるはずだけど。その上でがんセンターに紹介状を書いてもいいのに」

紹介状、という言葉に夏目の脳のどこかが反応した。先程思い出しかけた湾岸医療センターから来た記憶のある患者もなにか紹介状絡みの問題を抱えていたはずだ。

その時、夏目の脳裏に鮮明にその患者の顔が浮かび、同時に全てを思い出した。

「思い出した。最近、俺のところにその病院でごく小さな肺腺がんの手術をした後で、多発転移が見つかったという患者が来たんだ。紹介状は湾岸医療センターのものではなくて、いわゆるドクターショッピングだった。ちょっと変わった患者だったから思い出した」

森川は夏目に訊ねた。「変わった患者というと?」

「ちょっと堅気じゃない感じでな。威圧感はなかったが、何クールかうちで抗がん剤治療を受けた後、効果が芳しくないことがわかると、やっぱり湾岸医療センターに戻ると言って、うちでの治療を打ち切ったんだ。その後、連絡はない」

「夏目大先生の治療よりも湾岸医療センターの治療の方が優秀と判断されたわけだね」羽島はそう言って笑った。

「遺伝子検査もしてちゃんと治療方針を立てたんだぜ。ベストを尽くしても化学療法が奏効しないことは残念だが珍しくない」

「なるほど」羽島は夏目の反論を無視して満足気に頷いた。「有力者が集まるということはやはり優れた治療実績があるからなんだろうね。それなのに、業界では湾岸医療センターは無名に等しい。優れた治療法を開発しながらそれを隠しているというさっきの仮説の救済者のイメージにピッタリじゃないか」

夏目は羽島に訊ねた。「その仮説とやらはどうやって検証するんだ?」

「森川のところではがん保険もやっているでしょ? がん保険の方のデータ照会もできるかな?」

「担当が違うが、がん保険の担当者に話を通せば大丈夫やと思う。今回の小暮さんのケースのように、生命保険とがん保険の両方に加入してくれているケースも多いから、日頃から連絡を取り合っとる」

「じゃあさ、湾岸医療センター絡みで給付のあったがん保険の支払い記録を調べてみてもらえる？」

「担当者に頼んでみよう」森川は請け合った。

羽島は歌うようにして話し続けた。「湾岸医療センターはセレブな人たちに人気の、実績の高いがん検診をやっていて、治療成績もよいという話だったよね？　一方、学会等では無名に等しい。噂が本当かどうか、がん保険の支払い記録からある程度見えてくることがあるはずだ」

紗希が首を傾げた。「具体的にはどんな風になると思うの？」

「まず、このホームページによると最先端のがん検診を実施しているようだから、がんが発見される時には早期であることが予測される。早期発見された時点でがん保険加入患者からは保険金が請求されるので、その時の状況は大日本生命の記録に残っているはずだ」

「なるほど。がん保険の記録を調べれば本当に湾岸医療センターの検診が凄いかどうかがわかるってわけね？」紗希は頷いた。

「そして、早期発見に成功すれば手術による根治が期待できる」

「コンチ？」紗希が眉間に皺を寄せた。

「病気が根っこから治ること。つまり完全に治ることを根治というんだよ。早期に腫瘍を見つけて切除できれば転移は起こりにくいから、根治が期待できる。根治すれば、その後に入院や通院で保険金が請求される頻度は他の病院と比較して低くなるだろう。当然、その後にがんで命を落として、生命保険の死亡保険金が請求される頻度も一般よりは低くなるだろうね」

紗希は再び頷いた。

羽島が森川に訊いた。「湾岸医療センターで行っている独自の治療法は、健康保険が適用されない自由診療なんでしょ？　大日本生命では自由診療もカバーするがん保険を扱ってたかな？」

森川は頷いた。「やっとるよ。加入率は高くないけど、高所得者層に選ばれとる」

「であれば、湾岸医療センターに検診に訪れるセレブ層には加入者が多いことが期待できるね。支払い請求の履歴を調べれば独自の治療法の治療成績を評価できるだろう」

「えーと」紗希が腕を組んだ。「まとめると、湾岸医療センターのがん検診が本当に凄いなら、がんが早期発見されるから転移は起こりにくくて、がん保険で保険金が請求された後でも死亡保険金は払われにくいことが予測できる。それから独自療法についても、自由診療をカバーしているがん保険の加入者のその後の生命保険請求履歴を調べれば、本当に優れた治療法なのかどうかがわかる、ということでいい？」

「そういうことになるだろうね」羽島は頷いた。「森川、結果はいつ出る？」

「生命保険、がん保険合わせて来週中にはなんとかするわ」

「楽しみだな」そう言って羽島は手を合わせた。「来週末までには結果が得られているだろうから、その報告会は来週の土曜日にウチで酒を飲みながらやろうか。皆の都合はどう？」

一同が頷いた。

「勤務にはならんぞ？」森川が水嶋に念を押した。

「構いません。しかし、皆さん飲んでばかりなんですね」

紗希が笑った。「昔から飲みながらしか会わないから、素面《しらふ》で会うとちょっと緊張するんだよね。瑠璃子ちゃんも来てくれるんだったら、フェイスブックで友達になっておこうよ。連絡を取るのにその方がいい。森川くんとは友達になってる?」

「ええ。一応。私も課長も何も書いていませんけど」

スマホを素早く操作した羽島が言った。「あ、これね。友人申請させてもらったよ」

「ありがとうございます。承認しました。可愛いですね」

「ありがとう。うちの猫だよ」

「プロフィール写真の猫も可愛いですけど、この背景に使っている絵は何ですか?」

「あー、そっちか。それはクレーの『黄色い鳥のいる風景』っていう絵だよ。知らない?」

水嶋は首を振った。「ごめんなさい。絵は詳しくないので」

「羽島は研究所の居室にも飾っているもんな。こんな可愛らしい絵は羽島に似つかわしくない」

羽島が鼻で笑った。「ところで芸術のことなんてまるで理解していない夏目大先生にも是非協力して欲しいことがある。小暮さんが治験に参加した時の血清サンプルって保存してある?」

「あるよ。そういうデザインの治験だからな」夏目は嫌な予感がした。

「ちょっとだけ横流ししてよ」

夏目は即座に首を振った。「なにを考えているのか知らんが、それは無理だ。検体の目的外使用は倫理規定違反だ」

「倫理規定? 夏目は臨床試験の規定について、深い理解に到達しているとは言えないね」

夏目は鼻を鳴らした。「臨床試験をやったこともないお前に言われたくないな。目的外使用は規定違反だ」

「いや」羽島は人差し指で金縁の眼鏡を直した。「臨床試験で余った検体は、機器の校正や精度検査にならば使用することができるんだよ？」

「校正？　精度検査？　確かにそれなら使用できるが、複数の検体を混ぜてプール化したり、個人が特定できないようにしたりして匿名化して使用しなければならないぞ」

「研究所の友人が、いくつかの精密測定機器の精度検査をしたいと言ってるんだけど。それから匿名化に関しては誰のサンプルかわからないようにして、小暮さんのサンプルを渡してくればいい」

「おいおい、それは匿名化といえないだろう。それに、精度検査をしたい人がいるっていうのは嘘だよな？」夏目は呆れながら訊いた。

「その質問には答えられないし、訊かない方がいいね」

「そんな怪しい話があるか。一応訊くが、どんな機器の精度測定に使うんだ？」

「マス」

「マスでなにをするんだ？」

「マスってなに？　ごくごく簡単に説明してもらえる？」紗希が訊いた。

夏目は答えた。「マススペクトロメーター。日本語では質量分析計といって、サンプル中にどんなものがどのくらいの量含まれているのかを調べる機械だと思ってもらえばいい」

「それでなにを測るの？」

羽島が悪童のような笑いを浮かべた。「保存されている血清中になにか面白いものが含まれていないか調べてみようと思ってね」

「面白いもの？」

「うん。湾岸医療センターが奇跡の治療法をこっそり施していたなら、治験に参加していた小暮さんの血清から、夏目が投与した覚えのない薬剤が見つかるかもしれない」

「俺が投与していない薬剤？」夏目は顔をしかめた。「小暮さんに投与された、いや、可能性のある治験薬は現時点で最も効果が期待できるものなんだぜ。湾岸医療センターがこっそり抗がん剤を投与しているとしても、彼らがとれる選択肢は限られているはずだ」

「常識的にはそうだよね。でもひょっとしたら、まだ臨床試験の許可が出ていないような新しい薬剤を投与しているのかもしれない」

「そんなものを連中はどうやって手に入れるんだ？」

「どうやって手に入れたかは、使われていることがわかってから考えればいいよ。今は考えるだけ無駄だね」

「しかしなあ」夏目は腕を組んだ。倫理規定に明確に違反していないとしても、これはかなり黒に近いグレーだ。

「夏目だって、自分が保険金詐欺の片棒を担がされているかもしれないなんて落ち着かないでしょ？」

「それはそうだが」

「私利私欲のためにやるわけじゃないんだよ。むしろ不正を正すことのできる千載一遇のチャンスかもしれないじゃないか。不正を見逃してもいいのかい？」

不正を正す、か。不正かどうかはまだわからないが、なにか通常では考えにくいことが起きつつあるのは確かな気がする。しかし、もし不正が見つかったとしたら小暮母娘はどうなる？　自分は苦労を続けてきた彼女たちに訪れた安寧を取り上げてしまうことにならないだろうか。小暮麻理が直接関与しているのであれば、それも仕方がない。しかし、ひょっとしたら彼女はそうとは知らずに、不正に巻き込まれているのかもしれない。

夏目は迷った。検体提供を断るのは簡単だし、道義的にも正しい。しかし、同時に羽島が言っているように、不正を見逃すことになる可能性もある。自分がリビングニーズ特約で死亡保険金を受け取った患者の生存確認まで引き受けたのは、森川という友人の存在があったからだ。

それは単なる偶然だった。古くからの付き合いがなければ自分も森川も、診断書に不審なところのない事案にこれだけの時間を割くことはなかっただろう。目の前でへらへら笑っている金縁眼鏡の男が面倒くさいことに首を突っ込みたがる性癖があることも、重要な要素だった。確かにこういう偶然でも重ならない限り、気付きにくい不正なのかもしれない。

夏目は頷いた。「わかった。検体は提供しよう。ただし、どうせ研究所の誰かに頼むんだろうが、その測定者には誰の検体かは絶対に言わないこと。それから得られた結果については、まず俺に伝えることが条件だ」

「俺にも教えてくれないんか？」森川が少し意外そうな顔をした。

「ああ。すまんが約束はできない。保険契約に基づいて小暮さんが合意していたこれまでの情報提供と違って、すでに保険金が支払い済みで契約が切れている。しかも、正規の検査じゃないからな」

「まあ、確かにそうやけど……」森川は渋々といった様子で頷いた。

「楽しみだね」羽島がそう言って手を合わせた。「結果が出たら真っ先に夏目に教えるから期待して待ってて」

「何も出てこないことを祈るがね」夏目は首を振った。

羽島が好奇の光を目に浮かべながら言った。「ところで、湾岸医療センターの理事長は誰なの？」

水嶋がスマートフォンを操作した。「経営しているのは葛誠会《かっせいかい》という医療法人で……。この人みたいですね」水嶋は羽島にスマホを手渡した。

「こいつは驚いた」羽島がそう言って夏目にスマホの画面を向けた。

「ん？」差し出された画面を目にした夏目は思わず叫んだ。

「西條先生！」

ホームページに掲載されている先生は、十年前とほとんど変わらない様子でカメラに向かって微笑んでいた。先生が東都大学を辞めてしばらくは、先生がどこでなにをしているのかを知りたくて夏目は情報収集に努めた。しかし、伝手を頼っても消息は全くわからなかった。ここ数年は先生の消息を追うことは諦めていたが……。湾岸医療センターのホームページからリンクされている、この葛誠会という医療法人のページは履歴によると最近作られたもののようだ。

そういえば、先生は浦安の出身だった。

事情が呑《の》み込めていない水嶋に森川が説明した。「西條先生は夏目の大学院時代の恩師や。急に大学を辞めて、その後消息がわからんようになった」

「この写真を見ると先生はお変わりない様子だな」夏目は目を細めた。「医師を辞めるといっていたが、続けているじゃないか。理事長ということはもう現場にはおられないのかもしれないが……」

「大学を辞める時に考えていたことは、実現できずに諦めたのかもしれないね」羽島がそう言って少し寂しそうな顔をした。

「なにを考えていたんですか？」水嶋が羽島に訊いた。

「わからないんだよ」

「わからない？」

「そう。夏目、なんだっけ？　西條先生が残した、あの謎めいたセリフは」

「医師にはできず、医師でなければできず、そしてどんな医師にも成し遂げられなかったこと、だ」

自分があの言葉を忘れることは生涯ないだろう、と夏目は思った。

「有名でもない民間病院の理事長って、その謎めいた言葉のイメージとは大分違うね。羽島くんの言うようにやりたかったことはできなかったのかな？」紗希が意外そうな顔をした。

　夏目はもう一度、画面の中で微笑む先生の写真を見た。柔和な印象を与える微笑みは以前と変わらなかったが、その眼は以前にも増して鋭い光を放っているように感じられた。それはなにかを諦めた人間の眼には見えなかった。

「そうだろうか」夏目は誰に言うわけでもなく呟いた。

　先生が大学を辞めた後、なにをしてきたのか、そしてなにを成し遂げようとしているのかはわからない。しかし、先生が残した謎めいた言葉、その先に存在する計画は着実に遂行されているのではないか。

　その点について夏目は確信に近い感覚を抱いた。

11．２０１７年４月７日（金）　日本がんセンター

　居室のドアをノックしても返答はなかった。夏目は少し待ってから、ノブに手を掛けて扉をそっと開けた。室内を覗き込んでも羽島の姿はなかった。

　花見から一週間が経過していた。花見をした翌週の月曜日には羽島から電話があり、小暮麻理の血清サンプルを病棟に取りに来るというので、夏目は慌ててサンプルを保管庫から取り出してきて研究所に届けた。ただでさえ、後ろめたさを感じる測定なのだ。謎めいた完全寛解の秘密を

探るためとはいえ、羽島と一緒になにか怪しげなことをしていることを同僚には知られたくなかった。

　今朝、出勤すると昨夜遅くに送信された、羽島からのメールが届いていた。十三時に医局に来て解析結果を伝えるというので、こちらから出向く旨を伝えたのだが……。

　まさか医局に行ってしまったのではないだろうなと、不安が頭を過《よぎ》ったその時だった。

「お疲れ様。待った？」隣の部屋と羽島の居室を繋ぐ開け放たれた扉から羽島が顔を覗かせた。

「丁度今来たところだ。ノックしたんだが、返事がないので勝手に入らせてもらった」

「まあ、座りなよ」そう言って羽島は、執務机の脇から来客用の椅子を引きずり出してきて夏目に勧め、自分の椅子に体を沈めた。

「どうだった？」夏目は椅子に腰かけながら訊ねた。「メールでもよかったのに。わざわざ直接会って話すということはなにか面白い結果でも出たのか？」

「いや」羽島は首を振って鍵付きの引き出しを解錠し、資料を取り出し机の上に並べた。「個々の資料に関しては目を通さなくてもいいよ。特に何も出なかったっていう、ただそれだけのことだから。あ、もちろん臨床試験で小暮さんに投与されていた抗がん剤は検出されてる。えーと、これかな」そう言って、羽島は一枚の資料を夏目に差し出した。

　資料には、臨床試験では新薬に対する比較対象として用いられた、現在標準的に使用されている抗がん剤の検出データが記載されていた。

　羽島が皮肉っぽい笑みを浮かべた。「小暮さんに使用されていたのが新薬ではなかったことを、図らずも知ることになってしまったね」

「まあな。でも小暮さんへの投与は終わっている。知ってしまったことが試験結果に影響することはないからそれは構わない。しかし、何も出なかったのか……」

「まだ国内では臨床試験の始まっていない薬剤なんかが検出されれば面白かったんだけど」

「その気配もないか」

「うん。もちろん検出方法には限界があるから、夏目が治験で使用した抗がん剤以外のクスリが絶対に使われていないとは証明できないけどね」

夏目は机の上の資料を手に取ってざっと目を通した。羽島は、警察が毒殺された死体から毒物を検出するのと同じようなアプローチを採用していた。もっとも、毒殺であれば死亡時の状況からある程度使われた毒物を推定することができるが、今回はがんが消えたというだけで、状況からどのような抗がん剤が使われたのか推定するのは困難だった。

活人事件。夏目は以前に羽島が言った言葉を思い出した。人が死ぬ殺人事件よりはマシだが、活人事件とは厄介なものだ。

抗がん剤にはいろいろなタイプのものがあるが、その分子量によって低分子の抗がん剤と高分子の抗がん剤に大別される。

低分子の抗がん剤は、質量分析計による検出条件が決まっているから、たとえ日本ではまだ治験が始まっていない薬剤であっても、論文などを参照すれば使用されているかどうかを検討することができる。新薬の比較対象として今回の治験に用いられた抗がん剤は低分子化合物であったので、質量分析計で検出できた。

一方、高分子の抗がん剤である抗体医薬品は、ヒトの免疫機構で重要な働きを担う抗体を人工的にデザインして、がんに対抗する比較的新しいタイプの薬剤だ。

羽島はエライザ法と呼ばれる酵素結合免疫吸着法を使って、特定のターゲットに対する抗体医薬品が使用されていないかを調べる試験を研究所の同僚に依頼したようだが、抗体医薬品が使用されていた形跡はやはり見つからなかった。

夏目は机の上に資料を戻した。「まあ、俺としては小暮さんの寛解に不正が絡んでいなそうで、ほっとしているわけだが」

羽島は首を捻った。「四人とも偶然治ったとは思えないんだけどなあ。夏目が余《よ》命診断後に余所《そ》で完全寛解した、他の三人の血清サンプルなんて手に入らないよねえ？」

「無理だな」夏目は即答した。

「だよねえ」羽島は腕を組んだ。「抗がん剤じゃなくて、放射線治療がこっそり行われていた可能性はないかな？」

「医学放射線研究所が開発した重粒子線治療は、早期の肺がんであれば手術と変わらない根治率が達成されているが、あれだけ転移の激しい肺腺がんではそもそも治療が行われないだろうな。設備も大掛かりだし、湾岸医療センターがこっそり設置できるようなものじゃない。他の放射線治療も、末期の肺腺がんを高率で治せるようなものは存在しない」

羽島は腕を組んだ。「さて。困ったな。そういえば、小暮さんの治験中のデータは持ってきてくれた？」

「ああ」

夏目は頷いて、ブリーフケースからプリントアウトしたデータを取り出した。本来であればルール違反だが、乗りかかった船だ。

羽島は、まず全体にさっと目を通してから最初に戻ると、今度はじっくりとスキャンするようにデータを眺めていった。

「一番気になるのはやはり腫瘍崩壊症候群だ」顔を上げた羽島は言った。「検査値的には高尿酸血症、高カリウム血症がみられる。夏目が適切に対処しなければ、まずいことになったかもしれないね」

「いや。転移巣が多いとはいえ、この程度の大きさで、臨床的に大きな問題になるような症状が出ていたとは思えない。まあ、なにかあっても腫瘍崩壊症候群の対処法は西條先生にしっかりレクチャーされたから対処する自信はあるが」

羽島はからかうような笑いを浮かべた。「西條先生ねえ」

夏目は首を振った。「確かに湾岸医療センターにはミステリアスな部分が多いが、俺は西條先生が怪しげなことに関与しているとは思っていない」そう口にしてはみたものの、花見で西條先生が湾岸医療センターの理事長であることを知って以来、全く不安を感じていないわけではなかった。

夏目は手を尽くして西條先生と湾岸医療センターの活動について調べてみたが、出処の怪しい断片的な情報が得られただけだった。少なくとも、湾岸医療センターは自分たちの成果を世に喧伝するつもりはないらしい。

思い切って電話もかけてみたが先生は不在で、折り返し電話をかけると秘書に伝えられたきり、電話は来ていない。夏目の知る西條先生はどんなに多忙でも教え子からの電話には、少なくともその日のうちに何らかのアクションをとる人だった。

先生は変わってしまったのだろうか。

羽島が言った。「他に気になることといえば、治験前には高めだった血圧が、治験開始後には下がっていった、ということくらいだね」

「気になるほどの変化じゃない。小暮さんからの聞き取りによる既往症にも、高血圧症はなかったしな」

「夏目は完全寛解に関してはたまたま起こりにくいことが起きたって考えてるの？　そんなの納得できる？」

「するしかないだろ」夏目は鼻で笑った。「あの時は酔っていたから救済者仮説なんてものを検討することになってしまったが、救済者仮説の方がよっぽど納得がいかないぞ。湾岸医療センターが、がん治療で密かな実績を上げているかどうかは森川が保険記録から調べてくれるだろうからそれを待つとして、小暮さん以外の三人の患者が湾岸医療センターとの関わりがあるかどうかもわからないじゃないか。少なくとも俺は、他の三人に関して湾岸医療センターとの関わりを知らない」

「うん。それは僕も後で気付いたんで森川に照会を依頼しておいた。明日、ウチでやる飲み会で結果を教えてくれることになってる。小暮さんの時だって湾岸医療センターから直接がんセンターに紹介があっても良さそうなものなのに、忙しいという理由で塩浜総合病院の受診を勧めたということだったからね。自らの関与を隠そうとしていたようにも思える」

「関与していたかどうかはまだわからないし、関与が明らかになったとしてもなにをしていたのか調べられないんじゃ話にならんだろ」

「単に治ったというだけなら偶然だと考えるけど、保険金をかけて間もなく余命宣告までされてから完全寛解したんだよ？　それも君の患者ばかり四人も」

「俺だって不思議に思ったから、小暮さんのサンプル提供に同意したんだ。でもそれでも何も出てこないんだからもう仕方がないだろう」

「湾岸医療センターの独自療法っていうのは、免疫療法をベースにしているってウェブページには書いてあったよね？」

「ああ。でも内容を読んでもどういう療法なのかはわからなかった。免疫の活性化やリンパ球の培養を組み合わせるという大ざっぱな内容だ。独自の、という言葉がたくさん使われていたが、漠然とした内容からは独自性は一切感じられなかった。西條先生が理事長を務める病院だというのがまだ信じられん」

「夏目は、そういう怪しげな療法を前から目の敵にしてるもんね」

「当然だ。俺はそういうインチキ療法に騙されて寿命を縮めたり、多額の金を巻き上げられたりした患者をたくさん知っているからな」

「まあ、僕だってそういう効果の怪しい治療には問題があるとは思うよ。でもさ……」

「なんだよ」

「末期がんで延命を目的にした治療しか選択肢がない患者さんにも、希望や救いといったものが必要じゃないか」

「救い？」夏目は眉間に皺を寄せた。

「そう。例えば神社なんかで売っている、病気快癒のお札とかお守りについて君はどう思う？お守りなんて非科学的で治癒に役立つとはとても思えない。でも夏目だって、常識的な値段で売っているお札に目くじらを立てたりしないでしょ？」

「しない。それは気持ちの問題だからな」

「その通り。気持ちの問題なんだよ。患者さんの知る権利、選択する権利を尊重するという今の医療の基本的な方向性は間違っていないと思う」羽島は一呼吸置いてから続けた。「でも僕たちはその方向性を無批判に受け入れすぎなんじゃないだろうか。昔はその辺に溢れていた『大丈夫。きっとよくなりますよ』という言葉は医師の間では今や絶滅危惧《きぐ》種だよね。これは正確な情報を患者に伝えるという社会的コンセンサスの下では必然的に起こってくる問題で、別に医師が悪いわけじゃない。でも患者さんはそのせいで不安になる。昔は医師の『きっと大丈夫』の一言で多くの不安が消し去られていた。気休めかもしれないけど、とても重要なことだよ。何しろ気休めがなければ気が休まらないからね。なにかその代わりになるものが必要だとは思わない？」

夏目はそう言われてパンドラの箱にまつわる神話を思い出した。プロメテウスが天界から火を盗んで人類に与えたことに怒ったギリシャ神話の主神ゼウスは、人類に災いをもたらすために女性を作るよう神々に命じ、泥から美しい女性、パンドラが作られた。パンドラは『決して開けてはならない』と神々に言われた箱を持って人間界に遣わされた。プロメテウスの弟のエピメテウスは『ゼウスからの贈り物は受け取るな』という兄の助言を無視してパンドラと結婚した。やがてパンドラは好奇心に負けて箱を開け、病や犯罪、悲しみなどの様々な災厄が箱から飛び出してしまった。パンドラは慌てて箱を閉めたので、箱の中には『エルピス』だけが残った。

「羽島はパンドラの箱に残されたエルピスというのは何だと思う？」夏目は羽島に訊ねた。自分より遥かに読書家である羽島なら、何らかの見解を持っているはずだと踏んだのだった。

羽島は少し顎を引いて笑った。「希望か予兆のどちらかということだね？」

夏目は頷いた。「他にも解釈はあるが、大ざっぱにはそうだ」パンドラの箱に残されたとされるエルピスについては様々な解釈が存在するが、有力なのはそれが希望であるという説と、未来を見通す力であるという説だ。エルピスが未来を見通す力だという立場に立った場合、人は未来を見通せないから絶望しないで済む代わりに、いろいろと無駄な努力もしなければならないということになる。

羽島は少し考えた後で言った。「僕は希望と予兆が相互排他的だとは思わない。未来を見通すことができないからこそ、人は希望を持つこともできるんだから」

夏目は静かに首を振った。「最近は腫瘍細胞の遺伝子検査なんかで予後や抗がん剤の効きやすさを調べることができて、以前よりはがん患者の未来を見通せるようになってきている。検査医学の進歩と患者の知る権利が、パンドラの箱からエルピスを解き放ちつつあるのかも知れんな」

「僕たちはそれを恐れるべきじゃない」羽島は明確にそう前提してから続けた。「正確な診断は、患者の未来をよりよい方向に変えることを可能にするからね。ただ、僕たちは同時にエルピスについても考え続けなければならないんじゃなかろうか」

夏目は頷いた。「結論を出すのは難しそうな話ではあるがな」

「結論なんていらないよ。常に迷い、考え続けることこそが重要なんだ。医療の世界は日進月歩。昨日までの常識が今日は通用しないなんていうことは珍しくもない。夏目の言い分はよくわかるけど、患者の行動を一歩引いて考えることも僕は重要だと思う」

「羽島の言いたいことは俺もわかったが、世の中に溢れかえっている怪しげな治療法や健康食品が患者から金をふんだくっているのが俺は気に入らん。さっきのお守りの話は信仰の話だし、それは科学の議論の対象外だ。しかし、病院が行っている治療に関しては、科学的な有効性の検討が可能だ」

「まあね。でも、いまどきお守りでがんの寛解を期待する人がどれだけいると思う？　延命しか選択肢のないと言われた患者の目の前に、自分なら治せるかもしれないという医師が現れたら希望を抱く患者さんはたくさんいるだろう」

「本当に治せるなら大いに結構だが、効果がないから問題なんだ。怪しげな治療法に騙されてしまう人が出るのを黙って見過ごすわけにはいかない」

「そうかな。効果なんてなくたって別にいいじゃないか」

「なにを言っているんだ？　効果がなければ高額の医療費を払っている意味がないだろ？」

「最期まで諦めたくない患者とか、家族とかってたくさんいるよ。たとえ延命が正しい対応だとしても、治る可能性が少しでもあるならそれに賭けたいって気持ちは理解できるけどな」

「そういう気持ちはわかるが、その結果として騙されてしまう人間は放っておくわけにはいかんだろ？」

「そもそも、そういう僕らから見たら怪しげな治療法にお金を出している人って、騙されてるのかな？」

「騙されてなきゃ何だっていうんだ？」

「頭では効果が期待できないとわかっていながら、抗がん剤による延命以外の選択肢を持ち続けたいと考えて、某キノコの高額な抽出物を飲み続けていた人を僕は知ってる。残念ながら亡くなってしまったけど、ああいうのって騙されているというのとは違う気がするんだよね」

「多くの人は延命をネガティブに考えすぎなんだ」

「それはそうだけど、ただそう言い続けるだけでは、夏目が言うところの騙される患者はいなくならないだろうね」

　羽島の言うことにも一理あった。「人間は必ずしも論理的に行動するわけじゃないからな。インチキ療法を認める気にはならんが、頭ごなしに否定するだけでは騙される人がいなくならないというのは、多分お前の言う通りだろう」

「お守りやキノコよりも、もう少し科学的根拠があるおまじないを求める人々がいて、その受け皿として医学的根拠に乏しい免疫療法なんかが存在しているんじゃないかな。もちろん、騙されているのかどうかということも含めて、非常にデリケートな問題ではあるけれど」

夏目は頷いた。

羽島は続けた。「でもね、今回の件がそういう単に怪しげな治療法の話なら僕たちもここまで気にしなかっただろう。僕たちが気になったのは、がん治療の分野では学会で無名に等しい湾岸医療センターが高い治療成績でもって有力者たちに支持されているらしいことと、夏目が余命半年の診断をしてその後、完全寛解した小暮さんが湾岸医療センターと関わりがあったという点だ」

「本当に治療成績がよいかどうかはまだわからんがね」

「それは森川が明日持ってきてくれる調査結果をみればわかるだろう」

「まあ、せいぜい楽しみにさせてもらうよ」時計を目にした夏目は席を立った。病棟に戻らなければならない時間だった。「そう簡単にがんが治療できるわけがないんだ。恐らく患者への接し方が上手で評判がよいとかそういうことなんだと思うぜ。もちろんそれだって凄いことではあるが、治療成績そのものがずば抜けて高いなんていうことはあり得ない」

羽島の居室を後にして、医局に戻る途中でポケットの中のスマホが振動した。森川からのメッセージだった。

お疲れ様です。湾岸医療センターについての調査結果が出ました。途轍《とてつ》もなく面白いことがわかりましたので明日楽しみにしていてください。

羽島邸のリビングに設置されたインターホンの呼び出し音が鳴った。モニターには森川と水嶋が映っていたが、キッチンにもインターホンが設置されているのを知っていたので、夏目は放っておいた。すぐに映像から二人が門扉をくぐって敷地内に入る様子が確認できた。

玄関の引き戸が開けられる気配がして、こんばんは、という森川の声が聞こえた。森川もこの家には何度も来ているから、勝手知ったるものだ。出迎える必要もない。

扉が開いて、森川と水嶋が入ってきた。「こんばんは。あれ？　羽島は？」

ソファーで寛《くつろ》いでいた紗希が答えた。「こんばんは。キッチンでなにか作ってくれてる」

「凄いお宅ですね」水嶋がリビングを見渡しながら言った。

自分はもう慣れてしまったが、初めて訪問した水嶋が驚くのも無理はなかった。リビングは四十畳ほどの広さで、暖炉まで設置されていた。数学者である羽島の父は、株取引に関する先進的なプログラムの開発に携わり、プログラムを利用した株取引と著作権料で財を成したらしい。

森川が言った。「こんな豪邸に独りで住んでるんだからもったいないよな。早く奥さんでももらえばええのに。変人やけど、学生時代から結構モテとったからな。羽島は相手にしとらんかったけど。誰かがんセンターにいい娘でもおらんのか？」

「変人だからな。長い付き合いだが浮いた話は聞いたことがない」

「学部時代に、羽島くんが女性とデートしていたという目撃証言があったじゃない。本人に訊いても何も教えてくれなかったけど」紗希が言った。

「ああ。そう言えばそんな都市伝説めいた話もあったな。大方、デートくらいまでは上手くいったけど、その後は続かなかったんだろう。一時期、随分と荒れていた時期があった。大学も休みがちで、実習の単位取得が危うかったんだ」

「誰かいい人が見つかるといいのにね」

「それは羽島の心持ち次第だろう。男には嫌われやすいが女性には紳士的だし、今でも結構羽島ファンは多いんだ。ところで森川、保険記録からわかった面白いことって何なんだ?」

森川は唇を固く結んだ。「それがちょっと解釈の難しい結果が出てしまってな……」

「解釈が難しい? 微妙な結果ということか?」

「いや。傾向自体は明確なんや。でも、解釈が正しいのか自信がなかったんで、夏目と羽島に相談したいと思ってな」

「もったいぶらないで話してよ」紗希が口を尖らせた。

「羽島が来たら話す。皆が揃うまで話さない約束なんや」

「その前に腹ごしらえをしようじゃないか」羽島が部屋の奥からリビングに入ってきた。「脳はカロリーを大量に消費する器官だし、アルコールは凝り固まった我々の思考を柔軟にしてくれる。奥のダイニングに食事の準備が整ったよ」

ダイニングはリビングよりは狭いが、それでも十畳ほどはある。作りのしっかりとしたダイニングテーブルには小ぶりだが高密度に刺身が盛りつけられた舟盛りを中心にして、様々な肴《さかな》が並べられていた。

「相変わらず凄いわね」紗希が目を丸くした。「この舟盛りも羽島くんが作ったの？」

「まさか」羽島は手を振った。「近くの鮮魚店に頼んだのさ。でも、その他のものは自分で作ったものがほとんどだ。その白味噌《みそ》仕立ての豚の角煮は初挑戦だったけど、結構上手にできてるんじゃないかな。森川が面白い話を提供してくれるというから、僕としても頑張ったつもりだ」

全員に飲み物が行き渡った。

「まずは乾杯」羽島はそう言ってグラスを掲げた。

夏目は日本酒の注がれた切子に口を付けた。程よい酸と旨味が口いっぱいに広がった。「いいな。刺身とよく合う」

「角煮も美味しいです」水嶋が目を輝かせた。

「それはよかった。脂も丁寧に抜いたつもりだけど、煮すぎて旨味と食感が失われないように気をつけたんだ」

そう言って羽島は破顔した。

しばし酒と肴を楽しんだ後で、羽島が本題を切り出した。

「さて。適度に頭が柔らかくなったところで、本日のメインディッシュである森川の話を聞こうじゃないか。随分と面白いことがわかったそうだからね」

森川が頷いて、鞄から取り出したレジュメを全員に配った。

「データは匿名化されとるけど、社の許可を得てるわけじゃない。この会合の後で回収させてもらうからな」

一同が無言で頷いた。

「湾岸医療センターの名前が存在する保険レコードは相当数あった。ただピックアップするだけでは何も見えてこないから、何か湾岸医療センターに特異的にみられる傾向がないか、他の病院との比較で徹底的に解析していったんや。実際にほとんどの解析を担当したのは水嶋くんやから彼女に説明してもらう」そう言って森川は水嶋に目配せした。

「まず一枚目のグラフですが……」

「こりゃ凄い!」羽島が感嘆の声を上げた。「湾岸医療センターを受診した金持ちは、初期のがんであっても転移が起こりやすいというわけだね」

「ええ」あまりの素早さに水嶋が少々戸惑った様子で頷いた。

「ちょっと羽島くん、勝手に納得しないでよね。私にもわかるようにちゃんと説明して」紗希が抗議した。

水嶋は頷いた。「これは湾岸医療センターの診断書付きで保険請求があった被保険者の年収を百万円ごとに区切り、それぞれの年収区分における、ステージ0からⅠの早期がんの術後再発率を棒グラフで示したものです。比較対象として、湾岸医療センター以外の病院からの請求をまとめたグラフを下に示しています」

皆が頷いた。水嶋は続けた。

「年収が七百万円以下の場合、再発率は湾岸医療センターと他施設で同程度、およそ二割です。しかし、年収が七百万より高いと、年収に応じて再発率が高くなり、年収が二千万を超えると実に半数の被保険者の初期がんが再発しています。他施設の平均では年収と再発率の間にはこんな奇妙な相関はみられません」

「とんだ藪《やぶ》医者というわけだ」羽島が鼻で笑った。

「どうして今まで気付かなかったの？」紗希が森川に訊いた。

「湾岸医療センターからの保険の請求は全体からすればほんの僅かや。こうやって年収別に並べてみたから違いがはっきりしたんやね。実際、湾岸医療センターの加入者全体の再発率を収入区分で分けずに平均してしまうと、他施設との違いははっきりしなくなる。湾岸医療センターは元々高所得者が多い病院やから、診断書で保険請求があった被保険者の平均年収は他施設より高いけど、それでも年収二千万円を超えるような富裕層からの保険請求は多くない。水嶋くんが詳細に検討をして、初めてこういう傾向が見えてきた」

　紗希が首をひねった。「どうしてこんなことになるの？　お金持ちに限ってがんの再発が起こりやすいなんて」

　羽島が楽しげに笑った。「面白い！　これはすごいデータだよ」

　森川が言った。「さっき羽島は藪医者と言ったけど、湾岸医療センターのがん検診で発見されるがんの大きさの平均値は、他施設よりも小さいんや。彼らのがん検診が優れているという噂はほんまやった」

「でもせっかく早期発見できても再発率が高くちゃ意味がないよね。ところで再発しちゃった人たちのその後はどうなってるのかな？　花見の時にも言ったけど、自由診療でも支払われるがん保険の記録と、その後の生命保険の請求記録から湾岸医療センターの独自療法の効果が垣間見えると思うんだけど」

森川が頷いてから水嶋に再度目配せをした。

水嶋が頷いた。「それについては資料の二ページ目を御覧ください」

夏目は資料をめくった。そこには一ページ目と同じような棒グラフが並んでいた。横軸は一ページ目と同じく、年収についてグループ分けされていた。

水嶋が説明した。「今度は縦軸にがんの再発患者が死亡保険を請求した割合を示しています。御覧の通り、再発がわかった後で死亡保険が請求された人の割合は、富裕層以外では湾岸医療センターと他施設で違いが見られませんが、高所得者は他施設よりも湾岸医療センターで圧倒的に低いことがわかります」

紗希が眉間に皺を寄せた。「つまりどういうこと？」

羽島が言った。「湾岸医療センターでは金持ちの患者は不思議なことに初期がんの再発率が異常に高いけど、再発しても死ににくい、ということだね」

森川が神妙な面持ちで羽島に訊ねた。「なんでこんなことになる？」

羽島はにやりと笑った。「このデータを見て、森川と瑠璃子ちゃんが何も考えないわけがない。

二人で議論を尽くしてからここに来てるんでしょ？　聞こうじゃないか。君たちの仮説を」

森川と水嶋は顔を見合わせた。森川が頷いて、意を決したように口を開いた。

「まず考えたのは、湾岸医療センターが実際には転移が起きていない患者に転移が起きたと嘘の診断結果を伝えている。つまり、診断結果の捏造《ねつぞう》をしているということやった。そうすれば優れた治療実績は自由自在やし、死亡率が低いのも当たり前や。なにせ初めからがんなんてないんやからな」

羽島は頷いた。「確かにね。それは簡単な方法だ。でもそんなリスキーなことをするだろうか。がん患者の中には初めの診察結果を受け入れられず、セカンドオピニオンを求めたりドクターショッピングをしたりする人がたくさんいるからね。嘘の診断を繰り返していたらすぐに変な噂が立つような気がするけど」

森川は頷いた。「実際に、湾岸医療センターでがんが見つかった後に、他の医療機関を受診した人は複数おるけど、その全てでがんの存在が確認されとる」

「捏造はなかったわけだ。ということは、お金持ちだけががんを再発しやすいという奇妙な現象が実際に起きていると森川たちは考えているんだね？」

「普通は考えられないことやけど」

「じゃあ、どうしてそんなことになっているんだと思う？」

森川はそこで一呼吸置いた。考えを言葉にすることに対する躊躇《ちゅうちょ》が夏目にも伝わってきた。

「俺らも馬鹿げているとは思うんやけど……」森川はもう一度隣に座る水嶋と顔を合わせた。森川を後押しするように水嶋は小さく頷いた。

森川が頷き返し、意を決したように続けた。

「わざと手術を失敗して転移を起こし、その後に優秀な独自療法で治療しとるんじゃないかと」

「手術でわざとミスをしてがんを転移させるなんて、そんなことができるの？」紗希が目を丸くした。

「確かに信じがたいことではある」羽島が腕を組んだ。「でも、外科医が手術の時に患者さんの体内にがんを撒き散らかさないために、どれだけ注意を払っていると思う？ 逆にいうとそういう注意を怠れば転移は簡単に起きてしまうし、手術でがんを取り除いておいて、その一部を切り刻んで患者の体内に撒いてから体を閉じれば転移は簡単に作り出せるよね？」

夏目は頷いた。「簡単かどうかはわからないが、似たようなケースは知っている。子宮筋腫を切除する時に、小さな傷で済ませるために内視鏡的に筋腫を体内で細かく切ってから取り出すということが行われてきたんだが、その手術をした後で悪性腫瘍が腹腔内に撒き散らかされてしまったという事例の報告が相次いだんだ。子宮筋腫自体は悪性腫瘍ではないが、小さな悪性腫瘍を含んでいることがあって、結果として筋腫を細断する時にがんを撒き散らかしてしまったというわけだな。もちろんこれは事故だが、最近では子宮筋腫の細断については慎重な立場の医師が増えている。わざとがんを撒き散らかすことは理論的には十分可能だろう」

「もしそれが本当なら、このデータを持って警察に行かなきゃ」紗希が言った。

森川は首を振った。「件数が少なすぎる。他の病院でも富裕層で再発率が高い、という傾向がある病院はいくつかある。被保険者の少ない病院やから、そちらに関しては偶然やろうけどな。現状で警察が湾岸医療センターだけを特別視するようなことはないな。知っとるやろ？　連続保険金殺人なんかではあれだけ怪しい状況が積み重なっているのに、警察は動かないことが多いんや。俺らが確信を持っていないのに、警察に行っても鼻で笑われるのがオチや」

　確かにこの程度の証拠で警察が動くことはなさそうだ、と夏目は思った。それに理論的には可能でも、がんの転移をわざと起こしてその後に治療するなどということが、実際に行われているとは信じられない。ましてや湾岸医療センターの理事長は西條先生なのだ。

　水嶋が言った。「患者の経済状況以外の切り口でも解析してみました。転移の有無と職業について、個別に検討した結果を次のページで示してあります」

　一同はページを捲《めく》った。そこには表が記載されていた。

「この表は年収を百万円ごとにグループ分けして、被保険者の職業と役職を、転移なしの場合を左側、転移ありの場合を右側の列に入力したものです。企業に関しては業種を括弧付きで記載してあります」

　夏目は表に素早く目を通した。

　同じ収入区分であっても、政治家や官僚、警察官、自衛隊員、公務員、大学教員や医師や看護師などが転移ありのグループに多く含まれていた。芸能人も数人転移ありのグループに含まれている。一方、そこそこの収入があっても、名前を聞いたことのない企業の社長などでは転移が起きていないケースが多かった。

「どう思われますか？」水嶋が一同を見回した。

「社会的影響の大きな人たちで転移が起きている傾向が強いね」羽島が書類から目を離さずに答えた。「でも、名前も聞いたことのない会社でも、転移が起きている人が結構いるじゃない？この網掛けがしてあるのは何？」

森川が答えた。「調査会社に調べさせたら、反社会的勢力との繋がりが疑われている企業、いわゆるフロント企業の疑いがあることがわかった企業やな。もちろん保険加入時にはわからなかったわけやけど」

「なるほど」羽島は口元を歪めた。「社会的影響力があるね」

紗希が言った。「他にも産廃業者とか、陸運業、海運業の社長や役員が、転移した人たちの中に入っているじゃない？　これは？」

羽島が凄みのある笑みを浮かべた。「この切り口からはまた別の側面が見えてくる。転移が起こりやすい患者はお金持ちばかりではない、ということだ」

「どういうこと？」紗希は首を傾げた。

「さっきはお金持ちにわざと転移を起こした後で独自療法を施し、そのお金でも一儲《もう》けしているんじゃないかと考えたわけだけど、搾取しているのはお金だけではない可能性が高いね。お金がなくても、何らかの便宜や情報が得られそうな相手をターゲットにしている」

「産廃業者からはどんな便宜が受けられるの？　医療廃棄物の不法投棄とか？」

「反社会的勢力と産業廃棄物処理場のセットからはあまりいい想像ができないよね？」

「え？　本気でそう思ってる？　人を殺して埋めちゃうの？」紗希は信じられないといった表情を浮かべつつも、少し怯えた声を出した。

「いや。今はまだそんなことわからないさ」羽島は首を振った。

「そうよね！　そんなのただのそうぞ……」

「海運業者に頼んで海に沈めるのかもしれない。重りを付けられて、場合によっては生きたままね。自分たちの悪事を嗅ぎまわる連中は、気付き次第そうしてきたから今まで秘密が保たれてきた、とか」

「え？」紗希が夏目の腕を摑んだ。

「羽島、そのくらいにしろ。紗希はこう見えて結構怖がりなんだから」

「どう見えるって？」横から低い声が聞こえた。

夏目は意識して紗希の方を見ないようにして言った。「しかしな、本当にそんなことが行われているとはやはり思えん」

森川が夏目に訊いてきた。「一つ気になっていることがある。さっきの羽島の話では、術者が術中に腫瘍を切り刻んで戻したりすれば転移を起こすことは可能ということやったが、手術は一人でするんとちゃうよな？」

「確かに臓器からの腫瘍摘出では、開腹、開胸手術にしろ内視鏡手術にしろ、一人ということは考えにくい。外科医だけでも複数が参加するし、麻酔医や器械出しの看護師が付くことになる」

水嶋が訊いてきた。「複数の人間が手術に参加する場合、他の人にバレずに、一人の医師がこっそりと腫瘍をばらまいて転移を引き起こすことは可能ですか?」

「いや、どうだろう?」夏目は腕を組んだ。「普通は難しいと思う。内視鏡にしても皆がカメラの映像に集中している。切除に手こずるふりをして播種《はしゅ》を起こすということもできるかもしれないが、そんなことを繰り返せば周りの人間はやはり不審に感じるだろう」

「そうですよね」水嶋は頷いた。

「なにを気にしているの?」紗希が訊いた。

「課長とも話していたんですけど、やはりそんなことをすればバレますよね。普通は転移が起こらないように細心の注意を払って手術が行われるんですから」

「スタッフ全員がグルかもしれないじゃないの?」

「ええ。その可能性もゼロではないと思います。でも、考えにくいんじゃないかと」

「どうして?」

「秘密を守るのが極端に難しくなるからです。一般的に秘密は知っている人間の二乗に比例して漏洩《ろうえい》リスクが高まると考えられています。一人なら一倍ですが、二人なら四倍、三人なら九倍、十人なら百倍です。医師以外のスタッフも含めればかなりの人間が手術に携わるのですから、その全員に包み隠さず秘密を打ち明けてしまうと、機密保持は極めて困難な気がします」

「そういうもの? 医療ミスを病院ぐるみで隠蔽《いんぺい》していたなんて話はよく聞くじゃない」

「ええ。ですが、それは結局のところ明るみに出てしまって世間に知れ渡ったわけですから。医療ミスが明らかになる場合、大抵内部告発がキーになるんです。それにミスであれば仲間をかばう気持ちも出てくるかもしれませんが、私たちが想像しているようなことが実際に行われているとしたら、それは明確な犯罪です。医療従事者が、患者の健康を故意に脅かす行為に加担するのは相当なストレスのはずです」

「なるほどね。知っている人間が少ない方がいいのはそうかもしれない。手術室のごく一部、ひょっとしたら手術する人だけが秘密を知っている方がいいわよね。でもこっそりやるのは難しいんでしょう?」

「いや、方法は……」夏目はそこで手を挙げたが、羽島に制された。

「まあちょっと待ちなよ。もう少しやりとりを聞こう」

「なにか気付いたんですか?」水嶋が羽島に訊いた。

「まあね、でももう少し君たちのやりとりを聞きたい。続けて」

「変なの」紗希が顔をしかめた。「じゃあ、続けるよ。手術の時にワザと転移を起こしているのかどうか、どうやって調べるつもりだったの?」

「手術室内のことなので証拠はなかなか出てこないはずです。でも全員がグルではなくて、手術で中心的な役割を果たす少数のスタッフだけが秘密を共有しているなら、彼らのおかしな動作に気付いているスタッフもいるかもしれません。スタッフに聴きこみをすればなにかわかるかもしれないと思いました」

「そんな警察とか探偵みたいなことが現時点でできるわけ?」

「我々が普段調査を委託している調査会社というのは事実上、探偵なんです。しかも、この手の医療案件に特化しています」

「じゃあ、調査を依頼してみたらいいんじゃないの？」

森川が言った。「調査の打診はすでにしてみた。付き合いが長くて信頼できる調査会社や。しかし、先方からそんなことをしても何も出てこないだろうと言われてしまってな。やはり長年の経験から、そんなことが行われているわけがないと」

「でも、やるだけやってみればいいじゃない」紗希が喰《く》い下がった。

森川は首を振った。「現状でそれを行ってしまうと、何も出てこない可能性が高い上に、誰かが調査を行っていることが湾岸医療センター側に露見し、対策を取られてしまうだろうというのが調査会社の見解やった」

羽島が楽しげな表情を浮かべた。「流石はその道のプロだ」

森川はため息をついた。「調査会社の担当者には、確かにヤマとしては大きそうだけど、もっといろいろと考えてから動き出した方がよいとアドバイスされたわ」

「なるほどね」紗希は腕を組んで頷いた。

森川は夏目と羽島を交互に見た。「さっき夏目が言おうとしたのはなんなん？」

「もう言ってもいいよ。夏目」羽島が言った。

夏目は頷いた。「確かに瑠璃子ちゃんが言う通り、手術中に皆の目がある中でこっそり行うのは難しいだろう。だが患者に人工的に転移を引き起こす方法は他にもある」

「どうやるん？」森川が身を乗り出した。

「一度、手術で取り出したがん組織から培養細胞を作ればいい。がん細胞は無限に増やすことができる。そうやって増やした細胞を患者の体内に注入して戻せば人工的な転移が起こせるだろう。理論的には十分可能だ」

森川が膝を打った。「そうか！　手術をわざと失敗させて、という自分らの思いつきにこだわりすぎとった。一度、培養してから戻すという手もあるんや。でも理論的には可能でも、本当にそんなことができるんか？」

「本当にできるかどうかはわからない。何しろそんなことをヒトでやったことはないからな。でも、動物実験では可能だよ。俺は大学院時代にヒトのがんを背負ったマウスを嫌というほど作ったんだ」

「背負う？」

「実験ではがんの成長が見えやすいように、マウスの皮下にがん細胞を植え付けるんだ。がんは皮下で瘤状の塊に成長してがんを背負っているように見える。マウスでは皮下ではなくて静脈注射をすれば血流に乗った転移を再現できるから、ヒトでも培養した細胞を静脈注射すればあたかも遠隔転移を起こしたように見えるだろう。確か肺腺がんの細胞をマウスに静脈注射すると肺と肝臓に転移を起こすという論文があったはずだ」

「なるほどな」森川が感心した様子で頷いた。「しかし、その培養細胞というのは簡単にできるんか？　それに人手が必要なのであれば、結局のところさっきと同じ機密保持の問題に直面してしまうんちゃう？」

夏目は首を振った。「最近は抗がん剤を患者に投与する前に、患者から採取してきたがんを培養して、事前にどんな薬剤が効くのかを調べることがある。今はそのための定型化されたプロトコールがあって培養細胞化の成功率は極めて高い。それから機密保持の問題の方は、培養にあたるスタッフには、それこそ薬剤感受性の試験を行うとでも言えばよいだろうな。その一部をなにか理由をつけて入手して、患者の体内に戻せばいい」

「どうやるん？」

「どうとでもできるだろう。何しろ手術をした後なんだ。注射はいろいろとするから、治療だと偽ってがん細胞を注射してしまうのは難しいことではないと思う」

「そんな手があったとはな」森川は右手で自分の頬を叩いた。

「技術的には不可能ではない、というだけだ。大体にして、人工的に転移を起こすことはできるとしても、そのあと独自の治療法とやらで、死亡率が大幅に下げられるというのがどうにも信じられない」

「でも、実際に彼らは望んだ相手に転移を引き起こした上で、死なせないで治療を継続しているみたいやで。保険記録はその可能性を強く示唆しとる」

「それはそうだが……」森川の言葉に夏目は黙るしかなかった。本当にそんな優れた治療法が密かに開発されているのだろうか。

「惜しいなあ」羽島が言った。「実に惜しい」

「何が惜しいんだ？」

「夏目はほとんど答えを口にしてるんだよ」そう言って羽島は目を瞑《つぶ》った。

「え?」森川が素っ頓狂な声を上げた。「羽島! からくりがわかったんか?」

「現時点で手に入っている情報を総合すると、一つの仮説が浮かび上がってくると思うね」

「言え。いつもみたいにもったいぶるな」夏目は釘《くぎ》を刺した。

「もったいぶってるわけじゃないよ。君たちに悔しい思いをさせたくないから、考える猶予《ゆうよ》を与えているだけじゃないか」

「お気遣いなく。どうせ私にわかるわけがないんだから」紗希が羽島を睨んだ。

「わかったよ」羽島は力なく首を振った。「奇跡の治療法なんて存在しないんだ。恐らくそんなものは必要ですらない」

12. 2017年4月8日(土) 浦安 湾岸医療センター

土曜夜間の特別診察を終えた宇垣は、病棟から研究所の五階にある自分のオフィスに戻った。洗面台で入念に手を洗い、冷蔵庫から昼休みに昼食と共に買ってきたおにぎり二つとコーヒー味の豆乳飲料を取り出して椅子に腰を下ろし、パソコンをスリープモードから復帰させた。

メールソフトが着信を伝えていた。クリックしてメールソフトを開き、二十件ほどの新着メールのタイトルに素早く目を通した。重要なメールがいくつか来ていた。二十時からの会議までにはまだ少しだけ時間がある。

研究所のスタッフからの一件のメールをまず開いた。重要ではないだろうが短時間で対応できそうだったからだ。

タイトル：培養細胞株樹立の件
本文：宇垣先生
お世話になっております。
ご依頼頂いておりました患者由来腫瘍細胞の腫瘍崩壊症候群モデルのための細胞株化《さいぼうかぶ》が完了致しました。患者由来腫瘍細胞はいつも通り、添付資料にある手順で形質転換を行い、抗生物質選抜後に細胞死誘導を確認致しました。各細胞株の詳細データは添付ファイルをご確認ください。選択頂いた細胞株について、マウス異種移植片での腫瘍崩壊症候群モデル実験を開始したいと思います。

メールに目を通し終えて、溜息をついた。

このメールは自分以外の誰かが読むことを前提にしていない。

だから西園寺《さいおんじ》は大学に残れなかったんだ。宇垣は冷笑を浮かべた。

西園寺良和《よしかず》は都内にある国立大学の特任助教の任期が切れた後は大学での職が見つからず、派遣社員として製薬会社に勤務していた。企業の雰囲気になじめずに、湾岸医療センターの公募に応募してきたのだ。

実直な性格だが融通が利かず、成果を出すことよりもどちらかというとその過程にこだわるタイプだった。朝から深夜まで研究室にいるが、長時間勤務自体に誇りを感じていた。当然、仕事の効率はよくないが、そもそも仕事の効率などというものを考えたこともないのだろう。自己評価の業務効率欄にはいつも満点をつけてきた。

客観性を欠く人間の常で、人に説明するのが下手だった。わかりにくいと何度言ってもやはり理解に苦しむ言い訳をして改善しなかった。大層な苗字《みょうじ》のせいかプライドだけはそれなりに高いのだ。

優秀な人材が欲しいと何度も思った。しかし当然のことだが、優秀な人材はつまらない研究に従事してくれない。

つまらない研究、という言葉に自身の黒いユーモアを感じた。西園寺が従事している研究はつまらないだけではなく、センターとしてはほとんど意味すら見出していない。

それにもかかわらず西園寺に研究を行わせているのは、西園寺の研究手段こそが重要だからだ。手段のためには目的を選ばない。

宇垣は所内用のショートメッセージシステムを起動した。パソコンの前にいればリアルタイムで着信が通知されるし、開封確認もできる。西園寺のアドレスを選択してメールを送信した。

――メールの件で明日朝十時に伺います――

すぐに開封されたことを知らせるメッセージが表示された。西園寺も夕食はパソコンの前で摂るのが常だ。

返信はすぐに来た。

――承知致しました。三階のカンファレンスルームでお待ちしております――

欺瞞《ぎまん》のための研究打ち合わせに時間を割くのは無駄以外の何ものでもなかったが、全てが理想的に進むことなど残念ながらあり得ない。

席を立って病棟へ向かった。夜の研究所は昼に比べるとパートタイマーのスタッフがいなくなった分ひっそりとしていたが、それでも研究スペースのあちこちに灯りが灯っていた。宇垣は発がんシステム研究部に研究員が多く残っていることに満足した。

発がんシステムの研究部には多くの資金が投入されていた。研究費は潤沢だし、個々の研究員に支払われている給与も高い。その分だけ優秀な研究員をリクルートできていた。男性研究員が廊下を歩く自分に気付き、快活な表情で会釈してきたので、こちらもガラス越しに笑顔で手を振って応えた。

彼は先生が直接声をかけて連れてきた優秀な研究員だった。昨年の春に東都大学で博士号を取得した後で研究所に加わって以来、大腸発がんに重要な遺伝子をいくつか見つけていた。研究成果はまだ論文にはなっていなかったが、彼の研究成果は本人の与り知らぬところですでに救済計画に組み込まれている。動物実験レベルで実証したことが、実はヒトでも成り立つのだということを知ったら彼はどんな顔をするだろう?

喜びはしないだろうな、と思った。たとえそれが正しく、多くの人を幸福に導くことであっても。

潤沢な研究予算を用いてここで満足のいく成果が上がったら、彼はどこかの大学の助教のポストにでも収まって大学でのキャリアをスタートするのだろう。優秀な彼のためにも、計画の秘密は保持されなければならなかった。万が一計画が露見することにでもなれば、彼のキャリアに傷をつけることになりかねない。

カードキーで病棟に入り、会議室に向かった。途中、現在肺がんで入院中の国会議員が廊下で暗い海の上に浮かぶ赤い月を眺めているのを見かけた。こちらには気付かなかった様子なので声はかけなかった。

あんなに暗い顔をしなくても、こちらがもちかけたいくつかの条件を呑んでくれさえすればがんを小さく、いや、消すことだってできるのに。

命より大事なものなどこの世に存在しないのだ。

彼はそのことがわかっていない。まだ自らを冒している病をリアルに捉えることができていないのだろう。もう少し病状が進行して痛みが出てきたら、少しだけ治療を施してやろう。大抵の人間はそれで折れる。

これまで信念を貫いてきた人間ほど、一度折れると脆《もろ》いものだ。自分のしていることが究極的には世の中のためになっているのだということを理解させて、ガス抜きさえしてやれば、良い資産であり続けてくれる。

彼がこちらの要求を呑めば、国内の大手製薬会社二社の合併が実現するはずだった。しかし、彼はこれまでの義理やら体面やらを気にしてなかなか首を縦に振らずにいる。

二社の合併が実現すれば製薬企業としての国際競争力も高まるし、救済計画による他の計画との相乗効果でいくつかの有望な抗がん剤を含む新薬の開発が加速される。企業としても成功を収め、人々を病の恐怖から解放することができるというのに、なにを躊躇《ためら》うのだろう。

やはり貴方には一度死の恐怖に直面して命の尊さに気付いてもらうしかない、と酷く小さく感じられるその議員の背中に語りかけた。その方が残りの人生がより尊いものになる。

階段を登り、会議室に向かった。カードキーをかざして理事長室と会議室のある機密エリアに入り、すでに照明の落とされた暗い廊下を、半開きになった会議室のドアから漏れる灯りを目指して歩いた。理事長室の扉は閉まっていた。先生は夕方から都内で会合だったはずだが、すでに戻っているのだろうか。

「お疲れ様です」会釈をして会議室に足を踏み入れた。二十畳ほどの会議室には円卓が設けられ、すでに消化器外科部長の佐伯《さえき》が着席していた。壁にかかった時計を確認すると、十九時五十分を僅かに回ったところだった。

「お疲れさん。今日も夜間診察だったんだろ？」佐伯は小さく右手を上げた。短く刈られた髪には白いものが大分混じっているが、日焼けした顔は五十代半ばの人間とは思えない生気を放っていた。

「ええ」宇垣は頷いた。「今日も低所得層の救済案件が数件ありました。有力者なら張り合いもあるのですが」

佐伯は苦笑した。「理事長には今度、俺からも言っておくよ。趣味はほどほどにしてくださいってな」

有力者のがんを治療することで、自分たちは社会的な影響力や資金を獲得してきた。そのための活動であれば、どんな苦労も厭《いと》わない。しかし、不幸に見舞われた低所得者を直接的に救済しようとする先生の考えには疑問を感じていた。限られた人員と時間でより大きなことを成し遂げるべきではないのか。

残念ながら佐伯が進言しても、先生は神様ごっこをやめないだろう。

「佐伯先生こそ信じられないくらいの大腸内視鏡《CF》をこなしておられるらしいじゃないですか」

「まあ、俺の仕事は楽なもんだよ。うっかりがんでも見つかってしまったら多少は緊張するが、見つかるのはほとんどがポリープだからな。がんが混ざっていて転移を起こす危険は小さい上に、ポリープを持つ患者自体は多いときてる」

「まさに宝の山ですね」

「ああ。でも、君のところだってもう始めてるんだろ?」

「お陰さまで順調です」

「結構なことだな」そう言って佐伯は白い歯を見せた。

「これまでは患者から小さながんが見つかることを祈っていました。全く逆の祈りを捧げなければならなくなるのは皮肉なことですね」

「違いない」

二人は声を上げて笑った。

「医師としては全く健全な祈りではありませんか」

気が付くと先生が悪戯っぽい笑みを浮かべて会議室の入り口に立っていた。そっと近づき、二人の会話を扉の陰で聞いていたのだろう。時計を見ると丁度二十時だった。

「お帰りなさい。夕方の会合は如何でしたか?」佐伯が先生に訊ねた。

「こちらのお願いは全て聞き入れてもらえるようです」先生は椅子に腰を下ろしながら答えた。

「それはよかった。しかし、彼らの支持母体である労働組合は黙っていないでしょうね」

「それはそうでしょう。しかし、労組が支持政党を変えたところで大勢に影響はありませんから」先生は涼しげな顔だった。

先生は夕方の会合で野党の重鎮の一人と面会していた。労働者の解雇について、雇用者側の権限を拡大するための法整備に協力させるためだ。

新卒一括採用と終身雇用がこの国の経済活性化の妨げになっているというのが、先生が組織した経済再生のための有識者会議の結論だった。

終身雇用は、経済が放っておいても成長過程にあった戦後高度経済成長期には有効に機能していたが、すでに我が国の経済はそういうフェーズにはない。

非正規雇用率は拡大の一途を辿っている。非正規雇用の若者たちは数が少なくなった終身雇用の椅子をちらつかされて一生懸命努力しているが、既得権益者たる終身雇用者たちが簡単に椅子を譲ってくれるわけがないのだ。

非正規労働者たちは目指すべき方向を誤っている。自分たちの雇用条件をよくするためには終身雇用の椅子を望むのではなく、終身雇用制度そのものの解消を目指して戦うべきだ。

大企業を中心に好景気時に一括採用された使えない人材が、モチベーションを失って自らの椅子にしがみついている。それが慢性疾患のように日本企業の生産性に障害を与えている。

彼らを単に無能で怠惰だと罵るのは容易《たやす》い。しかし、新卒一括採用で雇用され、終身雇用のレールにしがみついていれば安泰と教え込まれてきた彼らを、一方的に批判するのは酷というものだろう。

大人としてはスタートラインである成人前後に、人生の方向性を決めなければならない日本人。自らの特性を検討する十分な機会も与えられず、生き方に疑問を感じつつも、軌道修正の機会を与えられることもなく、モチベーションを失ったまま仕事をしなければならない不幸な人々。

一人あたりの生産性が世界でもトップレベルのデンマークでは、雇用者は日本よりずっと簡単に労働者を解雇することができる。ただ、デンマークでは手厚い失業保険と、技能研修のサポートが存在している。人々は自分の天職と言える職業を見つけるまで、再チャレンジし続けることが可能だ。

もちろん、デンマークは日本とは人口規模の異なる高福祉国家であり、税率も高い。簡単に日本に輸入できるモデルではないが、目指すべき方向性は彼らの成功によって明確に示されていると先生は考えている。

佐伯の口調が俄《にわか》に熱を帯びた。「閉塞感を感じながらも変化のための痛みとなると、消費増税くらいしか受け入れられないのが今の日本人です。ゼロリスクを好み、安定、安心が何よりも大切。解雇条件の緩和など絶対に受け入れられない」

先生は頷いた。「与党がそんな法案を提出したら、野党はこぞって与党攻撃の材料にするでしょうね。だからこそ、最大野党を懐柔しておく必要がありました。今日の会合が成功したのも佐伯先生のお陰ですよ」

「ありがとうございます」佐伯は頭を下げた。

先生が今日面会した政治家は湾岸医療センターのがんドックを受診し、佐伯の手で大腸に存在したポリープが摘出されていた。そしてそれから半年ほどして肝臓と肺に大腸がんの遠隔転移が発見された。現在の医療では治療の難しい深刻な病状だったが、佐伯の施した独自療法によってがんは縮小し、政治活動を継続できている。

「今日の会合で、今後の活動資金として彼にはある企業から多額の贈賄が行われることになりました。実際に支払いが確認できたら、佐伯先生に伝えますので彼のがんは完全寛解させてしまってください」

「了解です」佐伯は楽しげに言った。

いつまでも生命を掌握しておく必要はない。がんを管理しておくにはそれなりの手間もかかるし、不確定要素によって体調が急変することもある。先生からはがんの管理については細心の注意を払い、決して慢心しないようにと言いつけられている。

結局のところ自分たちが利用しているのは、詳細についてよくわからない怪物なのだ。宇垣は思った。首輪をつけ、鎖《くさり》で好き勝手をしないように引き回すことはできる。しかし、それががんという怪物であることに変わりはない。がんではなくて、ターゲットとなる人間の弱みを握って新たな首輪をつけることに成功したら、古い首輪である怪物は消し去ってしまうに限る。人間の方がはるかに管理が容易な上、死の淵から蘇った人間というものは、それまでになかった働きをしてくれる。

先生と佐伯は、その他多数の患者について現状を確認した。

経済政策、エネルギー政策、医療制度改革から外交、国防に至るまで、理想の社会を実現するための働きかけは様々な分野に対して行われている。人々の無意識の願い、祈りを具現化する行為。それは本来であれば政治が担うべき役割だったが、国民も政治家もそのために必要な資質を兼ね備えているとはいえない。

先生の見識の広さ、行動力は驚異的なものだったが、先生という一人の個人が考え、行動できることには限界がある。それは先生自身が一番よく理解していることだった。そこで先生は変革が必要な各分野について専門家を集めた諮問会議を組織して、判断の材料にしていた。

先生の影響力は広がる一方だ。センターの開発した技術は、すでに某国にも供与されているらしい。どのように用いられているかは宇垣の知るところではないが、指導者ががんによって若くして死亡した国のニュースを聞いた時は、センターの技術が用いられた可能性が脳裏をかすめた。

先生に訊いてみたが否定も肯定もせず、ただ微笑んでいるだけだった。

「さて、次は宇垣先生の案件です」

先生は宇垣が担当している患者について、佐伯の時と同じように現状の確認をした。一通りの確認が終わった後で、先生は満足気に頷いた。「ところでがんセンターから受注した健康診断で得られた試料の処理は終了しているんでしたね？」

「はい。すでにサンプルの処理は終了しています。全職員のＤＮＡの調整も、一部職員の細胞の凍結保存も」

「ＤＮＡの解析はどのくらい進んでいますか？」

「十パーセントといったところです。もう少し人員を割きますか？」

「いいえ。娘の仇探しはあくまで私的なお願いですから。もう夏目くんと羽島くんの分の解析は終わっているのでしょうか？」

宇垣は首を振った。「いいえ。まだだったはずです。他の業務に割り込ませて優先処理しましょうか？」

「いえ。そこまでする必要はありません。解析はあくまでメインの業務の隙間でやってください。ただ、他のがんセンター職員よりは優先して二人の解析をしてみてください」

解析はいつも通り全職員について行う予定だったが、夏目医師と羽島医師が仇である可能性があるのだろうか。

一人は先生の愛弟子《まなでし》、一人はその共同研究者にして親友ではないか。解析対象のサンプルは、湾岸医療センターを訪れる患者を含めて莫大なものになっている。たった二人とはいえ、可能性の低い人間をわざわざ優先するのはどうしてだろう？

疑問が表情に出てしまったのだろう。先生が笑いながら言った。「いや、戯《たわむ》れのようなものだと思ってください」

「そうですか」言ってみたものの、全く納得できなかった。しかし、戯れだと言う以上、先生がなにかを語ってくれるとは思えなかった。

仇探しに人員を割けるのは少し先になるが、二人分のサンプル解析などすぐに終わる。いろいろと推察するよりも結果を出してしまった方が早いな、と考え直した。

13．同日　阿佐ヶ谷　羽島邸

「奇跡の治療法など必要ないだと？」

これまで俺たちは、湾岸医療センターが独自の治療法を秘密裏に開発しているという仮説を立てて検討を行ってきたんじゃないか。夏目は半ば睨むような視線を羽島に送った。小暮麻理のサンプル提供に渋々同意したのも、羽島の立てた仮説の検証に必要だったからだ。しかし、羽島はいとも簡単に奇跡の治療法など必要ないと言ってのけた。

羽島は夏目の視線を涼しげな顔で受け流した。「さっき夏目は言ったじゃないか。最近は抗がん剤を投与する前に患者のがんを培養して、事前にどんな薬剤が効くのか、調べることがあるってさ」

「ああ。そんなことお前だって知っているだろう」

「うん。だから、それが答えなんだって。彼らは恐らく患者の体にがんの培養細胞を戻す前に薬剤感受性を調べているんだよ。調べるふりをしてるんじゃなくて」

「調べてどうするんだ？　調べたところで抗がん剤が効かない場合は効かな……」

「そうか！」叫んだのは森川だった。

夏目は思わず声をあげてしまった。「あ！」

「自分が言ってもええか？」森川が夏目に訊いてきた。

「いいよ。お前の方が早かったからな」

「じゃあ遠慮なく。普通は患者から採取してきた転移性のがんを培養して、どの抗がん剤が効くのかを調べるわけや。よく効く抗がん剤があればそれを投与するが、残念ながら現状ではそういう患者は一部しかいない。それで、抗がん剤の効果はあまり期待できない、という現在の評価になっているわけやな」

「うんうん。それで？」夏目は優秀な教え子を見る教師のような表情で森川に続きを促した。

「湾岸医療センターで行っているのはその逆なんや」

「逆？」未だにからくりが解けていない様子の紗希が首を傾げた。

「そう。彼らはその優れた検診技術で早期がんを発見し、手術で切除する。この時点で転移が起きていることは確率的には少ない。何しろ早期なわけやからな。次に、手術で採ってきた小さながんを培養して既存の抗がん剤の効果を確認する。最近の分子標的薬の中にはがんのタイプさえ合っていれば、よく効くものが多くあるんやんな？　よく効く抗がん剤が見つかった場合だけ、培養したがん細胞を患者に注射して人工的に転移を起こし、予め効果があることを把握している抗がん剤を投与すればええ。そうすればそりゃ治療成績はよくなるわ。連中はいわば出来レースを仕込んでいるわけやから」

「出来レース仮説。いい名前だ。分子標的薬の一部には一定の割合で完全寛解が起きるものもあるからね」羽島が口角を上げげた。

「つまり、彼らが行っているのは、何ということもない標準療法であるというわけですね？」水嶋が確認した。

羽島が頷いた。「この仮説が正しければ、そういうことになるね」

水嶋が言った。「標準療法に対して、高い治療費を払わされていることが立証できれば、それだけで詐欺罪が成立しそうです。そもそも転移をわざと引き起こしているとすれば、傷害罪、いえ殺人未遂罪に問えると思います。そういう可能性があるとしたら、保険会社としても看過できません」

森川が興奮をあらわにした。「どうしたら連中の犯罪を立証できる？」

「そこなんだよ」羽島は腕を組んだ。「それをさっきから考えているんだけど、なかなか難しそうだ。がんが注射される現場を押さえられれば完璧だけど、そんなことできるわけがない。それに現状で警察が動くとは思えないけど、仮に警察が踏み込んで患者の細胞が培養されているのを見つけたとしても、それは証拠にはならない。抗がん剤の効果を培養細胞で調べていると言われてしまえばそれまでだ」

夏目は頷いた。「それに患者の血中から既存の抗がん剤が検出されたとしても、それは詐欺の立証にはならないしな。独自療法とやらが、既存の抗がん剤との併用療法だと主張されてしまえば、それ以上追及できない」

「実際に行われているとしたら実によくできた不正だね」羽島が言った。

森川が言った。「それにもう一つ残された謎がある」

羽島が頷いた。「小暮麻里さんたち、リビングニーズ組のことだよね？」

「ああ。彼女たちは手術を受けてない。出来レース仮説では説明できへんし、彼女たちの場合、全員でがんが完全に消滅しているという点も、少し様相が異なる気がする。小暮さんのサンプルを調べた結果は出たんか？」

「うん。残念だけど、おかしな点は何もなかった」

夏目はあっさりと結果を伝えてしまった羽島を睨んだが、羽島は気にする素振りもみせなかった。まあ、いいかと夏目は思った。不正が見つかったなら慎重に対応しなければならないが、不審な点は何もなかったのだから。

「なるほど」森川が複雑そうな顔をして頷いた。「小暮さん以外のリビングニーズ組の三人が湾岸医療センターと関わりがあるかどうかを羽島から頼まれて調べてみたんやが、そういう形跡は見つからんかった。ただ、保険金が支払われた後の調査で、込み入った調査に関する同意が取れんかったからな。本当に関係がないのかどうかはわからん」

羽島は頷いた。「まあそれは仕方がないさ。なにか出てくれば面白かったけど、出てこなかったものは仕方がない。かといって彼らが湾岸医療センターとの関わりがなかったとも言い切れないね。疑わしきは疑え、だ」

「で、結局これからどうするわけ？」紗希が誰に対して問いかけるわけでもなく言った。

「俺らも、調査は続ける」森川が言った。「今回の調査で初期がんであったにもかかわらず転移が起こった加入者の中には、まだうちとの契約が継続している人がおるから、面会して話を聞くことができるはずや」

「湾岸医療センターがわざとがんを転移させてるかもしれないって教えるの？」

「まさか」森川は首を振った。「証拠もないのにそんなことを言って、湾岸医療センター側に伝わりでもしたら訴えられるのがオチや。ちょっと話を聞いて、おかしな点がなかったかどうかを調べようと思う」

「なにかわかったらすぐに教えて」羽島が言った。「それから、夏目のところにもまた湾岸医療センターから患者さんが流れてくるかもしれないから注意しておいて。何しろがんセンターは日本でも最高峰のがん医療機関なんだ。場所だって築地と浦安で近いんだし、湾岸医療センターの治療に疑問を持った患者さんがまた駆け込んでくる可能性は高いと思うよ。患者の職業とかに注意して話を聞けば、治療と引き換えにその患者が湾岸医療センターに提供しているのが、お金なのか何らかの便宜なのかがみえてくるかもしれない」

夏目は頷いた。「ああ。次に湾岸医療センター絡みの患者さんがきたら、その時には報告する」

「それからさ、前に夏目が受け持って、湾岸医療センターに戻っちゃった患者さんにコンタクトをとってみてよ。ほら、花見の時に堅気じゃない感じがしたって言ってた患者さんがいたでしょ？」

「もう亡くなられている可能性もある。それに、コンタクトっていってもなにを話したらいいんだ？」

花見の後、夏目は榊原一成《さかきばらかずなり》というその患者の電子カルテを確認した。健保は国民健康保険で、自営業とのことだったが詳細は不明だった。記載されている住所と本人の名前で検索してみても、特に反社会的な人物であるという情報は出てこなかった。本名では活動していないか、表立っては活動していない人物なのかもしれない。

「どうしてドクターショッピングをしたのか、という理由を訊いてほしいんだよ。電話でいいからさ。あちらでの治療が上手くいっていたのにがんセンターを受診して、結局戻ったわけでしょ？」

「一応カルテには、治療方法が不明瞭で納得がいかなかったと記載されていた。そういう患者さんは多いから特に記憶には残っていなかったが、そういうことだったんだろうな」

「じゃあ、なんで戻っていったのさ。確かに夏目大先生の治療計画では上手くいかなかったみたいだけど、一度治療方針を不審に思った病院に戻るものかな？　治療には満足していたけど、他のところで納得できないことがあった、と考える方が自然じゃない？」

「理解不可能な理由で転院する人間なんてごまんといる」

「夏目はその患者に対して遺伝子検査をして、効果的な治療法がないことを確認したんだよね？　さっきの出来レース仮説との整合性はどう考える？」

「遺伝子検査といっても、標準的なものだし、用いた抗がん剤も承認済みのものだ。国内で治験が始まっていないような新薬を使って、出来レースをしている可能性は否定できない」

「なるほど」羽島は頷いた。「今のところ、夏目が知っている患者さんで、湾岸医療センターから流れてきたのは小暮さん以外では彼だけなんだ。生きているか確認して、もし生きていたらもう少し詳しい事情を訊いてみてよ」

「まあ、電話をかけて訊くのは簡単だが、亡くなっているかもしれないし、ご存命でも取り合ってもらえない可能性が高いと思うぞ」

羽島は涼しい顔で応えた。「その時は諦めるさ。できることは何でもやってみようじゃないか」


「わざわざこんなところまでご足労頂き、申し訳ありませんね。先生」向かいのソファーに浅く腰かけた榊原一成は胡麻塩頭を下げた。

夏目は横浜にある榊原の屋敷を訪れていた。屋敷は緑の多い丘陵地の高台にあり、大きく開け放たれたサッシの向こうには、綺麗に手入れされた芝生と遠方に広がる港町と海が見えた。

「とんでもない」夏目は慌てて頭を下げた。「その後、どうされていたのか気になっていたものですから」

羽島邸での飲み会の翌日、夏目はカルテにあった榊原の連絡先に職場から電話をかけた。電話はすぐに榊原本人に取り次がれた。末期がんの患者の声ではなかった。

夏目は患者のその後を追跡するための調査と称して、がんセンターを受診した理由について榊原に訊ねた。まともに取り合ってもらえないことを想定してかけた電話だったが、榊原は意外にもその後がんセンターに連絡しなかった不義理を詫び、直接会って話をしたいと言ってきた。がんセンターを訪問すると言った榊原に、夏目は反射的にこちらから訪問すると答えてしまった。

今思うと、元々取り合ってもらえないだろうと、タカを括《くく》って電話をしたのが間違いだったのかもしれない。直接会って話すという意外な展開に面食らった夏目は、自宅まで迎えの車を寄越すという榊原の申し出を最終的に受け入れた。

あの時、榊原は夏目の自宅住所を正確に告げた。いつか夏目が連絡をしてくることを見越した上で、周到に準備をしていたとしか思えなかった。夏目は面会しないわけにはいかなくなった。

イギリス製の高級セダンで、約束の時間から丁度五分遅れて自宅に迎えに来た山本というひょろりとしたスーツの男は、到着までの間、教養に満ちた、しかし、どうでもよいようなことを話し続けた。いわゆるインテリヤクザという奴なのかもしれないと夏目は思った。

「先生のところでお世話になった後、どうしていたのだと思いますか？」榊原は口元にうっすらと笑みを浮かべたまま、真っ直ぐ夏目を見て訊いてきた。威圧するような雰囲気は感じられなかったが、却《かえ》ってそれが夏目に緊張を強いた。

「お元気そうですね」

「お陰さまで元気にやらせて頂いております」

「ウチを受診した後、湾岸医療センターに戻られたのでしょうか？」

榊原は黙って頷いた。

「治療は上手くいっているのですね？」

榊原は首を振った。「治療は終わりました」

「終わった？」

「ええ。お陰さまで私のがんは綺麗さっぱり消えちまったそうです」

「え？」

「意外ですか？」榊原は探るような視線を送ってきた。

「いえ。しかし正直驚きました。あれだけ進行した肺がんが消えることは、とても珍しいことなので」

「そうらしいですね」榊原はそう言って窓の外に視線を移した。「でも私はこの件に関して湾岸医療センターに、これっぽっちも感謝はしていないんです」

感謝していない？「どういうことでしょうか？」

榊原はこちらに視線を戻した。「夏目先生は、湾岸医療センターの西條先生の教え子らしいじゃないですか」

「そうですが……」質問に答えない上に、思わぬ人物の名前が挙がって夏目は動揺した。いや、患者であれば理事長と面識があってもそれほど不思議ではないが、師弟関係まで把握していることには違和感を覚えた。

「西條先生のことをどう思いますか?」榊原の眼の鋭さが増した。

「どうと言われましても……」

夏目の知っている先生は優秀な医師、科学者であり、教育者としても尊敬できることは間違いない。しかし、謎の失踪と表現してもよいような形で医学界から姿を消し、今は謎めいた民間病院で、謎めいた医療を展開している。どう思うかと問われても、簡単に答えられるものではなかった。

「先生には私がどういう稼業か大体察しが付いているでしょう。まあ、そんなにわかりやすいものでもないんですが、当たらずとも遠からず、といったところです」

夏目は何も言わずに黙って続きを促した。

「私らの生きている世界には、恐ろしい奴がゴロゴロいます。私だって若いころは大分無茶をやったもんですが、正直いって血を見ると気分が悪くなる」

夏目はただ頷いた。榊原がなにを言いたいのか理解できなかった。

「中には血を見て喜ぶ奴もいるし、人を傷つけて興奮する奴もいる。いわゆる異常者って奴ですな。反吐《へど》が出ますが、恐ろしいとまでは思いません。単なる嗜好《しこう》の問題だと言ってしまえばそれまでだからです。私は西の生まれで納豆は絶対に食いませんが、納豆を食う人間にビビったりしません。それと似たようなもんです」

　夏目は微かに眉をしかめてみせた。なにを言っているのかわからない苛立ちを控えめに表現したつもりだった。

「私はあの人が、尋問を行うところに立ち会ったことがあるんですよ」

「尋問？」あの人というのが西條先生のことを指しているのは文脈から明らかだったが、そうであれば尋問という言葉があまりに先生と不釣り合いだった。

　榊原の表情に影がさした。「『殺さないでくれ』と懇願する尋問対象者に、あの人はこう言ったんです。『一応、承っておきますが、最後には逆のことをお考えになると思いますよ。その時は、遠慮なく仰ってください』とね。実際その通りになりました」

　夏目は息を呑んだ。

「先生。私は悪魔がこの世に実在するということを生まれて初めて知りました。高い知性と豊富な医学知識、合理的に物事を進める強い意志。あれは悪魔です。違うとしてもそれに近いなにかだ」

「信じられません」

「信じるか信じないかはご自由になさってください。私はあの人から、夏目先生が私にコンタクトしてきたら、私なりの方法で先生に警告を与えるように言われただけです」

「警告？」

「ええ」榊原は頷いた。「全てを言葉にする必要はないでしょう。夏目先生は賢明な方でしょうから」

「これは脅迫ですか?」

「いえ」榊原は首を振った。「私はまだ警告すら発していないつもりです。私らにとって警告というのはもう少し具体的な行動を起こすことを指します」

「なるほど」背筋に冷たいものを感じながら夏目は頷いた。「先程、榊原さんはご自身のがんが消えたことについて、湾岸医療センターに感謝していないと言っていましたね? それは何故ですか?」

「ご想像にお任せします」榊原は乾いた笑い声を上げた。「まあ、先生が想像されていることは大筋では合っているんだと思いますよ。私は今では全てを理解した上で、湾岸医療センター側に付いている。先生におかれましては、そのことの重大さをよくよく考えて頂いた方が宜しいかと」

第三部　完全寛解

14．２０１７年5月18日（木）　築地　日本がんセンター

日本がんセンターのロビーは三階分の高さの吹き抜けになっていて、複数の木が植えられていた。何度か見舞いで訪れたことはあったが、まさか患者として訪問することがあるとはあの時は思いもしなかった。

初診受付の整理券を受け取って椅子に腰を下ろし、持参した書類を取り出した。ＦＡＸで自宅に送信されてきた初診申し込み用紙には、今日の日付、受診科である呼吸器内科の名前とともに、担当医として夏目典明医師の名前が記載されていた。ここに来るまで気にもならなかったが、受診を目前にしてどんな医者なのか突然気になった。柳沢はスマホを取り出して、日本がんセンターの呼吸器内科を検索してみた。経歴などが記載されているかもしれない。

見つかったページには経歴の記載こそなかったが、顔写真とともに専門医認定などが書かれていた。写真の夏目医師は精悍な顔つきをしていた。年齢はまだ三十代だろう。日本内科学会認定医、日本呼吸器学会呼吸器専門医、日本臨床腫瘍学会がん薬物療法専門医であるらしい。それぞれの認定にどんな意味があるのか、柳沢にはわからなかったが、あって悪いものではないだろう。

湾岸医療センターでの通院治療が開始され、柳沢の肺がんは宇垣医師が予告した通りに縮小した。完全には消滅しなかった点も宇垣医師の予告通りだったが、差し当たって治療が上手くいっていることに柳沢は安堵した。

当初は高額だと思った治療費も、柳沢の紹介で厚労省の職員が湾岸医療センターのがん検診を

受けると減額された。特に、職位の高い人間を紹介すると大幅に減額されるようだった。紹介による治療費減額は奇妙だったが、民間病院の自由診療などそんなものなのかもしれないと柳沢は思った。重要なのは治療の効果がきちんと出ていることだった。

治療効果の点でも、経済面でも不安が小さくなった矢先に柳沢の人生は暗転した。今は死の淵に佇《たたず》んでいる。

＊

あの時、宇垣医師がなにを言っているのか一瞬理解できなかった。いや、彼女の発した言葉の意味自体は明確だった。それ故に頭が理解を拒絶した。

「治療の継続が難しい？」柳沢は声が震えていることを知覚した。胸中に渦巻く感情が恐怖なのか憤怒なのかもわからなかった。

「ええ。先程も申し上げたように免疫療法に重要な免疫細胞の生産体制に障害が生じてしまいまして、新しい患者様に関しては供給を制限せざるを得ない状況なのです」

「その障害というのはどういったものなのですか？」

「詳細については申し上げられませんが、予期できないものでした」

「復旧にはどれくらいの時間がかかるんですか？」

「まだわかりません」宇垣医師は有能な銀行員のような表情で言った。

「お金で解決できる問題なのであれば、なんとかします」どんな障害なのかわからないが、要するに受給バランスが崩れたということなのだろう。需要に対して供給が少なくなったということは、価値が上がったということだ。それは仕方がない。であればこちらも相当の対価を払おうじゃないか。

宇垣医師は首を振った。「みなさんそう仰います。しかし、これはお金の問題ではないですから……」

「その通りですよ！」反射的に怒鳴っていた。自分でも驚いた。「これは……。命の問題なんです。すみません、怒鳴ったりして」

「いえ」そう言う宇垣医師の表情には動揺の欠片《かけら》も見られなかった。

「どうにかして頂けませんか？　私は先生を信じて、無理をして治療費も払ってきたし、ここのがんドックに何人も同僚を紹介したんです……」同僚を紹介したのは治療費の割引が目的だったが、それでも金銭的に負担が小さなものではなかった。

「実は……」宇垣医師はそこで少し迷ったような表情を見せた。

「なんですか？」

「治療の優先順位は、治療をお受けした順番で決まっているわけではないんです」

「じゃあ優先順位はどうやって？」柳沢は少し身を乗り出して訊ねた。さっきは新しい患者は優先順位が低いという話だと思っていたが、会話の流れからするとどうにもならないわけではないようだ。

「社会に対する貢献度です。私が決めているわけではありません。病院の上層部が決めています。ここは、よりよい社会の実現を目指すことを経営理念にしている民間病院ですから」

「私は社会的貢献度が低いと?」怒りは感じなかった。厚労省での仕事は頑張ってきたつもりだったが、自分の社会的貢献度がどの程度のものなのかはよくわからなかった。大体、そんなものをどうやって評価するんだ?

「いえ」宇垣医師は首を振った。「柳沢さんの評価は決して低くはありません。上層部の評価でも、治療継続を断念しなければならないギリギリのところでした。もちろん、私は柳沢さんの治療継続を訴えました。入院中に伺った新薬の承認過程の迅速化に関する功績も、主張させて頂きました。もちろん、がんドックへ同僚をご紹介頂いたことも上には訴えました。しかし残念ながら、治療中止が暫定的に決定しました」

「暫定的?」

「はい」宇垣医師は頷いた。「評価は繰り返し行われます。次回の治療分に関しても、正式決定にはもう一回評価が行われるんです。ですから場合によっては今の決定が覆ることもあり得なくはありません」

あり得なくはない、という表現からは、評価が覆ることは基本的にはあり得ないという状況が感じ取れた。妻と娘たちの顔が思い浮かんだ。たとえ困難でもできるだけのことはやってみなければ。

「どんなことをすれば、私の評価は上がるのでしょうか?」必死の思いで柳沢は訊ねた。

酷く奇妙で理不尽なやりとりの中に、自分の身は置かれている。しかし、そういった感覚はすぐに薄くなった。夢の中では大抵の理不尽が気にならないように。そう、これは夢なのかもしれない。だったら早く醒《さ》めてくれ。

柳沢の願いは天に届かなかった。時間は現実的かつ冷徹に進行し続けた。宇垣医師が予め用意してあった資料を机の引き出しから取り出して、柳沢の前に差し出した。

＊

自分の番号を呼び出すアナウンスで、柳沢は暗い思索の底から我に返った。急いでカウンターに赴き、必要書類を提出すると、外来予診カードという紙を渡されて、カルテが完成するまで記入しながら待つように言われた。家族の病歴や既往症に関する記述はありふれたものだったが、記入を戸惑う項目があった。日本がんセンター受診までの経緯に関して回答する項目だった。

がんセンターは基本的には紹介状が必要とのことだったが、宇垣医師に紹介状を頼むわけにはいかなかった。そんなことをすれば完全に見放されてしまう。

宇垣医師は治療継続の条件として、柳沢の総合医薬品医療機器機構におけるいくつかの業務に口出ししてきた。ある業務に関しては業務量の増加を、別の業務に関しては業務量の減少を「お願い」された。

それはどう考えても命令であり、了承しなければ治療を打ち切るというのだから、事実上の恐喝だった。要求の中には国民に公開されている部分に関するものもあったが、外部の人間が知り得ない情報に基づくものも多く、担当者の氏名を知っている点などは内部に協力者がいるとしか思えなかった。

　要求にはある一貫した意志が感じられた。それはがん分野の新薬の承認にかかる審査期間をより短くするように、ということだった。

　欧米に比べて日本で新薬の承認が著しく遅くなる現象、いわゆるドラッグ・ラグの問題はほぼ解消されつつある。審査に携わる人員の拡充も継続して取り組まれているし、審査制度そのものも改善されている。もちろん改善の余地はまだある。変化する時代の要求にも応えて、常に改善を目指すことが自分たちの使命であるとも考えている。

　しかし宇垣医師の要求は、柳沢の感覚からすると性急に過ぎたものだった。医療側の要求として、がんのような致死性の高い病気に対する新薬の承認はもっと大胆に行った方がよいという声はしばしば聞かれることではある。しかし、審査にも関わる立場の人間としては、安全性の問題を看過するわけにはいかなかった。道義的な責任もあるし、副作用に関する訴訟では、製薬会社に加えて審査に携わった国も訴訟の対象になる。そして司法は時に医療現場の実情に合わない判断を下していた。

＊

「訴訟のことを考えていますね?」

　あの時、患者の社会貢献に対する評価について一通りの説明をした後、沈黙する柳沢の心中を見透かしたように宇垣医師は言った。

「本来であれば柳沢さんたちがもっとしっかりしてくれていれば、私たちもこんなことに手を煩わせなくてもよいのです。自分たちが正しいと思ったら、訴訟のリスクなど恐れずに全体の利益を優先させて毅然とした態度をとればいい。それが研鑽を積み、正しい判断ができる者の責務なのではありませんか?　子宮頸《しきゅうけい》がんワクチンを始めとしたワクチンの副反応問題に対する国の及び腰は、不安と混乱を助長させているだけじゃないですか」

　宇垣医師の問いかけに柳沢は答えなかった。反論は可能だったが、熱を帯びてきた彼女の口調に軽い恐怖を覚えていた。

　ここは診察室で自分は患者なんだよな?　周りを見回して柳沢は確認した。こんな宇垣医師を初めて見た。

　宇垣医師は続けた。「過ちは是正されなければなりません。衆愚を排し、大局を見据えられる者が人々を正しい方向に導く。貴方にはそれができるし、我々の手助けをしてくれるのであれば、我々も貴方の命を全力で死の淵から救済します。もうお気付きかと思いますが厚労省内にも我々の同志がすでに相当数存在しています。我々は省に反旗を翻せと言っているわけではありません。新しい体制をあなたたちの手で創り上げていって欲しいのです。柳沢さん、どうか力を貸してください」

　宇垣医師の目は先程までの鋭さとはうって変わって、複雑な光の反射を見せていた。それは大抵の男性が魅了されてしまうような表情だった。

騙されないぞ、と柳沢は思った。まず恐怖を与え、その後で緊張を緩和させる。これは恫喝《どうかつ》に慣れた人間の常套《じょうとう》手段ではないか。この女は信用できない。免疫細胞の生産体制に障害が生じているというさっきの話も嘘に違いない。

そうなってくると、自分が進行性の肺がんに冒されているという話自体が、本当かどうか怪しく思えてくる。肺の様子は自分で確認することができない。検査結果の捏造など医師であれば簡単にできるはずだ。誰か別の末期がん患者の画像データを、柳沢に見せるだけでいい。

ここは返答を先延ばしして時間を稼ぎ、自分の病状を他の医療機関で確認する必要がある。

「わかりました」柳沢はたっぷりと一分ほど考えたふりをしてから頷いた。「少し時間をください。先生の仰ることには頷く点が多いですが、何分にも突然すぎて……」

「結構ですよ」宇垣医師は笑顔で頷いた。「いつまでにご返答頂けますか？」

柳沢は返答に窮した。今から病院を探して、検査結果が出るにはどのくらいの時間がかかるのだろう？　一週間？　いや、二週間は必要だろうか。

「一ヶ月お待ちしましょう」宇垣医師は優しげな表情でそう言った。

「一ヶ月？」

「ええ。柳沢さんの迷いを払拭するためには、恐らくそのくらいの時間が必要になるでしょうから」そう言って宇垣医師は謎めいた微笑みを浮かべた。

湾岸医療センターを受診した翌日に駆け込んだ三鷹にある自宅近くの病院の担当医は、胸部撮影の検査結果を深刻な表情で伝えてきた。初めに宇垣医師に見せられた胸部画像のものより数は減っているようだったが、肺にはやはり無数の転移巣が残存していた。病そのものが虚構なのではないかという柳沢の淡い期待は、脆くも崩れ去った。

落胆はしたが、当初の予定通り紹介状を書いてもらって、日本がんセンターを受診することを決めた。やはり、専門病院で最先端の知見に基づいた診断を受けておいた方がよいと考えたのだった。

＊

「なにかお困りのことがありますか？」

ロビーを巡回している女性職員が声をかけてきた。共通外来予診カードを手によほど難しい顔をしていたのだろう。胸に付けられたバッジにはリサーチコンシェルジェの職名が記されていた。

「いえ。特には……」柳沢は首を振った。

なにかお困りのことがあったら声をかけてくださいね、と言って彼女は去って行った。

がんセンター受診までの経緯をどの程度まで書くべきなのか。柳沢は逡巡したが、湾岸医療センターで手術を受けて通院していたことを正直に話すことに決め、外来予診カードに経緯を記入した。その部分については、三鷹の病院からの紹介状にも記載されているから隠しても仕方がないだろう。

外来予診カードには浦安にある湾岸医療センターは、三鷹の自宅からは遠くて通院が不便だったから、日本がんセンターでの治療を希望する旨を記入した。

その上で湾岸医療センターには連絡をとらないで欲しいとお願いすれば、無理に連絡をとったりはしないはずだ。もちろん、恐喝を受けていたことは伏せておく。そんなことを言えば担当医は湾岸医療センターのみならず警察にも連絡をするかもしれない。しかし、自分が恐喝を受けた証拠は何もない。治療継続が困難になったために錯乱したのだ、とでも湾岸医療センター側に言われれば反論は難しいだろう。警察も動かず、湾岸医療センターからも見捨てられる。そんな事態は避けなければならない。

外来予診カードの残りの項目を埋めていくと、最後に、今の精神的な辛さと日常生活への支障の度合いを、十段階の温度計で申告する欄があった。温度計に何の意味があるのか柳沢には理解できなかったが、どちらも最高に辛く、支障があるということにしておいた。辛いことは間違いない。最高に辛いかと問われればよくわからなかったが、そう申告しておけば親身になってくれるのではないかと期待した。

再び名前が呼ばれた。立ち上がって受付に行き、外来予診カードを提出すると、今度は包括同意相談窓口というところで、研究への協力について説明された。

柳沢はぼんやりとその話を聞いた。研究協力にやぶさかではないが、説明を受けずとも把握している内容だった。包括同意相談窓口での説明が終わると、二階へと上がり待合室で待機するように指示された。

エスカレーターで上がった二階の待合室は混雑していた。ここにいる人々の多くはがんの疑いがあるか、あるいはすでにがんであると確定しているのだろうが、総じて表情は穏やかだった。そういうものなのかもしれない、と柳沢は思った。自分もがんであると告知された時、さらに術後に転移が見つかった時には取り乱しもした。今も精神的にはかなり不安定だ。かといって、不安を内心に押しとどめられないほどではない。

自分は呑気な人間なのだろうか？　柳沢は自らに問うた。今までそう感じたことはないし、人からそう言われたこともない。恐らく呑気な方ではないのだろう。では精神的に強いのだろうか？

我慢強いと言われることは多い。親には厳しくしつけられたからだろう。受験勉強にしても国家公務員試験にしても人一倍努力した。しかし、忍耐《にんたい》強さというのは精神的な強さの一側面に過ぎない、と柳沢はがんと診断された後の自分を振り返って思った。逆境時の打たれ強さに関して、人より優れている自信はない。

恐らく今の自分は、状況の分析を続けることで不安から逃れているのだ。だから平静でいられる。でも、この先、あらゆる状況がはっきりして、本当に打つ手がなくなったと実感した時、自分はこうして平静を装っていられるだろうか。ただ死を意識し続けるだけの日々に自分は耐《た》えられるだろうか。

大丈夫だ。柳沢は自分に言い聞かせた。言い聞かせてみた。しかし、その言葉は胸中で空虚なこだまを響かせるだけだった。

突然、自分がとんでもない過ちを犯しているような気がしてきた。どうして自分はここにいるのだろう？

何のために高い金を払って湾岸医療センターのがん検診を受けたのか？　万が一、がんが発見された時に優れた独自療法による治療が受けられるからだ。そして、実際に治療は上手くいっていた。治療効果については自分で確認したわけではないが、少なくとも最後に湾岸医療センターを受診した時とは違い、自分が進行性の肺がんに間違いなく冒されていることは確認されたのだ。

柳沢は湾岸医療センターのロビーで一緒になった、堅気とは思えない、会長と呼ばれていた男のことを思い出した。あの男もがんセンターでの治療が効かずに、結局湾岸医療センターに戻ってきていたではないか。

帰ろう。

そう思った柳沢が勢いよく席を立ったのと、自分の番号が呼び出されたのは同時だった。

思わず周囲を見回してしまった。動揺する柳沢に付近の何人かが物珍しそうな視線を送ってきた。

「拝見します」立ちすくむ柳沢に、巡回していた職員が声をかけてきた。

柳沢は黙って頷き、受付番号の書かれた紙を示した。

「呼吸器内科の診察室はあちらになります」彼女はにこりと笑って診察室を指し示してくれた。

「どうも」柳沢は礼を言って頭を下げた。

もう逃げるわけにはいかない。しかし、最低限の診察を受けるだけにしよう、と柳沢は思った。

ここでは自分のがんはよくならないに違いない。適当にやり過ごして湾岸医療センターに戻ろう。

診察室のドアをノックした。返事を待ってドアを開けると、湾岸医療センターより少々手狭な印象を受ける診察室のパソコンの前に、二人の男性が座っていた。

「宜しくお願いします」柳沢は頭を下げた。一人はホームページで見た夏目医師だった。もう一人の金縁眼鏡の男性は誰だろうか？　研修医？　いや、それにしては夏目医師とそんなに年齢が変わらないように見えるが……。

「柳沢昌志さん。初めまして。担当させて頂く夏目と言います」夏目医師は小ざっぱりとした笑顔を浮かべて挨拶した。

「羽島です」金縁眼鏡が楽しげな表情で苗字だけ告げた。「オブザーバーとして参加させて頂きます」

「オブザーバー？」柳沢は夏目医師を見た。

「彼もがんセンターの医師です。診察時の言葉遣いや質問内容が適切かどうか、チェックしてもらいます。柳沢さんの診察には直接影響しませんのでご了承ください」

相互チェックのようなものがあるのだろうか？　それとも年齢は同じくらいに見えるが、羽島医師の立場が上なのだろうか？

夏目医師はまず、柳沢が提出した三鷹の病院の紹介状や胸部画像に基づいて、病状に関する現状確認をした。手術をした時期やここに至る経緯についても簡単に確認された。

「さて」夏目医師は言った。「湾岸医療センターさんへの通院が不便だから、ご近所の病院で診察を受けられて、当院を紹介されたということですが」

「ええ」柳沢は頷いた。

突然、羽島医師が口を挟んできた。「でも湾岸医療センターが遠いのは初めからわかり切っていたことですよね？」

柳沢は夏目医師の顔を見た。オブザーバーじゃなかったのか？

夏目医師は慌てた様子で言った。「すみません。足りない質問はその場ですぐに補足することになっているのです。突然で驚かれたでしょうが、二名の医師が柳沢さんの病状について目を光らせているわけですから、よりご安心頂けるかと」

「その通り」羽島医師が仰々しく頷いた。「で？　遠いのは初めからわかっていたはずですが、どうして湾岸医療センターのがん検診を受けたのですか？」

「同僚に勧められましてね」

「何と言って勧められたのですか？」

柳沢は考えた。この調子だと、差し支えのないと思われることは全部言ってしまった方が良さそうだ。湾岸医療センターから受けた事実上の恐喝のことなど、問題のあるところだけ隠せばそれでいい。全てを嘘で固めるのは難しいものだ。

「がん検診の精度が高いと聞きましたし、万が一がんが見つかっても独自の治療法があって、優れた治療成績を収めているから安心だと言われました」

「実際の治療はどんな感じでしたか？」夏目医師が訊いてきた。

「月に一度、外来で点滴を受けに行くのです」

「それで、治療は上手くいっていたんですよね？」

「そういう話でした」

何気なく答えたその一言に、羽島医師が怪訝の色を浮かべた。

「そういう話？　上手くいっていたのではないんですか？」

「いや」柳沢は口籠った。「自分の体の中を直接見たわけじゃないですから……」

「そりゃそうです」羽島医師は口の端を歪ませた。「医師だって同じですよ。検査のたびに手術をして直接肺を覗き込むわけじゃない。画像診断であれば、見ているものは医師も柳沢さんも一緒です」

「ええ」

「ですから患者さんは、自分で直接見たわけじゃないから治療が効いているかどうかわからない、なんて普通は言ったりしないものです。そんなことを言うのは、なにかよほどの事情があるからなんじゃないですか？」

「すみません」柳沢は頭を下げた。「いろいろと混乱しているもので」

「混乱と言いますと？」夏目医師が訊いてきた。

「いや。だって末期がんなのですから……」言っていることの説得力の無さを自覚しながらも柳沢はそう答えた。

「とにかく治療効果は出ていたんですよね？」夏目医師が不思議そうな顔をした。

羽島医師も首を傾げた。「治療の難しい進行がんの治療が上手くいっていたのに、月に一回の通院が遠くて大変だからという理由で病院を変えようなんてやっぱりおかしいなあ」

柳沢はなにか反論しようと思ったが、言葉が出てこなかった。動かそうとした口が酷く乾いていた。何なんだこいつらは。確かに自分は隠し事をしているが、それは日本がんセンターでの治療に影響するものではないはずだ。

柳沢は思った。宇垣医師といい、どうして自分はこう癖のある医者にばかり出会うのだろう。それともがん治療に携わる医者というのは曲者《くせもの》揃いなのだろうか。

なにかを見定めるようにじっとこちらを見つめていた夏目医師が、電子カルテを一瞥《いちべつ》してから訊ねてきた。「ところで柳沢さんは、ＰＭＤＡにお勤めとのことですが、どういったお仕事をされているのですか？」

「何故そんなことを？」柳沢は意識して眉間に軽い皺を寄せた。

夏目医師は口角を軽く上げた。「自分のような腫瘍内科医は気にもなります。今だって何本かの治験に携わっていますから」

「こうして顔見知りになっておけば将来いろいろと役立つかもしれないしね」羽島医師がそういって目を細めた。

ははは、と柳沢は乾いた声で笑った。「だったら尚更、細かいお話をするわけにはいきませんが、新薬の承認に関係した業務に携わってはいますよ」

羽島医師が人差し指で眼鏡を直した。「湾岸医療センターから、その業務に関してなにか意見を言われた……」

　柳沢は心臓の鼓動が急激に早まるのを感じた。

「なんてことはありませんよね?」

　そう続けて悪戯っぽい笑いを浮かべた羽島医師を見て一瞬安堵しかけたが、不安はすぐにその強さを増して復活した。冗談にしても何も知らずに言えることではない。こいつらはなにを知ってるんだ?

「もちろん」柳沢は平静を装って頷いた。「しかし、どうしてそんなことを?　なにかあの病院には悪い噂でもあるのでしょうか?」

「いえいえ」羽島医師が芝居じみた所作で首を振った。「単に通院が大変だからウチでの治療を希望されるというのであれば、何の問題もないのです」

　気まずい沈黙が三者の間に流れた。

　しばしの沈黙を破ったのは夏目医師だった。「柳沢さん。このままでは埒《らち》が明かなそうなので正直に言います。詳細については申し上げられないのですが、実は我々は湾岸医療センターのがん治療に関してある疑問を持っています。もし、湾岸医療センターの治療に関して柳沢さんがなにか疑問に感じている点があれば教えてください。我々は力になれると思います」

「疑問、といいますと?」

　羽島医師が答えた。「僕たちは彼らが一種の詐欺行為に手を染めているという仮説を持っているんですよ」

「詐欺？」

「ええ」羽島医師が頷いた。「彼らの治療に関して、なにか疑問をお持ちなのではありませんか？それならさっきの、治療が上手くいっているという話でした、という表現も納得できるというものです」

柳沢は沈黙した。なにかを言って不自然なこの雰囲気を何とかしなければと思ったが、すでに会話の流れは十分すぎるほど不自然だった。ある程度腹を割って話さなければどうにもならないか。柳沢は素早くそう判断した。

「実は、私は湾岸医療センターが自分のがんをでっち上げて、その上で治療が上手くいっているという嘘をついているのではないかと考えていました」

羽島医師が首を振った。「残念ですが、間違いなく柳沢さんは進行性の肺がんです。それに湾岸医療センターでの治療も上手くいっていたのではないかと僕たちは考えています。どうしてご自分が、がんではないのではないかと思ったんです？」

柳沢は沈黙した。一方的にこちらの情報だけ伝えてなるものか。「その前にどうして先生方は湾岸医療センターが詐欺を働いていると考えたんですか？　一体どんな詐欺を？」

二人の医師は顔を見合わせた。羽島医師が夏目医師に頷いてみせた。なるほど。羽島医師はオブザーバーなどではないというわけだ。

夏目医師が言った。「経緯については個人情報なので申し上げられません。しかし、我々が持っている仮説については、口外しないという条件でお教えできます」

柳沢は頷いた。一体どんな詐欺を働いているというのだろう。彼らは自分が間違いなくがんで、湾岸医療センターでの治療が上手くいっていた点についても、同意しているというのに。

夏目医師は頷きを返して続けた。「柳沢さんは初期の肺がんが見つかって、湾岸医療センターで手術を受けられましたよね？」

「ええ」

「ご存知でしょうが、初期の肺がんが転移を起こすことは稀なんです」

柳沢は頷いた。「手術前はそう聞いて安心していました」

「どうして起こりにくい初期がんの転移が起こったのだと思いますか？」

柳沢は顔をしかめた。「運が悪かったとしか……」

夏目医師が小さく首を振った。「私たちは、転移が起きたのは必然だったと考えています」

必然？「がんの転移は、確率的に起きるのではないのですか？」

「通常はそうです。初期がんであっても確率は低いですが転移は起こります」

「通常は？」

「ええ」

「どういうことです？」

夏目医師は一瞬そこで口をつぐんだ。「私たちが考えていることは、まだ仮説に過ぎません。検証するために柳沢さんの協力が必要なんです」

「だから、それはどういう……」

夏目医師は意を決したように口を開いた。「柳沢さん。湾岸医療センターで貴方が肺がんの手術を受けた時点では、転移は起きていなかったと私たちは考えています」

「え？　では転移はいつ起こったのですか？」言っていることが理解できなかった。転移は間違いなく起きているのだ。それは先程、夏目医師にも確認した。手術の時点で転移がなかったのであれば、いつ転移が起こるというのか？　時間軸がおかしいじゃないか。

「厳密にはわかりませんが、転移は術後に、人為的に引き起こされた可能性があります」

「人為的？」意味がわからなかった。柳沢は考えるのを止めて質問を繰り返すことにした。

「ええ。湾岸医療センターは手術で初期の、転移を起きていないがんを取り出した後、培養して増やした可能性があります」

「それで？」

「彼らは柳沢さんのがんに対してある種の抗がん剤がよく効くことを、培養したがん細胞で確認した後で、貴方の体内に戻したんです」

「え？」

「手術後に注射を受けたんじゃないですか？」

「そりゃ、受けましたよ。術後なんですから。一回や二回じゃなかったです。しかし、一体何だって彼らはそんなことを？」

羽島医師が言った。「一種の出来レースを仕掛けているんだと思います。柳沢さんは薬事行政に携わっていますから、最近の分子標的薬が特定のがんに対して優れた薬効を発揮することをご存知のはずです」

「ええ」

「転移の起きていない早期のがんを発見して取り出し、効く薬があった時にだけ患者の体内に戻して転移を引き起こす。その後、効く薬を投与して治療にあたることで、湾岸医療センターは他の病院よりもずっと優れた治療成績を収めることができる、というわけです」

柳沢は顔をしかめた。言っていること自体は理解できたが、おいそれと信じられるような話ではなかった。

羽島医師はどこか楽しげな口調で続けた。「我々が入手した情報によると、彼らのがん検診が優れているというのは本当のようです。そうやって転移が起きていない早期のがん患者を集めて手術を行う、そして出来レースを仕掛ける。患者さんは口コミで集まるでしょう。検診も医療費も高額だから、患者さんは有力者に限られます。彼らの懐は潤うし、治療をカードにして何らかの便宜を引き出すことも可能でしょうね」

夏目医師が素早く言葉を引き継いだ。

「私たちの仮説は以上です。柳沢さん。もう一度訊きますが、湾岸医療センターから治療を行うにあたって、なにか不当な要求を受けているのではありませんか?」

柳沢は返答に窮した。まだ頭の中は何ひとつ整理されていない。

夏目医師が少し身を乗り出した。「私たちに治療をさせてください。もちろん、我々は柳沢さんの業務に対してなにか口出しすることはありません」

「先生方の仮説はどのように証明するのですか？　失礼ですが、私にはそんなことが実際に行われているとは思えないのですが」

夏目医師が頷いた。「証明は難しいです。実際にがん細胞を注射する現場を押さえられればよいのですが、そんなことができるわけがありませんし、患者のがん細胞を培養して抗がん剤の効き目を調べるところまでならウチを含むいろいろな病院で行われていますから、培養の現場を押さえたとしても彼らの不正を証明したことにはならないのです」

「そういえば、湾岸医療センターでは、私のがんを培養して、彼らの治療法の効果があるかどうかを調べたと言っていました」

「その時、彼らは標準療法の効果が見られなかったと言いましたか？」

「いえ……。独自療法の効果が強く期待できることは伝えられましたが、既存の抗がん剤が効かないとは言われなかったと思います」

「彼らは自分たちの独自療法ならがんが消滅するとか、なにかそういうことを言いましたか？」

柳沢は首を振った。「ただ、がんの転移を起こさず、一種の良性腫瘍のようにすることができる、と言っていました。それはつまりがんを治しているようなものだと」

「それは過剰な宣伝だと思いますが、分子標的薬は効きさえすれば、年単位の延命が可能ですし、一定の割合で完全寛解が期待できるものもあります」

柳沢は頷いた。従来は困難だった、末期がんの年単位の延命。それを実現したからこそ、高価な抗体医薬品が健康保険の存続を脅かす可能性があるとまで言われているのだ。

柳沢は落ち着きを取り戻しつつあった。

確かに今の自分の状況は、分子標的薬がよく効いたケースであると考えてもおかしくはない。出来レースを行うことで、技術的な革新を必要とせずに奇跡の治療法を演出するという仮説自体も、荒唐無稽とまでは言えないかもしれない。

夏目医師は言った。「もし、既存の抗がん剤でも、同じような効果が得られるのであれば、そちらを選択されますか?」

柳沢は即座に頷いた。「もちろんです」

羽島医師が言った。「がんセンターの方が三鷹のご自宅からも近いですもんね」

「ええ。京葉線は強風で止まることが多いですし」笑ってみせるだけの余裕がいつの間にか出来ていた。仮説の検証に乗ってやっても、今のところ自分に失うものはない。

羽島医師が天を仰いだ。「天下のがんセンターが、無名の民間病院と較《くら》べてその程度の優位性しかないとは」

柳沢は声を上げて笑った。「先生方が言われた私の業務に対する湾岸医療センターからの要求ですが、ご推察の通り、ありました」

夏目医師が眉を上げた。「どんな要求です?」

「詳細は言えませんが、がんに関するいくつかの新薬の承認を加速させることを目的としたものでした」

「要求に従ったのですか?」

「いえ。それでこちらを受診したのです。あんな要求に従っていたら新薬の安全性が担保できません。夏目先生。私のがんを使って先生たちの仮説を検証してください。事実だとわかれば厚労省としても警察と協力の上で然《しか》るべき措置をとります」

夏目医師が力強く頷いた。「ありがとうございます」

夏目医師は仮説の検証のために必要な試験の概略を説明した後で、がん細胞の採取法の詳細について説明を始めた。試験には三週間ほどかかるらしい。

説明に耳を傾けながらも柳沢は別のことを考えていた。

夏目医師たちが言っていることが本当だとすれば、自分は絶対に湾岸医療センターを許さない。厚労省内にも彼らの息がかかった人間がいるようだが、上手く立ち回って証拠を集め、あのふざけた病院に然るべき法の裁きを受けさせてやる。

15．２０１7年6月9日（金）　築地　日本がんセンター

「さてさて、困ったことになったね」居室の椅子に深々と腰を下ろした羽島は苦笑した。

「笑い事じゃない」夏目は羽島を睨んだ。「柳沢さんは湾岸医療センターに戻るだろう。さっき電話をしてみたが着信が拒否されていた」

「無理からぬ話ではある」

「ああ」夏目は暗澹《あんたん》たる思いで頷いた。

あの後、柳沢の肺からは少量のがん組織が内視鏡で採取され、細胞培養が行われた。培養されたがん細胞の一部を用いて代表的ながん遺伝子に変異が起きていないかが調べられ、残りを使用して、いくつかの未承認薬を含む様々な抗がん剤の効果が調べられた。

しかし、出来レース仮説は間違っていた。柳沢のがんに劇的な効果を示す抗がん剤は見つからなかった。

先程、再診に訪れた柳沢にそのことを告げると、彼は激怒して診察室を飛び出して行った。診察のスケジュールが詰まっている夏目は柳沢を追えなかったし、時間の自由が利くはずの羽島は追おうともしなかった。

「不思議としか言いようがない。榊原とかいう患者もがんが消えてたんでしょ?」

「俺が自分で確認したわけじゃないが、嘘ではないだろうな。普通なら亡くなっているはずの末期がん患者だったんだ。ピンピンしていたよ」

「僕らが直面しているのは、いうなれば不可能状況下でのがんの消失事件だ。夏目が余命診断をした小暮さんを含む四人の患者といい、榊原さんといい、常識では考えられないことが連続して起こっている。柳沢さんのがんも抑えられているようだしね」

「前に双子のすり替わり事件の時に言っていたよな? 起こり得ないことが起きている場合には、そのことが起きていないという前提で、考えていかなきゃいけないって」

羽島は首を振った。「その可能性は常に最初に考えてるさ。でも、今回の一連の活人事件に限っては絶対にそれはあり得ない。患者の体内には間違いなくがんが存在し、そして消失している」

「そうだな。それは間違いない」夏目は額に手を当てた。

「でも、僕らは知っている。彼らはどんな患者でも治せるわけじゃない」

「ああ」夏目は頷いた。

そう、湾岸医療センターは誰のがんでも治せるわけじゃない。

柳沢が最初に受診した後、羽島が思いついた一計を用いて夏目はそのことを確かめた。

終末期医療を受けている末期がん患者数人に、湾岸医療センターへの転院を打診してもらったのだ。恐らく受け入れないだろうと羽島は予想した。

紹介された患者は大物政治家を含めていずれも申し分のない有力者だったが、湾岸医療センターからの返信は素っ気ないものだった。

――受け入れ能力が限界に達しているため、受けられない――

湾岸医療センターが本当に奇跡の治療法を開発しているのであれば、紹介した患者に飛びついたはずだ。しかし、彼らは飛びつかなかった。いや、飛びつけなかったと考えるべきだった。

「もう一度、問題点を整理してみよう」羽島が立ち上がって居室に置いてあるホワイトボードの前に立った。「まず、患者は大きく二つのグループに分けられる」

羽島は大きな円を二つ描き、片方の円の中には富裕層、もう一つの円の中には低所得層と書き込んだ。

夏目は頷いた。

羽島は続けた。「二つのグループにはもう一つ気になる違いがある。富裕層は湾岸医療センターで手術を受けているけど、低所得層は手術を受けていないという点だ」

夏目はもう一度頷いた。「そうだな。手術を受けていないんだから、出来レース仮説はそもそも小暮さんたちには適用できない」

「うん。そして、小暮さんの血清サンプルを用いて何らかの化学療法の痕跡がないかと探ってみたけど、何も出てこなかった」

「あれだけ激しい転移がんを手術で取り除くのは不可能だし、そんな痕跡も見当たらない。放射線治療でもあのがんを完全寛解させるのは無理だ」

「僕らは花見の時に救済者仮説というのを考えた。優れた治療法を密かに開発した救済者が、困っている人を経済的に助けるために、そのことを秘密にしているという仮説だ」

「救済者仮説は俺たちじゃなくてお前が勝手に考えたものだろ。今聞いてもバカバカしい。それに湾岸医療センターが奇跡の治療法を開発しているなら、この前紹介した有力者たちに飛びついたはずだ。その点を考慮しても彼らが奇跡の治療法など開発していないことは明らかだ。救済者仮説も間違いだった」

「可能性を一つ一つ検討していくことは、問題解決のために必須でしょ？」

「まあな。しかし、奇跡の治療法など存在しないはずなのに小暮さんと榊原さんの末期がんは完全寛解したし、柳沢さんの治療も彼らは上手くやっている。出来レース仮説もどうやら誤りらしい。一体どういうことなんだ？」

「西條先生に訊いてみてよ。知らない仲じゃないんだし」羽島はどこか投げやりな表情を浮かべて笑った。

榊原を通して、先生から事実上の警告を受けたことについては羽島には黙っていた。柳沢が湾岸医療センターに戻っただろうから、自分が警告に応じなかったことを先生はすでに知っているはずだ。

夏目は榊原の話を思い出した。彼は先生のことを悪魔だと言った。夏目には尋問を受ける人間が、自ら死を望むほどの残虐行為を先生が行えるとは思えなかった。

――行えるとは思えない？――

いや、技術的には、人体について様々な知識を持っている医師であれば、尋問する対象を殺さないようにして肉体的、精神的な苦痛を与えることは可能なはずだ。しかし……。

「どうしたんだい？　怖い顔をして」羽島が顔を覗き込んできた。

「いや。先生には連絡をとってみたが、電話に出た秘書に折り返し連絡すると言われたままだ。多忙が理由とは思えんな」

「とてもじゃないけど、がん治療の秘密について教えてくれそうもないね」

「連絡さえとれれば喰い下がってみせるんだが」

「学生はもうとらないと言っていた西條先生に喰い下がって、最後の弟子の座を勝ち取った夏目が言うと説得力があるね。突然の退職までは止められなかったわけだけど」

先生に大学を去ることを告げられたあの日のことを、夏目は思い出した。あの日のことは今でも細部まで鮮明に思い出せる。

——医師にはできず、医師でなければできず、そしてどんな医師にも成し遂げられなかったこと——

あれは悪魔のことだったのだろうか。しかし、戦時中の人体実験など、悪魔の業に手を染めた医師だっていたではないか。

あの日は他にも気になる点があった。ホワイトボードに書かれていた救済、という言葉だ。悪魔は救済など行わない。

柳沢の話だと、先生は新薬の承認を加速させるように働きかけているらしい。柳沢の言ったように安全性の確認がおろそかになる危険はあったが、がんは致死的な病気なので、たとえ危険があっても、有効性の期待できる新薬での治療を望む患者は多いだろう。

「なあ、羽島。お前の言っていた救済者仮説とやらを聞いたとき、馬鹿馬鹿しいと思いながらも俺は思い出したことがあった。西條先生が大学を辞めると言った日に、先生の居室のホワイトボードに救済という日本語と、ネオプラズムという英語が並んで書いてあったんだ」

「でかでかと？」

「いや。いろいろ書いてあった一部だった。他の部分は書きなぐってあってほとんど読み取れなかったんだ。他はＴＬＳにはTLS riskという字が読み取れただけだったと思う」

「小暮さんにはTLSになったんだよね？」

「ああ。軽度ではあったが」

「何とも予言的じゃないか。がんによる多額の保険金で人生が救済された小暮さんが、腫瘍崩壊症候群になったんだから」羽島はそこで腕組みをした。「しかし、どうしてTLSの心配までしてたんだろう？」

「先生は腫瘍内科医が気をつけなければならない緊急症として、常にTLSを警戒するように言っていたからな」

「う～ん」羽島は俯いた。「だったら尚更TLSのことを書くのはおかしいよ。いわば前提条件なわけでしょ？　他にも患者の気持ちになって治療をするように、とか、治療の前には十分に説明すること、とか書いてあったわけ？」

「さっきも言ったが、書きなぐってあって読めなかったんだ。でも、そんなことは書いてなかっただろうな」

「でしょ？」

「だとしたら先生はがんの救済、じゃない、がん患者の救済を計画するにあたってTLSを特別に警戒していたわけか。でもそもそも、救済の前提になる奇跡の治療法なんて存在しないんだ」

「がんの救済……」羽島は黙りこんだ。

「焦っているんだ。揚げ足をとるな。救済しなきゃいけないのは患者だ。がんじゃない」

「いや」羽島は首を振った。「確かに救済したいのは患者なんだろう」

羽島はもう一度沈黙した後で、なにかに納得したように深く頷いた。

「しかし、そのためには、まずがんそのものを救済する必要があったんだ。夏目、小暮さんから採取したがん組織の解析をやらせてくれ」

「組織？　血清じゃなくてか？」

「うん。必要なのはがん組織だ。簡単な解析だから結果はすぐに出る。西條先生に結果を伝えれば、先生は面会に応じてくれるだろう。恐らく腫瘍は小暮さんのものではないはずだ」

16．同日　浦安　湾岸医療センター

宇垣は、先程メールで送られてきた解析結果を眺めていた。データが示すことはシンプルで明確だった。先生の娘、恵理香の命を奪ったのは羽島悠馬だ。恵理香の体内から取り出されたDNAは羽島のものと一致した。

特に感慨が湧かないのは何故だろう？　宇垣は不思議な感覚に囚われていた。これまで自分はかなりの労力を恵理香の仇を探すことに割いて来た。

いや。宇垣は首を振った。

特に何も感じないのは当然だ。自分には恵理香の仇などもとよりどうでもよいのだから。

自分にとって恵理香の死は、先生と出会えたきっかけに過ぎない。先生が望まなければ、自分は恵理香の仇探しなどしなかっただろう。

それでも。

宇垣は思った。先生が過去と決別するためには必要な作業だった。自分たちの人生はこれでやっと始まるのかもしれない。そう考えて素直に喜ぶことにしよう。

受話器を上げて先生に電話をかけようとしたが、短縮ダイヤルボタンを押すことなく、宇垣は再び受話器を下ろした。データをプリントアウトして席を立ち、入り口にある鏡で髪の乱れを直してから病棟にある先生の居室に向かった。

半開きになった先生の居室の扉から、灯りが漏れていた。意識して靴音を響かせ、中を覗くことなく扉を叩いた。

「どうぞ」

「失礼します」

「こんばんは」先生は全てを悟ったような、穏やかな顔をしていた。「連絡もなしにやって来たということは、なにかサプライズニュースがあるのですね？」

「私にとっては」

「羽島くんでしたか？」

宇垣は頷いて、資料を先生の机の上に置いた。「どういうことです？」

「恵理香も私を欺いたのですよ」先生は資料に目を通すことなく、窓の外の暗い海に視線を移した。

17. 2017年6月13日(火) 築地 日本がんセンター

午前の診察を終えた夏目は、白衣のポケットから私物のスマホを取り出した。登録されていない番号からの着信記録と共にメッセージが残されていた。夏目は胸騒ぎを感じながら、メッセージを再生した。

――西條です。ご無沙汰しています。午前中の診察お疲れ様でした。メールを拝見しました。時間のある時に電話をください――

午前中の診察を把握していることを、それとなく伝える先生の茶目っ気を懐かしく感じたし、十年以上ぶりに先生から自分に投げかけられた言葉を耳にして少し安心した。その声音には敵意や冷たさは含まれていなかった。夏目が知っている先生のままだ。

一階に下り、病棟と研究所の間の誰もいない屋外に出てから先生に電話をかけた。

「西條です」

「夏目です。ご無沙汰しております」

「こちらこそ。夏目くんのご活躍はこちらの耳にも入ってきていますよ。しかし、夏目くん、がんセンターの医師は日々の業務で手一杯のはずです。そちらに専念した方がよいのではないかと思いますがね」

声音に棘は感じられなかったが、意図するところは明らかだった。

「警告、でしょうか?」

「とんでもない」乾いた笑い声が聞こえた。

「メールは見て頂けましたか」

夏目は、湾岸医療センターの患者相談用アドレスに小暮麻里の件で話がある旨のメールを送っていた。程なく、西條先生のアドレスが記載された返信が送られてきたので、夏目は小暮麻里のデータを添付し、相談があるので電話をください、と書いて返信したのだった。

「ええ。うちのアレルギー科を受診している小暮さんの悪性腫瘍の件でお話があるとか」

「はい。通常では考えられない現象でしたので、西條先生にご意見を伺いたいと思いましてご連絡差し上げました」

「電話ではなんですから、久しぶりに直接会ってお話ししましょうか」

「是非。湾岸医療センターに伺えば宜しいですか？」

「いえ。今週の土曜日、東西線の浦安駅まで来られますか？　少し趣向を凝らした宴席を用意します。どうせなら一献《いっこん》やりながらにしましょう。残念ながら職場の近くにはよい店がないのです」

「ええ。お気遣い頂き恐縮です」

「では今週末の土曜日、十八時に浦安駅の改札前で宜しいでしょうか？」

「承知致しました」

「それからがんセンターには羽島くんも勤務しているらしいですね。彼も元気ですか？」

「ええ。元気にやっています」

「彼も一緒に連れて来てください」

「羽島も、ですか？」

「ええ。夏目くんの論文の件ではお世話になりましたから」

「伝えます」羽島が一緒にいれば心強くもあるが、面倒なことにならないかと心配にもなる。

「では土曜日、楽しみにしていますよ」


先生との電話を切った後、夏目は研究所の羽島の居室に赴き、先生の意向を羽島に伝えた。

「僕も？」羽島は怪訝そうな表情を浮かべた。

夏目は頷いた。「ああ」

「何でだろう」

「俺の論文の件で世話になったからだと言っていたけどな」

「十年以上経ってかい？　共著者に入れてもらってるんだからお礼なんて要らないけど、それだったら学生の時に奢って欲しかったね」

「行くか？　お前の分の席も用意されているはずだ」

「行く。僕がいた方が心強いだろうしさ」

「面倒な話にするなよ。先生が本当のことさえ話してくれれば、俺は穏便に済ませたいと思っているんだ」

「わかった」

「何だ、やけに素直じゃないか。調子が狂うな」

「なにを言っているんだ。僕は元々素直な人間だよ」そう言って羽島は笑った。「不正を追及するのが目的じゃないんだ。それに、小暮さんが完全寛解したカラクリはわかったけど、柳沢さんや榊原さんがどうして治療できたのか、その謎は解けていない。そっちの方が気になる」

＊

東京メトロ東西線の西船橋行き快速列車は、南砂町《みなみすなまち》の駅を過ぎたところで地上に出た。浦安まではあと五分ほどだ。

「地下鉄じゃなくなったね」横に座る羽島が夕日に目を細めてそう呟いた。

子供じゃないんだからと思いながらも、夏目は何も言わなかった。

やがて電車は広い川にかかる鉄橋を通過した。確か荒川だったはずだ。広大な河口の彼方に大きな橋とその向こうに広がる海が見えた。

「西條先生はどう出るつもりだろうね」羽島が訊いてきた。「やはり脅迫してくるのかな？」

「どうだろうな。正直よくわからん」

「怖い人たちが待ち受けていて脅迫されるとか。場合によっては連れ去られちゃうかもしれない」

「万が一に備えて森川には、今日のことを伝えてある」

「かみさんには？」

「言ってない」夏目は首を振った。紗希に言ったら止められただろう。

「その方がいいね」羽島がこちらをちらりと見て頷いた。「一応、僕も以前、登山用に買った熊よけのスプレーは持ってきたよ」

「いくらなんでも、浦安の街中で乱暴な真似《まね》はしないだろう」

「念のためさ。まあ、西條先生がそんなことをするとは僕も思っていないから、一緒に来たわけだけど。一方で、彼が湾岸医療センターで行われることを洗いざらい話してくれるとも思えない。今日は単に再会を喜ぶために飲むわけじゃないんでしょ？　落とし所はどうするのさ？」

「それは先生の出方次第だが、少なくとも小暮さんの完全寛解の秘密が解けたから、先生も会う気になったんだろう。なにを目的にしているのかはわからないが、あんなことは止めるように話し合う余地はあるはずだ」

「森川は何て言ってるの？」

「今回の不正は証明するのが難しいだろうと言っていた。調査や訴訟にかかるコストを考えたら、怪しい事案は契約しないように、これから気をつけていくことで対応した方が現実的だというのが今のところの考えらしい。もちろん、西條先生が不正を洗いざらい告白してくれたら話は別だと言っていたが」

　羽島は首を振って笑った。「まあ、とにかく小暮さんの件を突き付けてみよう。全部を話してくれなくても、反応を見てみればわかることがあるはずだから。何しろ僕らは西條先生がなにを目指しているのかすら、よくわかっていないんだ」

「小暮さんの件では、困っている彼女を助けようとしていたんだろうな。他の困窮している人々もそうだ。医学だけでは人は救えないと先生は学生時代に言っていた」

羽島は頷いた。「だからって詐欺はよくない。それに、患者を危険に晒《さら》してまで新薬の承認を急ぐのも、褒められたもんじゃない」

「危険があっても新薬の早期承認を望む患者はたくさんいる。そういった人々を救済するためにしていることなんじゃないのか？」

「素人である患者の望みを全て叶えた方がいいなら、僕ら医師や柳沢さんのような専門家は必要ないね。素人にはできない総合的な判断を下すのが専門家の役割だよ」

「しかし、小暮さんの完全寛解の謎を解いたのは見事だったが、お前の仮説には随分と振り回されたな。天才ならもっと、手っ取り早く答えに辿り着いてくれればよかったのにな」

「何とでも言ってくれ。仮説は正しいかどうか検証するために立てるんだ。当たるかどうかは問題じゃない。実際、小暮さんを治療した方法にしても、常識的に考えられる可能性を一つ一つ検討して、そうでないことがわかったからここまで辿り着けたんじゃないか。あんな突飛《とつぴ》なことをしていると、いきなりわかるはずがない」

「まあな」夏目は頷いた。

電車は先程よりも細い川を渡り、減速を開始した。アナウンスが間もなく浦安に到着することを告げた。

そう。俺たちは必死になって小暮さんを治療した方法を探していた。しかし治療法を探すこと自体が間違いだったのだ。

何しろ治療法など元々存在せず、必要ですらなかったのだから。

そんなものが見つかるわけがない。

電車は浦安駅に到着した。夏目は苦々しい想いで席を立った。


浦安駅の改札に、西條先生の姿は見当たらなかった。約束の十八時まで五分ほどあったので、まだ着いていないのかもしれないと思ったが、すぐにスーツ姿の女性に声をかけられた。

「失礼ですが、夏目先生と羽島先生でいらっしゃいますか？」

「ええ」夏目は頷いた。

「初めまして。湾岸医療センターの宇垣と申します」女性は名刺を差し出した。

「呼吸器外科、ですか」夏目は自分の名刺を財布から取り出した。この女が柳沢の主治医で、事実上の脅迫を柳沢に行ったのだ。

「はい。夏目先生は腫瘍内科がご専門でしたね。柳沢さんから先生のお話はいろいろと伺っています」

夏目は自分の名刺を財布に戻し、宇垣の名刺を取り出した。「どうやら名刺を渡す必要はなさそうだ。貴女の名刺もお返ししますよ」

宇垣は見事なアルカイックスマイルを浮かべて名刺を受け取った。

「話が早くていいじゃないか」羽島が笑った。

「車を待たせてあります。こちらへどうぞ」宇垣は北口の方を指し示した。

道端に停《と》まっていた大型のセダンの助手席に宇垣が座り、後部座席に夏目と羽島が収まると運転手は滑らかに車を加速させた。

「駅から歩きかと思っていました。今日はどちらのお店なのです？」

「すぐにわかります」そう言う宇垣医師とバックミラー越しに目が合った。美しい女性だったが、鷹《たか》のような鋭い眼光が目立った。

車は五分ほど走ってコンクリート製の高い堤防沿いに停車した。先程浦安に着く直前に渡った川だろう。堤防の看板には江戸川と書いてあった。運転手がドアを開けた。

「こちらです」宇垣医師が堤防に上がる急な階段を手で示し、登り始めた。

「バーベキューなんて久しぶりだな」羽島がおどけた様子で言った。

「バーベキューがお好みでしたか」宇垣が振り返りながら笑った。

羽島が階段を登りながら言った。「そうだね。少なくともバーベキューなら、川沿いをジョギングする人や釣り人の目があるもの」

「次回はバーベキューにするように理事長にお伝えしておきます」

「次回なんてものがあるなら、別にバーベキューじゃなくてもいいんだけど」

階段を登り切ると堤防の上が道になっており、登ってきたのと同じような急階段で川岸に下りられるようになっていた。下流側に東西線の鉄橋が見えた。

「理事長はあちらです」

宇垣が示す堤防の下には、屋形船が停泊していた。

「少人数だけど貸し切りなんでしょ？」

「はい。それはもちろん」

「やったね。夏目。フェイスブックにアップしたら？」そう言って羽島は軽い足取りで階段を下りていった。

「夏目先生もどうぞ」宇垣が促した。

「ちょっと待ってください。屋形船なんて久しぶりなもので」夏目はスマホを取り出し、風景と船の前でピースする羽島が入るようにして屋形船の写真を撮り、フェイスブックにこれから浦安で屋形船に乗るというコメントと共にアップロードした。

「どうぞ」笑顔でこちらを見ていた宇垣がもう一度手で階段を示したので、夏目はゆっくりと階段を下り始めた。

「なにかご不安なことでもあるのですか？」後ろに続く宇垣が言った。

「いいえ」夏目は振り返らずに言った。「私には有能で行動力のあるたくさんの友人がいますから」

「後で友人申請させて頂いても宜しいでしょうか？　私は乗船しませんので」

夏目は何も答えずに、羽島が先に乗り込んだ屋形船に足を踏み入れた。

屋形船は右舷《うげん》側が通路になっており、左舷側に個室が並ぶ作りになっていた。突き当たり左手の部屋ですと宇垣に言われ、廊下を進むと襖《ふすま》の開いた船首側の個室に羽島が独りで座っていた。

「西條先生はすぐに来るってさ」そう言って羽島は自分の脇の座布団を指し示した。夏目は靴を脱いで座敷に上がり、腰を下ろした。

テーブルの上にはすでに先付けが並べられていた。

座敷の奥はガラス窓になっていて、水面が見渡せた。

「手前の座敷にはおっかない人たちがいっぱい待機しているんだよ。きっと」

「俺と羽島を始末するのに、そんなに人数はいらないよ。写真もアップロードしておいた」

「なら安心だ。僕らになにかあった時、警察が動きやすいだろう」

「そういうのは安心とは言わんな」

発動機の低い振動が突然船を震わせた。

「出るのか?」夏目がそう言った時には、船は揺れながら航行を開始したようだった。風景が動き始めている。夏目は咄嗟に立ち上がろうとした。

「大丈夫ですよ」廊下から声が聞こえて、グレーのスーツに身を包んだ西條先生が姿を現した。ネクタイは締めていなかった。

「脅かさないでください。いや、ご無沙汰しておりました」夏目は立ち上がった。羽島は座ったままだった。

「何、ちょっとした座興ですよ」先生は笑った。夏目に着座を促し、自らも腰を下ろした。

「全くもって趣味が悪い」羽島が首を振った。

「すみませんね」先生は頭を下げた。「ちょっと悪ふざけが過ぎましたか。私と会うこともないまま、どこかに連れ去られるとでも思いましたか？」

夏目は真顔で言った。「座興はこれ以上、必要ありませんから」

先生は笑顔を消さなかった。「せっかくいろいろと準備をしているんですから、そんなことを言わないでください。夏目くんと羽島くんに危害を加えるようなことは絶対にないので、そこはご安心を」

「あまり驚かせるようなのも勘弁してください」

先生は笑ったままゆっくりと首を傾けた。

「さて、屋形船ということで、日本酒は百貨店に依頼して、入手困難なものを集めておきました」

そう言って先生は懐から紙を取り出した。最近、人気のある日本酒の名前がリストに並んでいた。

羽島が鼻で笑った。「確かに巷では評価が高いものが揃っています。でも西條先生。申し訳ありませんが、僕らに言わせれば面白みに欠けるお酒ばかりですね」

「それは残念。事前に訊いておけばよかったですね。しかし、そのつまらない酒の中で、少しでも口に合いそうなものを選んで飲んでおいた方がいいですよ。ひょっとしたらこれが生涯最後の美味しいお酒かもしれませんから」

「危害は加えないのでは？」夏目は先生に少し厳しい視線を送った。

「約束は守ります」先生は涼しげな表情だった。「どれにしますか？」

夏目は中国地方の、羽島は東北の銘柄をそれぞれ選んだ。先生は、夏目と同じものを選んだ。先生が手を叩くと、仲居がやってきてオーダーを訊いた。


船は夕闇の中を河口に向かって進んでいた。先程からすれ違う船もなく、夏目の不安は大きくなる一方だった。

酒はすぐに運ばれてきた。

「では再会を祝して乾杯」先生がそう言い、三人はグラスを合わせた。

「美味しいではありませんか」酒を一口飲んで、先生が言った。

「不味いなんて言ってませんよ。美味しいことには同意します」羽島が言った。「僕は面白みに欠けるといったんです」

「羽島くんはグルメ漫画のひねくれた主人公みたいなことを言いますねえ。でも美味しいなら素直に美味しいと言った方がよいですよ」

「そうですね、ここは一つ皆で素直になりましょう。腹を探り合っても仕方がない。僕たちは西條先生に訊きたいことがたくさんある。素直に答えて頂けますか？」

「いいですよ」先生は頷いた。「できる限り正直に話をしましょう。但し、羽島くんたちも正直に話をしてください」

「わかりました」夏目はそう答えながらも疑問を感じた。先生が自分たちに訊きたいことなどあるのだろうか。

「羽島くんは？」

「もちろん」

「では、全員が可能な限り正直に話すということで。しかし、もう少しだけ昔話に花を咲かせながら美味しいお酒を楽しみませんか？　私にとって、東都大学での教員生活はかけがえのないものでした。純粋な知的好奇心に基づいて君たちと共に研鑽した日々は、私の人生の中で最も輝いていました。あの日々を少しでも思い出したいのですよ」

羽島がこちらに視線を送ってきた。任せる、という意味らしい。

窓の外に、ディズニーランドの灯りが見えてきた。もう少しで海に出るはずだ。

「そうしましょうか」夏目は頷いた。

三人は昔話に花を咲かせた。ほとんどは他愛もない話だったが、最初は乗り気ではなかった様子の羽島も、最後には笑いを見せるようになった。酒が回ってきたせいもあるのだろう。

あっという間に一時間ほどが経過した。先生が当時の医学部長のことで冗談を言い、三人が声を上げて笑った後、突然の沈黙が訪れた。時間にすればほんの五秒程度。しかし、三人を現実に引き戻すには十分な時間だった。

「さて」先生が穏やかな顔で言った。「満足です。こんなに笑ったのは何年ぶりでしょう。ひょっとしたら、大学を辞めてから初めてかもしれませんね」

「私も楽しかったです」夏目は胸に熱いものがこみ上げてくるのを感じた。

先生が不正に携わっていることは間違いない。救済のつもりなのかもしれないが、それは明確な犯罪であるし、医師として看過することのできない危険も孕んでいた。

「夏目くんが、まず知りたいのは小暮麻里さんの件ですね？」

「ええ」

「私のところには、小暮さんのことで訊きたいことがあるという文章と共に添付されたデータが送られてきただけです。君たちの考えをきちんと聞いたわけではありません。答え合わせをしようではありませんか」

夏目は頷いた。「私たちは、小暮さんが末期がんでありながら、完全寛解に至った原因を一生懸命探しました。湾岸医療センターが何らかの治療をこっそりと施しているのではないかと考えて、その痕跡を探しました。しかし、いくら探しても何も見つかりませんでした」

「そうでしょうね」先生は頷いた。

「医療に携わる者が陥りやすい、いや、陥って当然の罠でした。疾患が偶然では説明できない確率で寛解すれば、その原因は治療行為にある。そう考えるのは当然だからです」

先生は黙ってもう一度頷いた。

「保存してあった小暮さんの腫瘍サンプルのＤＮＡ解析の結果を見て驚きました。小暮さんの腫瘍は別人由来のものだったからです」

「サンプルを取り違えたのではないですか？　よくある話ですよ」

夏目は首を振った。「それはあり得ません。サンプルはきちんと保管されていました。それに、小暮さんのがんが別人のものだと考えれば、いろいろと辻褄が合うんです。先生は他人のがんを小暮さんに移植したんですね？」

「ほう？」先生は片眉を上げた。「拒絶反応はどうするんです？　他人のがんを移植しても拒絶されてしまうのでは？」

「私たちの仮説はこうです。障害を持つ娘さんを抱えて困窮している小暮さんを知った先生たちは、まず、小暮さんのアレルギー性疾患を指摘して治療に当たります。処方されるのは免疫抑制剤です。アレルギー性疾患の治療に免疫抑制剤を使用するのは普通ですが、恐らく小暮さんにはもっと強力なものが処方されていたのでしょう。一度注射すれば効果が持続する、免疫抑制効果を持つ抗体医薬品も併用していたかも知れません」

先生は黙って話を聞いていた。その表情はどこか満足気だった。

夏目は続けた。「そうやって臓器移植可能なレベルの免疫抑制状態を誘導した後、先生たちはなにかの治療薬と偽って小暮さんに別人の肺がん細胞を注射したんです。本来なら拒絶されるはずのがんは免疫抑制剤のお陰で成長を始めます。恐らく、がんを注射する前に多額の保険への加入を勧め、末期がんと診断された時点でリビングニーズ特約による死亡保険金を受け取らせたのでしょう」

口の乾きを感じた夏目は、テーブルの上の水を一口飲んで続けた。

「その後、がんを消し去るのは簡単です。免疫抑制状態で拒絶反応を免れていたがんの救済を止めてしまえばいい。それまで処方していた免疫抑制剤の処方を止めるか、偽薬とでもすり替えてしまえば、がんは拒絶反応で死滅します。治療すら必要ではありません。湾岸医療センターでばかり奇跡的な完全寛解が起きると不審に思われるので、最後のがんが消滅する部分は他の病院に送り込めばいいのです」

先生は感心した様子で手を叩いた。「なるほど、面白い仮説ですが、医療にはエビデンスも重要ですよ。先程言ったようにサンプルの取り違えの可能性だってあります」

「保存している小暮さんの腫瘍サンプルの中には、小暮さん自身の細胞が混ざっているはずです。取り違えの可能性はそれで否定できるかと。しかし、先生のところでそういった行為が行われたことを証明するのは極めて難しいでしょう」

「そうでしょうね」先生は静かに頷いた。「他人のがん細胞が体内から見つかることは稀ではありますが、あり得ないことではありません。例えば手術で肉腫を摘出した外科医が誤って摘出に使ったメスを自分の掌に刺してしまい、後に成長した患者由来の肉腫が発見された例が報告されています。このケースでは、たまたま拒絶反応が起きなかったのです。他にもドナーの移植腎の中に混ざっていたがんが、移植手術後に成長したケースも複数報告されています。大体、小暮さんのサンプルの解析だって、本人の了承なしに行ったんじゃないですか？」

「ええ。ですから、警察に話したりはしません。我々の推理が当たっているかどうかを知りたいだけです。そしてもし当たっているのであれば、もうこんなことはしないで欲しいのです」

先生は何も言わなかった。肯定も否定もするつもりはないようだった。

「先生、できるだけ正直に話をしようと、さっき言ったじゃないですか」

羽島が言った。「無駄だよ。肯定も否定もしないのが西條先生なりの正直さなんだろうさ」

先生は笑って首を振るだけだった。

夏目は先生に訊ねた。「先生はどうしてこんなことを？」

先生は何も答えなかった。

羽島が笑った。「悪事を認めない人間に、理由を尋ねてどうする」

「悪事？」先生が羽島を見た。その表情からは微かな苛立ちが感じられた。

夏目は喰い下がった。「釈迦《しゃか》に説法でしょうが、がんにはまだ多くの謎が残されています。腎移植の後、ドナー由来のがんが見つかり、免疫抑制剤の投与を止めた症例報告では、移植した腎臓が拒絶反応を起こして、転移したがんだけが残ったケースが知られています。危険じゃないですか。それに、がんが急速に消え去る過程では腫瘍崩壊症候群の危険もあります。先生は昔から腫瘍崩壊症候群の恐ろしさを繰り返し私に教えてくれたではないですか」

「これはあくまでも一般論ですが……」先生は口元を微かに歪めた。「今、夏目くんが言ったようなことを私が実際に行うとしたら、免疫抑制剤の投与を止めた後、確実に拒絶されるようながんを移植しますね。それからTLSについてはTLSに詳しい、信頼できる腫瘍内科医のところに患者を送り込めば安心です」

羽島が鼻で笑った。「やれやれ。夏目はそのために利用されたというわけか」

「先生……」夏目は絶句した。「自分にＴＬＳの重要性を説いてくださった学生時代から、先生はこの計画を立てていたんですか？」

先生は何も言わなかった。それが答えなのだろう。

羽島が先生に険しい視線を送った。「臓器移植時の免疫抑制剤の投与によって、発がんリスクが二倍になることが報告されています。小暮さんのように本来不必要な免疫抑制剤の投与を受けた人が、本当にがんになったら取り返しがつかないことになりますよ？」

「臓器移植時の免疫抑制剤の投与は長期に及びます。しかし、さっきの夏目くんの仮説によると、がん移植時の免疫抑制剤の投与期間はずっと短い。それより大きな問題が保険金によって解決できるのであれば、無視できるリスクだと思いますがね」

「西條先生たちは独自療法とやらで随分と儲けてるみたいじゃないですか」羽島が酒を一口啜った。「経済的に助けてあげたいなら、お金を直接渡せばいいのではないですか？　もちろん、これは例えば、の話ですが」

先生は首を振った。「直接的な資金援助であれば、過去に行ったことがあります。しかし、それでは駄目なのです。魂は救済できない。結局、資金援助などしなければ良かったと結論づけたことが多かった」

「魂の救済？」先生は何を言っているのだろう？

「そうです」先生は力強く頷いた。「一度、死の淵を覗き込み、そこから蘇った人間の魂は救済され、輝きます。小暮さんの主治医である夏目くんにはわかっているはずですよ。あなたががんセンターで担当し、その後、転院していった三名も、その他の救済対象者も、今では皆、充実した人生を送っています。経済支援だけでは、人生があれほどまでに輝くことはなかった」

「自分たちのしたことを認めるんですね？　まあ、いずれにしても立証は困難だけど」にわかに熱を帯びた先生に、羽島が冷めた調子で呟いた。

夏目は半ば叫ぶようにして言った。「先生がされていることは、医師のすることじゃないですよ！」

先生は静かに微笑んだ。「そうかもしれませんね。医師だった頃にはできなかったことです」

「先生は一体なにを目指しているんです？　柳沢さんは湾岸医療センターから新薬の承認を迅速にするように迫られたと言っていました。確かにがんのような致死性の高い病気では安全性をある程度犠牲にしても、有効性の高い新薬の一日も早い承認を望む患者さんもいると思います。しかし、総合的に判断を行い、しっかりと安全性を確認した上での承認を行うのが専門家の使命ではありませんか」

「神にでもなるつもりなんじゃない？　僕に言わせればくだらない神様ごっこに過ぎないけど」羽島が吐き捨てるようにして言った。

「羽島くんは想像力が豊かですね」先生は目を瞑って呆れた様子で首を振った。「ところで、その想像力の豊かな羽島くんでも、想像もしていないことがあるようなのですが」

「買いかぶらないでください」羽島は笑った。「小暮さんの完全寛解のからくりは解けたと思っていますが、柳沢さんや榊原さんのがんを、どうやって治療したのかは謎のままです。どんなインチキをしているんです?」

「それは企業秘密です。それに私がさっき言った羽島くんが想像もしていないこと、というのはがん治療の話ではないんですよ」

「じゃあ僕にはわからないなあ。何しろ想像もできないことなんだろうから。もったいぶらずに教えてくださいよ」

先生はゆっくりと笑顔で頷くとジャケットの懐に手を入れ、一枚の写真を羽島の前に差し出した。

写真には若い女性が写っていた。美しい女性だったが、少し色あせた感じや髪型などから、最近撮られたものではないことが窺い知れた。

写真を目にした羽島は目を見開いた。

先生の笑顔はいつの間にか消えていた。羽島の顔をじっと見ている。

羽島が顔を上げて叫んだ。「どうして彼女の写真を?　彼女は今どこでなにをしてるんです?」

先生は深く溜息をついた。

「その様子では本当に何も知らないのですね。彼女は亡くなった私の娘、恵理香です。全ては娘の死から始まりました」

「恵理香?　亡くなった?　どうして?」羽島の声は震えていた。

「羽島くんには偽名を使っていたのでしょうね。私はずっと娘の仇を探していたのです」

「仇?　殺されたのですか?」

「ええ。もっとも、娘があなたを守るために嘘をついていたお陰で、見当違いの方向を探してしまいましたがね」

殺された？　それならニュースになったはずだ。しかし、間違いなくそんなニュースは存在しなかった。

「誰かに乱暴されたのか、と訊いた私に、恵理香は頷いてみせたのです」先生は苦々しい表情を浮かべた。

乱暴？　仇？　ということは……。夏目は学生時代に耳にした噂話を思い出した。自殺。しかし、羽島を守るために嘘をついた？

「今回の件で夏目くんや羽島くんの情報を集めている時に、私は羽島くんのフェイスブックに娘が大好きだったクレーの絵が使われていることに気付きました」

夏目は羽島を見た。こちらに視線を合わせず、羽島はただ先生の言葉の続きを待っているようだった。

「もしやと思って、私たちが受注したがんセンターの健康診断で採取した羽島くんのDNAを調べてみたのです」先生は首を振った。「その結果、娘の命を奪ったのは羽島くんであることがわかりました」

「DNA？」夏目は顔をしかめた。健康診断に湾岸医療センターが関与していたことは、迂闊《うかつ》にも気が付かなかった。健康診断受注医療機関の名前など、いちいち確認したりはしない。

「娘はがんで亡くなりました」先生は悲痛な面持ちで絞りだすようにして言った。「私は娘の死後、入院させていた浦安総合病院の主治医から、娘のがん組織を譲り受けて仇を探しました。娘の命を奪ったがん細胞は羽島くん、あなたのＤＮＡを持つものだったのです。この意味がわかりますか？」

羽島は静かに一度頷いた後で俯き、乾いた声で笑った。「まったく、馬鹿な奴ですよ。あいつは」

やがて室内には羽島が嗚咽《おえつ》する声が響き始めた。

先生はそんな羽島を憐《あわ》れむような目でただ見つめていた。

18．２０１７年６月17日（土）　浦安

「来ました」運転席に座った宇垣は、助手席に座った榊原に視線を送った。スマホに表示された画面には、屋形船に乗ったスタッフのスマホから送信された船の現在位置が表示されている。僅かに開けた窓の外から船のエンジン音が聞こえ始めた。宇垣は車のエンジンをかけた。

榊原は頷いた。「時間通りか。船には渋滞がなくていいな」

「確実にやってくれると信じていますが、大丈夫なんでしょうね？」

「大丈夫ですよ。そのために俺たちと組んでるんでしょう？　あいつらにも何度も予行演習をさせました」

「失敗は許されませんから。警察への説明も、矛盾なくできるようになっているんでしょうね？」

「ちゃんとお膳立てはしてあります。復讐ということで、警察も納得するはずです。それに警察内部にだって『資産』はたくさんいるんです」

後部座席では、ヘッドセットを付けて、ノートパソコンを膝の上に置いた山本が周囲に配置した見張りと連絡を取り合っていた。このインテリヤクザの段取りの良さにはいつも感心させられる。

「周囲に警察はいません」山本が言った。

準備に抜かりはないはずだった。それでも不確定要素はいくらでもある。

宇垣たちの後方、五十メートルほどの場所に一台のワンボックスカーが停まっていた。丁度、屋形船の船着場の前、堤防から下りてくる階段の真下だ。車の傍らには男が一人、堤防のコンクリート壁に寄りかかっている。そのさらに先には先生たちを迎えに来たセダンが止まっていた。

この距離からでは襲撃の詳細は見えないだろう。かといって、これ以上接近するのはリスクがありすぎる。襲撃を見届けたら、すぐにこの場を離れなければならない。

堤防の上に人影が現れ、階段をゆっくりと下りてきた。夏目が羽島に肩を貸して歩き、その後に先生が続いていた。

「来た」榊原が周囲を見回した。「誰も見当たらない。まあ、警察以外はいても問題ありませんが」

階段を下りた夏目と羽島がワンボックスカーの前を通過し、先生がワンボックスカーの前に差し掛かった時だった。

壁に寄りかかっていた男が光るものをポケットから取り出して、先生に駆け寄った。同時に、ワンボックスカーのスライドドアが内側から開いた。男はそのまま先生にぶつかり、よろめいた先生を車に押し込んだ。振り返った夏目がなにかを叫んだ時には、ドアは閉まっていた。路上に血が落ちたかどうかはこの距離からは判別できなかった。

まるで手品でも見ているかのような、一瞬の出来事だった。

ワンボックスカーが滑らかに発進した。羽島から肩を外した夏目が追いすがって車のドアを叩いたが、ワンボックスカーは速度を上げてそのまま走り去った。

「行きましょう」宇垣は静かに車を発進させた。

19．2017年6月24日（土）

事件から一週間が経過した。住宅地のすぐ近くで起きた病院理事長の拉致《らち》殺害事件は、大きな衝撃を世の中に与えたようだった。

犯人は事件の翌日の朝に浦安署に自首してきた。犯人は遺体をバラバラにして、荒川の河口に流したと供述した。大規模な捜索が行われ、胴や足の一部がこれまでに発見されていた。

湾岸医療センターでの手術時のミスで、肺がんの転移が起きたことに対する復讐。それが発表された犯行動機だった。実際、男は末期がんであることが、他の医療機関の受診記録から確認されていたし、湾岸医療センター側から、医療ミスの可能性を示す謝罪文と共に慰謝料が渡されていたことが明らかになっていた。犯人は慰謝料の額について不満を持っており、たびたび湾岸医療センターを訪れて騒いでいたようだ。犯行の状況から共犯がいたはずだったが、犯人は共犯については黙秘を続けているようだった。

怪しいものだな、というのが一連の報道を目にした夏目が抱いた感想だった。あの鮮やかな手口は素人のものではない。

先生はかなり危ない橋を渡っていたのだ。森川が見せてくれた湾岸医療センターの患者リストからは、先生が手にした力の大きさを窺い知ることができた。

榊原が今回の事件に関与しているかどうかはわからなかったが、保険リストからは、先生が複数の反社会勢力との付き合いがあることが示唆されていた。いずれかの勢力が、先生の影響力を排除しようとして、あるいは手に入れようとして今回の事件を起こしても不思議ではない。

警察は無能ではないから、今回の事件の犯人の供述に不自然な点があることに気付くだろう。しかし、これまでだって真犯人は別にいるのではないかと疑われながら、自首した人間が真犯人として裁かれ、そのままになっている事件はたくさんある。

先生の影響力は国家の中枢や、警察にも及んでいた。彼らが協力して先生の排除を企てた、というのも誇大妄想とは断じられない気がした。先生は自らが築き上げたシステムに喰われたのかもしれない。

事件直後、夏目は浦安署で、刑事から先生との関係や一緒に屋形船に乗っていた理由などを聴取された。

夏目は自分が西條先生の教え子であること、湾岸医療センターの医療詐欺が疑われたので、先生に直接話を聞きに来たことを説明した。聴取に当たった刑事は、怪訝な表情で夏目の話を聞いていた。無理からぬことだと夏目は思った。患者をがんにした上で治しているなどという話はそうそう信じてもらえるものではない。

結局、犯人が自首したので、医療詐欺疑惑は別件として、後日改めて聴取を受けることになった。しかし、無断使用した小暮のサンプルについては話すわけにはいかず、証拠に乏しいために立証は困難なものになることが予想された。

森川の話では大日本生命も、今回の件を深く追及することに関しては及び腰のようだ。

何より、西條先生はすでにこの世のものではない可能性が極めて高かった。

発見された遺体の身元はまだ明らかになっていなかったが、先生が連れ去られた現場には、先生が男に刺された時に流れた血液が残されており、現在行われているＤＮＡ鑑定に用いられているはずだった。

土曜日の夕方、遺体の一部発見後に浦安署の刑事が夏目の自宅を訪れて、西條先生のＤＮＡを参照できる親族がいないかと訊かれた。

夏目は、頭部や指などは発見されていないのかと刑事に訊ねた。刑事は答えなかったが、歯の治療痕も、指紋も遺体の身元確認に利用できていないのは明らかだった。

夏目は存命の親族については知らなかったが、先生に聞いた話を思い出し、娘である恵理香のサンプルが浦安総合病院に保管されているはずだと答えた。

パラフィンに包埋されたがんの組織サンプルは、医療機関で永久保存される。がん組織中に混在する正常組織には恵理香のＤＮＡが含まれている。正常組織以外のがん組織は別人のものであることも刑事に説明した。当然のことながら医学知識のない刑事は、信じられないといった表情で夏目の話をメモしていた。

最後に、刑事は西條先生が末期がんに冒されていたことを知っているか訊いてきた。発見された胴体から進行がんが見つかったらしい。がんを患っていたとは思いもよらなかったが、いずれにしても、先生に残されていた時間は限られていたことになる。

事件のあった夜、浦安署での事情聴取が終わった後、夏目は豊洲の自宅に羽島と共に帰った。独りでも大丈夫だよ、と消え入るような声で主張する羽島を無理やり連れてきたのだった。

客間として使っているリビング横の和室に布団を敷いてやると、羽島は何も言わずに倒れるようにして横になった。眠れないだろうなと思いながらも、夏目は何も言わずにそっと襖を閉めた。

シャワーを浴びて着替えた後、夏目はテーブルの上に一合は入る大きめのグラスを三つ並べ、日本酒を注いだ。疲れきった体をリビングのソファーに沈ませ、西條先生の事件を報じるテレビ番組をつけながら、グラスを片手に紗希に事件と、屋形船で明らかになった羽島の過去について説明した。

「羽島由来のがん細胞が、恵理香さんの命を奪ったんだ」夏目は恵理香の死の真相について紗希に語り始めた。羽島に聞こえているな、と思いながらも夏目は声を絞らなかった。

「どういうこと？　羽島くんが恵理香さんに自分のがん細胞を植えつけたの？」紗希は眉根を寄せて声を潜めた。

「いや。羽島はがんになったことはない。それに、普通はがん細胞を植えつけたとしても拒絶される」

「じゃあ、何でそんなことになったの？」

「胞状奇胎《ほうじようきたい》って聞いたことあるか？」

「知らない。何それ」

「異常妊娠の一種だ。卵子の遺伝情報が抜け落ちて、精子の遺伝情報だけで発生が始まる全胞状奇胎と、二つの精子と一つの卵子の遺伝情報で発生が始まる部分胞状奇胎がある。胞状奇胎と呼ばれるのは、そうやって発生した組織が胞状になるからだ。昔はぶどう子と呼ばれていたらしい」

「それが、がんと何の関係があるの？」

「胞状奇胎は絨毛組織《じゅうもう》を含むんだが、これは絨毛がんになる可能性を秘めている。どんな妊娠であっても絨毛がんの危険はあるが、胞状奇胎では絨毛がんになる危険性が高いんだ。さっきも言ったように全胞状奇胎では精子のＤＮＡだけで発生が進む。つまり、全胞状奇胎から絨毛がんに進展すると、そのがんは精子由来のＤＮＡだけを持つことになる」

「え？　え？　じゃあ……」紗希が目を丸くした。

「ああ。羽島は恵理香さんと交際していたんだ」

「僕には、由里子《ゆりこ》と名乗っていた。上条《かみじょう》由里子とね」

羽島の声がして、ゆっくりと襖が開いた。羽島が立っていた。

夏目は頷いた。「それでいいんだよ。全部吐き出しちまえ」

「吐くにはもったいない酒だね」羽島は力なく笑って、夏目の横に腰を下ろし、酒を一口飲んだ。「味がしない。西條先生が言っていたようにもう美味しいお酒は飲めないのかもしれないな」

「恵理香さんとはどこで知り合ったの？」紗希が訊いた。変に気を使うよりはいろいろ話させた方がよいと紗希も考えているのだろう。

「東都大学の図書館だ。実習の合間に、疲れてクレーの画集を眺めていたら話しかけられたんだ。名前以外はほとんど教えてくれなかったけど、東都大学にはビジターとして訪れていると言っていた。今になって思えば、医学部と聞いて父親である西條先生の存在を気にしたんだろうね」

「それがきっかけで付き合うようになったのね？」

羽島は頷いた。「僕は講義で忙しかったし、彼女もお母さんを亡くしていて家事が忙しかった。

会うのは休日が多かった。阿佐ヶ谷《あさがや》の僕の家まで遊びに来てくれたんだ」

夏目は屋形船の中でのやりとりを思い出した。

羽島に真実を告げた後、泣き続ける羽島に西條先生はかける言葉を持たないようだった。代わりに夏目が先生に恵理香に関するいくつかの質問をした。

恵理香は、東都大学近くの私立女子大で生物学を学んでいた。浦安の実家に先生と二人で暮らし、亡くなった母の代わりに家事を一手に引き受けながら学業に勤しんでいたそうだ。元々休日は外出することが多く、恋人ができたことに先生は気付かなかったらしい。


「学生時代、女性と一緒にいる羽島くんを見たという怪情報が流れたことがあったけど、あれは本当だったんだね」紗希が納得した表情で何度も頷いた。

「僕にとって初めてで、そして唯一の女性だった。それが付き合い始めて半年ほどで突然僕の前から姿を消したんだ。別に好きな人ができました、ごめんなさい、という手紙だけを残して」

「大学の実習を休みがちになって、単位を落としかけたのはその頃だな？」

羽島は頷いた。「いくら探しても見つからなかった。いつか再会できると信じて、ずっと彼女を待っていた。別に誰かと結婚していても構わない。ただ、どうなったかを知るまでは、他の人と付き合う気にはなれなかった。立派な研究をして名を上げればいつか会いに来てくれるかもしれない。そう思っていた。まさか僕のせいで亡くなっていたなんて……」

「お前のせいじゃない」夏目は羽島の肩を叩いた。「先生だってお前を責めてはいなかっただろう?」

「うん。でもその先生も……」羽島の声音は涙を含んでいた。

屋形船が船着場へ戻る直前、先生は羽島に声をかけた。

「うちはキリスト教なので仏壇はありません。しかし、娘の成長を記録したアルバムは今でも残っています。良ければこれからうちに来て、娘を偲んでやってはもらえないでしょうか」

羽島は顔を上げ、真っ赤に腫れた目で先生を見た。

「娘があなたを守るためについた嘘のせいで、私はずっと娘は非常に不幸な最期を遂げたのだと思っていました。こんな悲劇が起こる歪んだ世界を正し、娘の仇を探しだし、それがどんな男であっても確実に罰を与えられるだけの力を手にしようと決意しました。そのためには医師の本質を捨て、医学を悪用することも厭わなかった。夏目くんはずっと気になっていたでしょうが、私が目指したのはそういうことです」

夏目の口から自然に言葉が出てきた。「医師にはできず、医師でなければできず、そしてどんな医師にも成し遂げられなかったこと……」

先生は頷いた。「娘が幸せだったとは今も思えません。しかし……」先生は一度俯いてから、羽島を見た。「少なくとも娘の死は、愛によるものだったのですね？」

やがて屋形船が船着場に着くと、夏目は羽島に肩を貸して船を降りた。拉致事件はその直後に発生した。

湾岸医療センター理事長、西條征士郎の死が、ＤＮＡ鑑定によって確認されたと発表されたのは事件発生から十日後のことだった。

「じゃあ、大日本生命としても、今回の件をこれ以上追及することはしない、ということで決まりなんだな？」

事件発生から一ヶ月後、日本がんセンター病院の最上階にあるレストランで、水嶋と共にがんセンターを訪れた森川に夏目は訊ねた。昼過ぎのレストランは人も疎らで、込み入った話をするのにぴったりだった。

森川は頷いた。「小暮さんの件では、不正の立証が難しいというのもある。それに、有力者に限って、がんの再発率が高い件に関しては、彼らがどうやって疾患をコントロールしていたのか、未だに全くわかっとらん。出来レース仮説は間違っていたわけだしな」

水嶋が続けた。「西條理事長の死後、湾岸医療センターは業務を縮小しています。以前から通院していた患者の診察は細々と行い、研究施設は稼働しているようですが、新たな患者は受け入れていないようです。入院患者も次々と転院、退院させています。このまま閉鎖するのかもしれません」

「そうか」夏目は頷いた。

森川が声のトーンを少し落とした。「会社上層部の結論自体は納得のできないものではないんやが、社内の空気的に、この件は少し腫れ物のように扱われている感じがする。ひょっとしたら上層部に湾岸医療センターと関わりがあった人間がおるのかもな。だとしたら、今後、調査が進む可能性は低い」

「あり得ない話ではないな」夏目は口の端を歪めた。

「羽島は大丈夫なんか？」森川が訊いてきた。羽島の過去のことは森川と水嶋には伝えてあった。その部分だけを隠して一連の事件を説明するのが難しかったというのもあったが、森川も羽島が新たな人生を歩み出す助けになってくれると期待してのことだった。

「まあ、見た感じは元気そうだったが、そんなわけないよな。そのうち飲み会でも開いてやろう」

「羽島の人生は、再び動き出したんやな。そんな大変なことがあったなんて、ずっと近くにいたのに全然知らんかった」

「羽島だって知らなかったんだ。一ヶ月前まで全てを知っていたのは恵理香さんだけだった。彼女の優しさが羽島を守り、苦悩させ、西條先生の人生を狂わせたんだ」

「早く立ち直っていい人が見つかるとええな」森川がグラスの水を一口啜った。

「課長に羽島さんの心配をしている余裕はないと思いますが」水嶋が言った。

「わかっとるわ」森川が顔をしかめた。

水嶋が小さく手を挙げた。「私が羽島さんのお相手に立候補してみましょうか」

森川が咽《む》せた。「本気か？」

「冗談です。ずっと忘れられない女性に勝てるわけがありません。私が夢中にさせられるのは課長くらいのものです」そう言って水嶋はトイレに立った。

「え？　おい、ちょっとお前それはどういう……」森川が顔を赤くした。

わかりやすい奴だ。「お似合いだと思うぞ。彼女もまんざらでもないようだし」夏目は笑った。


森川たちと会った後、夏目は研究所の羽島の居室に顔を出した。会議があるので森川たちとの面会には参加できないと言っていた羽島だったが、丁度会議から帰ってきたところのようだった。

夏目は大日本生命の方針について羽島に伝えた。

「そうか。まあ、西條先生が亡くなり、湾岸医療センターの活動が縮小しているとなればそれでいいのかもしれないね」

「そうだな。大日本生命の上層部の人間がどんな風に関与していたのかはわからないが、先生が亡くなって胸を撫で下ろしているのかもしれない」

羽島は複雑そうな顔をした。「先生がどの程度の影響力を持っていたのか、柳沢さんたちの治療はどうやって行っていたのか、そして西條先生を殺害した黒幕は誰なのか。残された謎は多い」

「そうだな」夏目は同意した。謎が解ける日はやってくるのだろうか。状況からすると難しいと考えざるを得ない。

夏目にはもう一つ、納得のいかない点があった。それは、先生が医師としての知識を悪用して、あれほどの力を手に入れようと考えた理由だった。先生はそのきっかけは娘の死だったと言った。娘の仇討ちのために、力を蓄える。決して納得のできない理由ではない。それでも、夏目は違和感を覚えていた。

先生の手にした力は、娘の仇討ちに備えるためにはあまりに過大ではなかったか。もちろん、奥様を病気で亡くしたことも、影響を与えているに違いない。

しかし、西條先生を変えたのは、果たして妻子の不幸な死だけだったのだろうか。

先生は弱者を救済し、有力者の運命を支配していた。榊原は先生を悪魔と評したが、先生が目指していたものは悪魔というより神であるように夏目には感じられた。

人はどんな時に神に近づこうとするのか。

学生時代、講義で夏目は精神医学を学んだ。人は虚無感《きよむ》に囚われると、神に近づき全能感を得るために宗教の熱心な信者になることがある。

西條先生は自らが神のように振る舞うことで、巨大な虚無を満たすための全能感を得ていたとは考えられないだろうか。

そうだとすると、それほどの虚無を先生にもたらしたものは何だったのか。

「どうしたんだい？　怖い顔をして」羽鳥が顔をのぞきこんできた。

夏目は、自分の疑問を羽鳥に語った。

「確かに」羽鳥は頷いてから書架に飾ってある『黄色い鳥のいる風景』に視線を移し「先生が神に近い場所へ旅立ってしまった今となっては知る由《よし》もないけどね」と、沈んだ声で言った。

20．２０１７年8月19日（土）　蓼科

気分転換のために窓を開け放つと、どこか甘みを感じさせる朝の冷たい空気が部屋に入ってきた。

蓼科《たてしな》の斜面に建てられた別荘の二階からは、斜面に広がる牧場で牛が草を食《は》む姿と、その向こうに広がる豊かな広葉樹林を一望することができた。東京の暑さを思えばここは天国だった。

宇垣は、重い木でできた、古い机の上に置かれたノートパソコンに向かって仕事を再開した。

西條征士郎という人間がこの世から消滅して、二ヶ月が経過した。

世間的には、医療ミスに対する怨恨による犯行であると考えられ、ある程度事情を知っている人間たちには、自ら築き上げた巨大なシステムに消されたのだと理解されている事件。

しかし、真実はそのどちらとも程遠い。

宇垣は、この別荘の地下に移設されたノルンを、ノートパソコンから起動した。スケジュールを確認し、柳沢の治療スケジュールを開いた。

柳沢は、夏目の元から戻ってきた後も要求を拒み続けた。一度は、呼吸に影響が出るまで肺がんが進行した。鎮痛剤で痛みは取れても、息苦しさを消すことはできない。

その時の苦しさがよほど応えたのだろう。部分的に治療を行って楽にしてやると、あの男はついに折れた。思ったよりも根性を見せてくれたが、やはり死の恐怖に打ち勝てるものではない。

湾岸医療センターに残っているスタッフによって、柳沢をはじめとする資産の管理は継続されていた。柳沢のようにこちらの要求を呑んで、情報漏えいや工作などに従事した人間に対してそれ以上、命を盾にして脅迫を行う必要はない。彼には速やかにがんを完全寛解させるための治療が開始された。

先日、打ち合わせのためにこの別荘を訪れた佐伯消化器外科部長は、短く刈り上げた頭をさすりながら楽しげに笑った。「出来レース仮説か。悪い名前じゃないんだがな。完全寛解の秘密のうちの片方、免疫抑制剤を用いたがん移植の謎を解いただけあって、夏目たちは、全くの無能というわけではないんだろう」

宇垣はうなずいた。「柳沢から彼らの出来レース仮説の内容を聞いたときには思わず笑ってしまいましたけどね」

「ごく初期のがんを発見し、転移がないうちに摘出して培養して患者に戻す。そこまでは正解だ」

「しかし、既存の抗がん剤をテストし、効果があった時にだけ体内に戻すというのは見当違いもいいところです」

「ああ。俺たちが、そんな面倒で、不確実な手段を選ぶわけがないじゃないか。そんな方法ではせっかく早期がんを見つけて手術をしても、効く抗がん剤がない場合には、その患者を支配する術がなくなってしまう」

「柳沢に対するポナステロンの投与は次回で終了でしたね？」

佐伯は頷いた。「ああ。問題なく、完全寛解が導けるはずだ」


確実にがん細胞を殺すために、玲奈たちは遺伝子組み換え技術を用いて、がんに自殺装置を組み込んでから患者の体内に戻していた。自殺装置はポナステロンAという昆虫のホルモンに似た化学物質が体内に入り込むと、複数の自殺遺伝子のスイッチが入るようにデザインされたものだ。

ポナステロンAで作動するスイッチを用いたのは、そういう遺伝子組み換えキットが市販されていて簡単に利用できたからだが、昆虫のホルモンに類似した化合物ががん治療に用いられることがない点は自分たちにとって非常に好都合だった。

研究所で、あの無能な西園寺がせっせと作製に勤しんでいた、患者由来の培養細胞。

西園寺はマウスに自殺装置を組み込んだ培養細胞を移植して、ポナステロンAを投与し、人工的に腫瘍崩壊症候群を引き起こす研究を行っていた。

湾岸医療センターとしては、西園寺の研究自体には何の意味も見出していなかった。しかし、「自殺装置を組み込んだ培養細胞を作製する」という彼の研究手段は、我々の目的のために必要だった。

有力者に脅迫を行うためには、小暮麻里たち救済対象者に行ったような、免疫抑制剤を用いたがんの救済――救済解除による方法は、利用しにくい。

脅迫を行えば、対象者は他の医療機関に移ってしまう恐れがある。そうなると免疫抑制剤の投与ができなくなるため、その時点でがんが拒絶反応で死滅してしまう。

一方、自殺遺伝子の組み込みによる手段は元々がんを持っていなければならず、小暮麻里たちの救済には適さなかった。

脅迫と救済、表面的には同じようにがんが治るわけだが、それぞれ最適な手段を用いて実行されているのだ。


湾岸医療センターそのものはこれから業務を縮小する。影響力を急拡大するためには仕方がなかったとはいえ、西條征士郎と湾岸医療センターは、これまでの活動によって敵も随分増やしてしまった。センターはやがて、どこか関係のない医療法人にでも引き継がれることになるだろう。しかし、築き上げられてきたがん移植のノウハウや人脈は宇垣たちが引き継ぎ、活動は各地の拠点で継続されることとなる。

いや、と宇垣は思った。活動は継続されるのではない。拡大していくのだ。

自分たちは、組織の際限のない拡大を望んでいるわけではない。組織の大きさは機密保持のためにも最小限に留め、自分たちの望む社会を実現させるために影響力を最大化することを目指している。そのための要を選択的に攻撃する術《すべ》を、自分たちは手中にしつつある。

少し前まで、活動は柳沢のように偶然に初期がんが発見されることに依存していた。がんが見つからないことも多かったし、見つかった時には残念ながらすでに転移が起きていることも少なくなかった。

がんが見つからない人間に対して、移植用がん細胞バンクの中から免疫的に適合するがんが見つかって移植が行われたことはあるが、適合する確率は決して高くはなかった。

しかし、発がんメカニズムの研究が進んだことで、状況は一変した。細胞をゲノム編集技術によってがん化させることに成功したのだ。

最近、王慶《おうけい》大学の研究グループが、ありふれた前がん病変である大腸ポリープに三つの遺伝子変異をゲノム編集により導入することで、転移を起こす大腸がん細胞を人工的に作製可能なことを発表した。

消化器外科の佐伯は早速その技術を取り入れた。内視鏡検査で大腸ポリープが見つかる確率は大腸がんに比べると遥かに高い。それにポリープの段階ならば転移の恐れはない。

湾岸医療センターの研究で、いくつかの他のがんについても、正常細胞のがん化に成功している。また、他の研究機関での発がん研究についても、宇垣たちは影響力を存分に行使して、そういった研究に多額の研究費がつくような工作を行っていた。

作製できる「人工がん」のレパートリーは、これから増えていくことだろう。


一方で、がんを利用した人類の救済計画には、時間的な制約も存在している。

近年、急速にゲノム解析の速度が上がり、コストも下がってきている。そう遠くない将来、患者のがんゲノムを解読した上で、治療方針が決定される時代がやってくるに違いない。

全ゲノム解析で人工的な細胞自殺装置が見つかったら、計画が露見してしまう。そうなる前に、多くの有力者の治療を行って弱みを握り、できるだけの影響力を確保しておかなければならなかった。

その日が来ることをできるだけ遅くする工作も行ってはいたが、科学の進歩そのものを止めることはできない。

その日が訪れるまで、できるだけ多くの有力者の運命を支配して、先生の想いに賛同した自分たちが、目指す世界を実現するのだ。

運命。

全ての計画の始まりに思いを馳せた。生命を操って人々の運命を支配することを企図した西條征士郎は、運命に翻弄され続けた人でもあった。

出会ってまだ間もなかったあの日、先生は秘密を告白した。

「魔が差す、というのはきっとああいうことをいうのでしょうね。あるいは本当に超常的ななにかが耳元で囁《ささや》いたのかもしれません」先生はそう言って頭を振った。「私は娘の体内から摘出された絨毛がんに含まれていた仇のDNAを抽出すると同時に、娘自身の正常組織からもDNAを抽出しました。そして自分との親子関係を確認してしまったのです。――親子関係はありませんでした。亡くなった妻がどうして不貞を働いたのか、すでに彼女を問いただすことはできませんでした。しかし、苦悩の日々の中で私はあることを思い出しました」

宇垣の口から洩れるように言葉が出てきた。「医学部生時代に行った、無精子症の夫婦のための精子提供ボランティア……」

先生は頷いた。「当時は純粋に善意で行ったことでした。しかし、私は結婚後、妻にそのことを話してしまったのです。それは妻に対する私なりの誠意のつもりでしたが、妻はそのことを聞いて衝撃を受けたようでした。私は、こう言って彼女を慰めました。使われた精子で生まれた子供は私と血はつながっているが、出会うことも私の愛情を受けることもない。家族とは愛のつながりなのだから、私にはお前以外に家族はいないんだよ、と」

「奥様はそのことを許すことができず、同様に別の男との間に子供をもうけることで先生に報復したのですね？」

「わかりません。しかし、私はそのように考えています。娘の容姿は私に似ていましたし、血液型も私や妻と同じO型でした。私と似たタイプをわざわざ不倫相手に選んだんでしょうね。妻の人間関係は限定的で、ほぼ当時勤務していた大学の事務方に限られていました。私はすぐに不貞の相手の当たりをつけて、密かに採取した試料のＤＮＡ鑑定で確認することができました。相手は大学の事務職員で、今は事務長になっている男です」


先生は男に速やかな個人的制裁を加えようと考えたが、苦悩の末、制裁を無期限に延期することにした。男を許したわけではなかった。ただ、必要な時になったらその死を利用しようと考えたのだ。

先生は計画がある程度進展した段階で、制裁を実行に移した。長年築きあげてきた人脈を使えば、男を拉致し、秘密裏に事を進めることはたやすかった。

先生はまず、湾岸医療センターの地下で、がん移植の実験台として男を数年にわたって使用した。末期がんの苦しみと、完全寛解が繰り返された。

罪を認め、最初は助命を懇願していた男が、自らの死を望むようになるのにそう時間はかからなかった。

末期がんの苦しみを繰り返し味わったのは人類史上、彼が初めてだっただろう。


男の望みは二ヶ月前に叶えられた。

事件の直前に、男の血は抜き取られてビニール袋に入れられ、先生がナイフで刺されたように見せかけた際に路上に散布された。警察の捜査に備えて、先生の自宅や執務室にも男の毛髪等を落とす工作も行われた。捜索の結果発見された男の胴体等は、ＤＮＡ鑑定で恵理香との父娘関係が確認された後で火葬され、遺骨は先生の妻子と共に、浦安にあるキリスト教では珍しい西條家の家族墓に収められている。


階段を登ってくる足音が聞こえてきた。この別荘に今いるのは自分と先生だけだ。

いや、少なくともあと数ヶ月はこの別荘で二人きりで過ごすのだから、その間だけでも先生と呼ぶのはやめよう。

開け放たれたドアから敬愛の対象がひょっこりと顔を覗かせ、人懐っこそうな笑みを浮かべた。

「おはようございます。今日もよい天気ですねえ」

宇垣はとっておきの笑顔を返した。

「おはようございます。とてもよい天気ですね、お父さん」

この物語はフィクションです。作中に同一の名称があった場合でも、実在する人物、団体等とは一切関係ありません。単行本化にあたり、第15回『このミステリーがすごい！』大賞・大賞作品、岩木一麻『救済のネオプラズム』を改題し、加筆しました。

第15回『このミステリーがすごい！』大賞（二〇一六年八月三十日）

本大賞は、ミステリー＆エンターテインメント作家の発掘・育成をめざすインターネット・ノベルズ・コンテストです。

ベストセラーである『このミステリーがすごい！』を発行する宝島社が、新しい才能を発掘すべく企画しました。

【大賞】

救済のネオプラズム　岩木一麻

※『がん消滅の罠　完全寛解の謎』として発刊

【優秀賞】

縁見屋の娘　三好昌子

【優秀賞】

クルス機関　森岡伸介

※柏木伸介に改名

第15回の大賞・優秀賞は右記に決定しました。大賞賞金は一二〇〇万円、優秀賞は二〇〇万円をそれぞれ均等に分配します。

●最終候補作品

「縁見屋の娘」三好昌子
「沙漠の薔薇」薗田幸朗
「パスワード」志駕晃
「変死区域」田内杏典
「クルス機関」森岡伸介
「救済のネオプラズム」岩木一麻
「小さいそれがたくさんいるところ」綾見洋介

第15回『このミステリーがすごい！』大賞　選評

「前代未聞、史上最高の医学トリック！　医療本格ミステリーの傑作誕生！」大森望（翻訳家・書評家）

医療ミステリーは数あれど、医学的知見と、本格ミステリー的な〝驚愕の大トリック〟がダイレクトに結びつく、ほんとうの意味での〝医学トリック〟はめったにない。その意味で、岩木一麻『救済のネオプラズム』は、史上最高レベルの医療本格ミステリー。それこそ、インパクトだけなら、この賞の大先輩、海堂尊《かいどうたける》『チーム・バチスタの栄光』に肉薄するレベル。いや、すばらしい。

　中心となる謎は二つ。がんで余命半年と宣言された低所得の患者が保険の生前給付金を受けとったとたん、まるで魔法のように病巣が消えてしまう――4例たてつづけに起きた、奇妙な連続〝活人事件〟の謎。もうひとつは、早期がんをすみやかに発見するばかりか、再発した場合も独自の治療法で完全寛解に導くと噂《うわさ》され、各界の有力者が通う病院の謎。

　本格ミステリー的に言えば、どちらも焦点は、〝不可能状況下でのがん消失事件〟。がんはなぜ消えるのか？　奇跡の治療法は実在するのか？　こんなとんでもない謎を正面に掲げるとは、まさに前代未聞、大胆不敵。

　しかも、その鮮やかな謎解きは、素人でも直感的に理解できる。なるほど、そんな手があったのか！　ストーリーテリングが弱いとか、議論ばかりで展開が地味だとか、キャラクターに華がないとか、もろもろの小説的な弱点は、この作品に関しては枝葉末節。これぞ本物の医学ミステリー。これを大賞に選ばなくてどうする！

　……と、勢い込んで選考会に臨んだところ、あっさり大賞に決まってしまったので、茶木則雄委員が、「最近、体調が悪くてさあ。来年ここにいられるかどうかもわからないんだよ。だから一生に一度のお願いだと思って聞いてほしいんだけど」と前置きして、三好昌子『縁見屋の娘』にぜひ優秀賞を！　と泣き落とし半分にゴリ押ししてきたときも、にっこり笑って同意したくらいである（〝一生に一度〟なんだからもう次はありませんよ！）。

　大森自身はこの作品にCをつけたが、それは、京の口入れ屋の日常を細やかに描く時代小説の枠組みと伝奇小説的なスペクタクルのとりあわせがこの賞（の大賞）向きじゃないと思ったからで、ストーリーテリング、キャラクター、文章力は申し分ない(『救済のネオプラズム』に欠けているものがぜんぶ揃《そろ》っている)。したがって、優秀賞ということなら異論はありません。

一方、『縁見屋の娘』が優秀賞なら、森岡伸介『クルス機関』も優秀賞にしないと公平性が保てないと主張したのが香山委員。実際、『クルス機関』は、選考委員4人全員がB+以上をつけるというめったにない高評価。こちらの中身は、神奈川県警外事課の警部補(その二つ名が〝クルス機関〟)と北朝鮮の凄腕《すごうで》工作員を軸にしたスパイ警察小説。硬派一辺倒かと思いきや、強烈なキャラの女子高生が登場して転調したり、硬軟・緩急の使い分けもうまく、エンタメ的に上々の仕上がり。文庫向きだから〝隠し玉〟に……という説も出たが、評価の高さに鑑みて、優秀賞で決着した。『縁見屋の娘』と『クルス機関』、タイプが正反対の2作が優秀賞を分け合うというのも『このミス』大賞らしいかも。

大森がもう1作、B+をつけたのが志駕晃『パスワード』。ベッキー騒動で有名になったスマホのセキュリティ問題をフックに、恋人がうっかりタクシーにスマホを忘れたばかりにたいへんな目に遭う女性の話を連続殺人鬼と結びつける。語り口がライトなので、捜査側の描写が笑っちゃうほど雑(神奈川県警に刑事が二人しかいないみたいに見える)なのもそう気にならない。リベンジポルノとかフェイスブックのなりすましとかランサムウェアとか、この手のサスペンスに定番のネタをちりばめつつ、お約束のどんでん返しに持っていく腕も達者。まさに隠し玉の理想形。他の選考委員諸氏もほぼ同意見で、選考会の総意として隠し玉に認定しました。

惜しくも選に漏れた3作については簡単に。薗田幸朗『沙漠の薔薇』はクィネル『スナップ・ショット』にオマージュを捧げる国際謀略小説。IAEAの査察官を主役に据えたのはいいが、お仕事小説的な細部で読ませる工夫がないとせっかくの設定が生きない。あと、女性主人公の独白パートの文章があまりに古くさいのも難。

綾見洋介『小さいそれがたくさんいるところ』は、北海道の秘境駅と、廃村になった集落をめぐる過去の事件がからむサスペンス。メインの事件があまりぱっとしないのでミステリー的な牽引力《けんいんりょく》が弱い。鉄道オタク小説のほうに思い切って舵《かじ》を切れば、ぐっと面白くなるかも。

田内杏典『変死区域』は1962年のデトロイトを舞台にしたノワール。動機はユニークだが(伊藤計劃《いとうけいかく》『虐殺器官』をちょっと思い出した)、ゴッサム・シティとかならともかく、現実の都市を舞台にこの話を書くのはさすがに無理があるのでは。

「まったく見当のつかない真相。謎の設定が素晴らしい」香山二三郎（コラムニスト）

最終候補作は七作。例によって読んだ順から紹介していくと、三好昌子『縁見屋の娘』は時代もの。江戸・天明《てんめい》年間の京。口入屋・縁見屋の娘・お輪《りん》は店の娘が代々男児を生まず早死にするという噂《うわさ》に悩んでいた。そんなある日、店に愛宕《あたご》屋の修験者が訪れ、主人の呉兵衛《ごへえ》は彼に縁見屋縁《ゆかり》の火伏《ひぶせ》地蔵堂の堂主を任せる。やがてその地蔵堂の天井裏から天狗《てんぐ》の秘図面が発見され、縁見屋の娘に憑《と》りついたものの正体が判明するが……。ミステリーというよりは伝奇仕掛けの人情サスペンス。度胆《どぎも》抜くような独創的アイデアが盛り込まれているわけではないが、こなれた語りで読ませる。大賞にはインパクト不足だが、文庫でシリーズ化すれば売れ線に乗るかもということで、これは隠し玉候補。

薗田幸朗『沙漠の薔薇』はイスラエルの女諜報《ちょうほう》員がイランの核燃料開発センターを監視している場面から始まる国際謀略もの。その施設では改革派政府に敵対するグループが密《ひそ》かに核兵器開発を進めていたが、そこへ日本人の千堂《せんどう》を始めとするＩＡＥＡの視察団が訪れる。『縁見屋の娘』と同様、こなれた語りで読ませるが、問題は中東の核開発をめぐる物語演出が旧来のそれから少しも出ていないこと。Ａ・Ｊ・クィネルの八〇年代作品『スナップ・ショット』等からヒントを得たとの由《よし》だが、ＩＳ（イスラム国）を乱入させるなど、もう少し今風に出来なかったものか。志賀晃『パスワード』はサラリーマンが落としたスマホを熟練のハッカーでもあるサイコキラーが拾うところから始まる。彼はそれに電話をかけてきた落とし主の彼女を気に入り、我が物にしようと企む。それと並行してサイコキラーを追う警察捜査陣の姿も描かれるが、主要人物にしろストーリー展開にしろ、ありがちなものにとどまっており、これまた大賞には苦しいかと。しかしながら、通信機器やＳＮＳを駆使した現代犯罪の細部はリアルにとらえられていて、隠し玉には打ってつけかと思われた。田内杏典『変死区域』は一九六二年のアメリカ・デトロイトを舞台にした犯罪捜査もの。警察は未成年者を狙った連続猟奇殺人の捜査に追われていたが、ついに犯人が出頭する。だがそれは主人公ベインズ警部補のかつての上司だった。その上司が何故凶悪な犯行に及んだのかという一点で引っ張っていくサスペンス演出は買いで、トンデモない真相を期待させられたが、結果は「マジメか！」。その線でいくなら、舞台設定や背景描写をもっと濃密にして説得力を持たせないと。

　前半戦を終えた時点では本命なし、黄色信号が点滅し始めたが、続く森岡伸介『クルス機関』でひと安心。こちらは公安警察版の『新宿鮫』、それもシリーズの中でも傑作の呼び声高い『毒猿』を髣髴《ほうふつ》させる捜査活劇だ。神奈川県警外事課の来栖《くるす》惟臣《これおみ》はロシア人の元スパイから北朝鮮がテロを画策しているという情報を得、捜査に乗り出す。だがその頃、日本に潜入した北の工作員がテロに関わった仲間を次々と口封じし始めていた。その工作員が『新宿鮫』でいうなら毒猿という次第。〝歩く一人諜報組織〟＝クルス機関の異名を取る主人公だが、冷酷な反面女に甘いジャニーズ系の工作員・李宗秀《リジョンス》の魅力はそれに優《まさ》る。細かい注文はあろうが、クライマックスのテロ・シーンに向けてサスペンスを高めていく『ジャッカルの日』スタイルの演出もスリリングのひと言だ。

　続く岩木一麻『救済のネオプラズム』は医学もの。医師・夏目《なつめ》は四人の患者に余命宣告をするが、その後四人が四人とも生き延び、ガンも消え去るという「活人事件」が起きる。彼は同僚や生命保険会社に勤める後輩を交えてその謎を追うが……。事件の黒幕は察しがつくものの、真相のほうは見当もつかない。その謎の設定がとにかく素晴らしい。ミステリー的にはスリリングな攻防戦が繰り広げられるわけではなく、中盤のサスペンスも乏しい。随所で専門的な説明に傾きがちなのも難か。

　最後の綾見洋介『小さいそれがたくさんいるところ』は大学生男子が亡母の遺言通り、かつて大切な石を譲ってくれたという幼馴染《おさななじみ》の男にそれを返しに北海道へと赴く。目的地の最寄駅は秘境駅として知られていたが、もはや人は住んでいないようだった。その集落の周辺には「狩勝《かりかち》の裏金」と呼ばれるお宝伝説があり、やがて秘境駅を訪ねてきた鉄道オタクを交えて宝探しが始まる。鉄道ネタを主にしたところは新鮮だが、冒険小説としてはスケール不足。北海道が舞台なんだから民俗学的な蘊蓄《うんちく》も盛り込んで、大風呂敷を広げてほしかった。

　かくして今回は『クルス機関』と『救済のネオプラズム』の一騎打ちというのが筆者の見立て。個人的にはエンタメ演出に徹した前者が推しだったが、結果は謎解きに秀でた後者のほうを推す声のほうが強く、押し切られた。三好作品はぐりぐりの◎を付け孤軍奮闘したその情熱に免じて茶木則雄賞ということで。

「日本医学ミステリ史上、三指に入る傑作」茶木則雄（書評家）

大賞受賞作『救済のネオプラズム』は、第十三回の本賞一次通過作『完全寛解』を大幅に改稿した作品である。二年前の二次選考で読んだものだが、ここまで凄《すご》い改稿は、はじめて見た。医学上あり得ない形で癌《がん》が完全に寛解する、という不可解な謎をリーダビリティの核に据え、最前線で癌治療に当たる医療現場の今日的問題をテーマに、圧倒的ディテールで描く医学ミステリ――という結構は同じだが、一度バラバラにして再構築されたプロットの練成度は、驚嘆すべきレベルに達している。

　なにしろ、前回応募作でメインとなった謎解きのアイディアを前菜で惜しげもなく披露しているのだ。ミスリードとエクスキューズの連打で読む者を迷宮に誘う構造美の素晴らしさは、特筆に価する。おまけに、デザートとして「ラスト一行の驚愕」――この衝撃は荻原浩《おぎわらひろし》『噂』にも比肩する――を添えるという、えも言われぬ贅沢《ぜいたく》さ。説明過多の文体は物語の性格上致し方ないとして、会話など小説的完成度に若干の不満が残るのは惜しまれるけれど、日本医学ミステリ史上、三指に入る傑作、と断言するに吝《やぶさか》ではない。

　ミステリとしてのケレン味のなさを指摘された『縁見屋の娘』だが、小説的な完成度は今応募作中、随一であった。登場人物一人ひとりへの目配り、展開の説得力、伏線の見事な回収、活き活きとした会話――どれをとっても文句の、つけようがない。上方情緒と人情の機微を描いて、第一級の時代小説に仕上がっている。ファンタジー要素を取り入れた伝奇小説的結構に、天明《てんめい》の大火という歴史的事象を配し、時限サスペンスとして、実に読ませるのだ。大向こうを唸《うな》らせるケレンこそないが、地に足の着いた確かな筆運びは、いずれ世に出る才能、と高く評価した次第である。

　同じく優秀賞を受賞した『クルス機関』は、エルロイ風文体で、横山秀夫《よこやまひでお》的組織対個の対立・葛藤《かっとう》を描いた公安サスペンス。骨太なプロットはヒネリも利いていて、ラストまでぐいぐい読ませる。公安関係の細部もほとんど遺漏《いろう》なく（新人賞応募作では珍しいくらい警察関係のディテールがしっかりしている）、素材的には間違いなくプロで活躍できる器だ。主人公の年齢設定（三十代は若すぎる）とか陰影不足（敵役の北朝鮮工作員の方が濃い）とか、欠点はなきにしもあらず、だが、修正は充分に可能だろう。

上記三作は、二次選考の段階で賞を出すならこの三作から、と目星をつけていた作品である。原石の魅力を十二分に湛《たた》えた三人の受賞を、大いに寿《ことほ》ぎたい。

最終選考委員の総意として隠し玉に推挙された『パスワード』は、ライトな語り口とは裏腹に、実に真っ当なサイバー・サイコ・サスペンスに仕上がっている。スマホを落とすという誰にでもありそうな日常の災難を、とんでもない災厄に結びつけていく過程が面白い。SNSを駆使して個人情報を次々と特定していく犯行の不気味さは、アクチュアリティとリーダビリティに満ちている。警察描写が稚拙でリアリティを削いでいる憾《うら》みは残るが、大化けすればスマッシュ・ヒットを望めそうな作品だ。

個人的に惜しまれるのは『変死区域』である。大量の死傷者と逮捕者を出した一九六七年のデトロイト暴動をモチーフに、暴動のマグマが限界に達しつつある六二年、デトロイト市警の刑事を主人公にした警察小説。筆致といい、キャラクターといい、まんま一昔前の海外ミステリを翻訳したかのような（訳の上手い下手は別にして）作品だ。二十代半ばでこの書きっぷりは凄い、と素直に感心した。謎の提示も魅力的だ。が、肝心の動機が、いくらなんでもさすがに如何《いかが》なものか、との失望を拭えない。ただ、精進していけばきっと、この作者はプロになれる、と思わせるだけの才能はある。

北海道を舞台にした『小さいそれがたくさんいるところ』は、秘境駅旅情小説として、心地よく読めた。語り口も丁寧で好感を抱いたが、ミステリとしてはどうだろう。謎の背景も宝探し小説としての面白さも、いまひとつ、というのが率直な感想だ。

世の中の流れと題材に、最も乖離《かいり》を感じたのが、『沙漠の薔薇』である。一九八一年のイスラエルによるイラク核施設空爆（バビロン作戦）。二〇〇七年、シリア核関連施設空爆。一五年、イラン核合意。中東情勢のこうした歴史的推移を見ると、プロットに現実性を感じなかった。仮にあったとしても、バビロン作戦を描いたクィネルの秀作がすでに存在する以上、インパクトは激減する。一考していただきたい。

さて、本賞十五年の節目をもって、私は今回で選考の任を辞する（体調不良ではないので安心してください、大森さん——為念）。最後に、このような素晴らしい受賞作と出会えたことを、衷心《ちゅうしん》より感謝する。

「巧妙なトリックが受賞の決め手」吉野仁（書評家）

それぞれ個性あふれる最終候補七作が並んだ中、個人的に「これが文句なしに大賞だ！」と強く推したいものは、残念ながら見当たらなかった。となると、欠点が少なく、読みどころの多い作品に対し、高評価をつけることになる。逆に、どれほど題材が優れていて、トリックや趣向が奇抜であろうと、あまりに娯楽小説としての完成度に欠けているものは低い点数をつけざるをえない。

したがって、当初、岩木一麻『救済のネオプラズム』には厳しい判定だった。本格的な医学ミステリーとしての題材や描写は悪くないものの、主要人物が集まりだらだらと会話するシーンが続くなど、話に起伏がとぼしくムダが多い。冒頭から話の骨格が見えづらく、何にピントを合わせて読めばいいのかも判然としない。これで大賞受賞はないな、と思って選考会に臨んだ。だが、大森さんをはじめ他の選考委員は「がん消失」をめぐるトリックに関して高く評価していた。なるほど、それはたしかに大きな「売り」になるだろう。幸い本賞は、出版までに応募原稿を大幅に直すことが可能である。長所を生かすよう、いくつかの欠点を改稿すれば悪くない。そう思い直し、受賞に賛成した。デビュー後が大変だと思うものの、書き続けることで実力をつけてほしい。

次に三好昌子『縁見屋の娘』は、「男児を産まず、みな二十六歳で早死にする」という取り憑《つ》かれた家の娘の物語。先祖のたたりが関係していたり、天狗《てんぐ》が登場したりするなど、時代ファンタジーと呼べばいいのだろうか。しっかりと描かれているものの、あえて言えば冒頭からやや地味な印象だった。ヒロインの個性を際立たせ、怪しい人物をより怪しく描くなど、外連味《けれんみ》が必要だろう。これからなにか恐ろしいことが起こるといった予感を匂わせ、起伏をつけるなど、サスペンスを高めてドラマックに仕上げてほしいのだ。こちらも大賞と同じく、欠点を直すことでより読みごたえのある作品に生まれ変わるだろう。しっかり取り組んでいただきたい。

同じく優秀賞の森岡伸介『クルス機関』は、スパイ警察小説。かなり無茶なところもあるのだが、個人的には北朝鮮の工作員に接触する女子高生の登場が気に入った。

前半から、ジャンルのお約束をふまえた、きわめてオーソドックスな公安警察スパイ小説のシーンがちりばめられているな、と思っていたら、突然、大胆なフィクションが導入されているではないか。そこに物語を面白く読ませる力が発揮されている。ゆえに、リアリティを気にせずに面白く読んでいけたのだ。現在、警察小説の書き手は多いが、こうしたスパイものは少数派といえる。これからも、斬新な趣向を取り込んで書き続けてほしい。

残念ながら賞には届かなかったが、候補作中もっとも楽しんで読んだ作品は、志駕晃『パスワード』だった。とくにドラマの描き方がうまく、語り口が抜群である。もちろん欠点もあり、とくに警察捜査や猟奇連続殺人に関する設定や描写が甘すぎる。大賞となるには、いまひとつ弱い。だが、そうした大味な部分をふくめ、勢いで読ませていく力を持っている書き手だ。その器用さが、つめの甘さに表れているのかもしれないが。ともあれ、選考会ではすでに「隠し球」候補として話題に出た。デビューすれば人気作家になる素質は充分にあると思う。

もう一作、綾見洋介『小さいそれがたくさんいるところ』は、母親の遺言で北海道へ行くことになった大学生が主人公で、旅先でトラブルに巻き込まれていく。過去の事件と人物の関係性がわかりづらいなど問題は多く、ミステリーとして弱かったり、強引だったりするのが難。しかし、秘境駅めぐりをする鉄道オタクが登場することで、場面場面はとても面白く読んだ。いわゆる「鉄ちゃん」にまつわる描写が秀逸なのだ。この鉄道オタク向けの趣向を取り入れたシリーズなら、固定読者がつくのではないか。

不満が多かったのは、薗田幸朗『沙漠の薔薇』。イランの核をめぐる国際謀略小説だが、この手の冒険小説ファンにしてみれば、過去の傑作の設定を借り、定石通りのプロットをなぞってみせたにすぎない。細部の粗《あら》も目立つ。こうしたタイプの作品は書きづらい時代かもしれないが、できれば最新の国際情勢を盛り込んだ上で、濃密なディテールと痛快なアクションを描いてほしい。いままで読んだことのないものを求めているのだ。

田内杏典『変死区域』は、アメリカを舞台にした警察小説なのだが、なぜ時代が一九六二年で場所がデトロイトなのか。完成度が高ければ挑戦的な異色作になるだろうが、どうにもリアリティが感じられず、高い評価はつけられなかった。この時代におけるアメリカの警官たちを描写するならば、ぜひ実際に警察官でもあった作家ジョゼフ・ウォンボーの作品などを参考にしてほしい。

【原稿送付先】 〒102-8388 東京都千代田区一番町25番地 宝島社
『このミステリーがすごい!』大賞 事務局
※書留郵便・宅配便にて受付

【締 切】 2017年5月31日(当日消印有効)厳守

【賞と賞金】 大賞1200万円
優秀賞200万円

【選考方法】 1次選考通過作品の冒頭部分を選考委員の評とともにインターネット上で公開します
選考過程もインターネット上で公開し、密室で選考されているイメージを払拭した新しい形の選考を行ないます

【発 表】 選考・選定過程と結果はインターネット上で発表
http://konomys.jp

2017年8月	9月	10月	2018年1月
1次選考 作品の推薦コメントと作品冒頭をネット上にUP	2次選考 最終選考	大賞発表予定	大賞刊行予定

【出 版】 受賞作は宝島社より刊行されます(刊行に際し、原稿指導等を行なう場合もあります)

【権 利】 〈出版権〉
出版権および雑誌掲載権は宝島社に帰属し、出版時には印税が支払われます
〈二次使用権〉
映像化権をはじめ、二次利用に関するすべての権利は主催者に帰属します
権利料は賞金に含まれます

【注意事項】 ○応募原稿は未発表のものに限ります。二重投稿は失格にいたします
○応募原稿・書類・フロッピーディスクは返却しません。テキストデータは保存しておいてください
○応募された原稿に関する問い合わせには応じられません
○受賞された際には、新聞やTV取材などのPR活動にご協力いただきます

【問い合わせ】 電話・手紙等でのお問い合わせは、ご遠慮ください
下記URL 第16回『このミステリーがすごい!』大賞 募集要項をご参照ください

http://konomys.jp

ご応募いただいた個人情報は、本賞のためのみに使われ、他の目的では利用されません
また、ご本人の同意なく弊社外部に出ることはありません

このミステリーがすごい!

インターネットでエンターテインメントが変わる!

大賞賞金 1200万円

第16回
『このミステリーがすごい!』大賞

募集要項

○本大賞創設の意図は、面白い作品・新しい才能を発掘・育成する新しいシステムを構築することにあります。ミステリー&エンターテインメントの分野で渾身の一作を世に問いたいという人や、自分の作品に関して書評家からアドバイスを受けてみたいという人を、インターネットを通して読者・書評家・編集者と結びつけるのが、この賞です。

○『このミステリーがすごい!』など書評界で活躍する著名書評家が、読者の立場に立ち候補作を絞り込むため、いま読者が読みたい作品、関心を持つテーマが、いち早く明らかになり、作家志望者の参考になるのでは、と考えています。また1次選考に残れば、書評家の推薦コメントとともに作品の冒頭部分がネット上にアップされ、プロの意見を知ることができます。これも、作家を目指す皆さんの励みになるのではないでしょうか。

【主　催】 **株式会社宝島社**

【募集対象】 **エンターテインメントを第一義の目的とした広義のミステリー**

『このミステリーがすごい!』エントリー作品に準拠、ホラー的要素の強い小説やSF的設定を持つ小説でも、斬新な発想や社会性および現代性に富んだ作品であればOKです。また時代小説であっても、冒険小説的興味を多分に含んだ作品であれば、その設定は問いません。

【原稿規定】 **❶40字×40行で100枚〜163枚の原稿**（枚数厳守・手書き原稿不可）

・タテ組40字×40行でページ設定し、通しノンブルを入れる
・マス目・罫線のないA4サイズの紙を横長使用しプリントアウトする
・A4用紙を横に使用、縦書という設定で書いてください
・原稿の巻頭にタイトル・筆名（本名も可）を記す
・原稿がバラバラにならないように右側を綴じる（綴じ方は自由）

※原稿にはカバーを付けないでください。また、送付後、手直しした同作品を再度、送らないでください（よくチェックしてから送付してください）

❷1,600字程度の梗概1枚（❶に綴じない）

・タテ組40字詰めでページ設定し、必ず1枚にプリントアウトする
・マス目・罫線のないA4サイズの紙を横長使用しプリントアウトする
・巻頭にタイトル・筆名（本名も可）を記す

❸応募書類（❶に綴じない）

・ヨコ組で①タイトル②筆名もしくは本名③住所④氏名⑤連絡先（電話番号及びメールアドレス併記）⑥生年月日・年齢⑦職業と略歴⑧応募に際しご覧になった媒体名、以上を明記した書類（A4サイズの紙を縦長使用）を添付する

※❶❷に関しては、1次選考を通った作品はテキストデータも必要となりますので（手書き原稿不可。E-mailなどで送付）、テキストデータは保存しておいてください（1次選考の結果は【発表】を参照）。最初の応募にはデータの送付は必要ありません

岩木一麻（いわき かずま）
1976年、埼玉県生まれ。現在は千葉県在住。
神戸大学大学院自然科学研究科修了。
国立がん研究センター、放射線医学総合研究所で研究に従事。
現在、医療系出版社に勤務。

『このミステリーがすごい！』大賞 http://konomys.jp

がん消滅《しょうめつ》の罠《わな》 完全寛解《かんぜんかんかい》の謎《なぞ》

2017年1月26日 第1刷発行

著 者：岩木一麻
発行人：蓮見清一
発行所：株式会社宝島社
〒102-8388 東京都千代田区一番町25番地
電話：営業 03(3234)4621／編集 03(3239)0599
http://tkj.jp
組版：株式会社明昌堂
印刷・製本：中央精版印刷株式会社

本書の無断転載・複製を禁じます。
落丁・乱丁本はお取り替えいたします。
© Kazuma Iwaki 2017 Printed in Japan
ISBN 978-4-8002-6565-4

累計1000万部突破のシリーズをイッキ読み！

海堂《かいどう》 尊《たける》「チーム・バチスタ」シリーズ

宝島社文庫

新装版

チーム・バチスタの栄光

第4回『このミステリーがすごい！』大賞受賞作
相次いで起きたバチスタ手術中の死の真相に迫る！

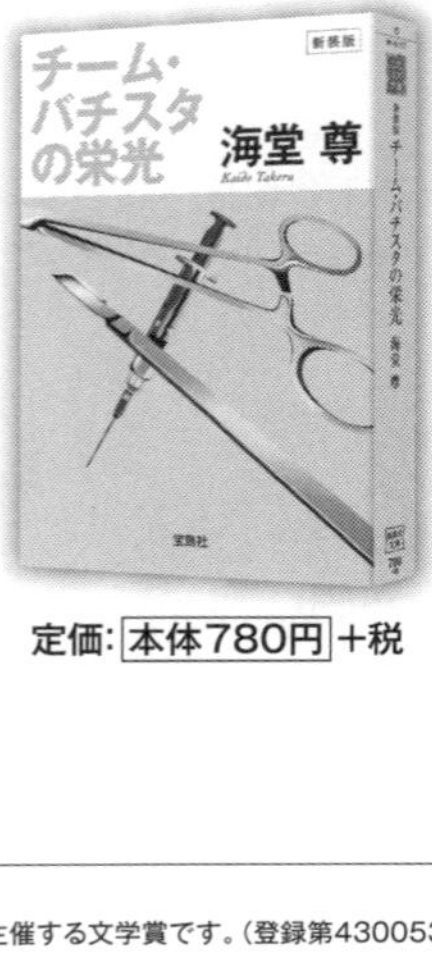

定価：本体780円＋税

新装版

ナイチンゲールの沈黙

ふたりの歌姫が起こした優しい奇跡とは？
小児科医療のこれからを問う医療エンタメの傑作！

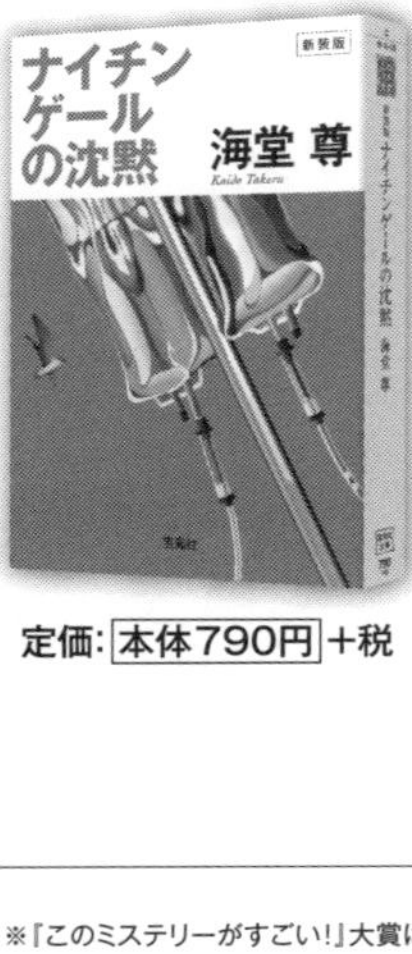

定価：本体790円＋税

※『このミステリーがすごい！』大賞は、宝島社の主催する文学賞です。（登録第4300532号）

好評発売中！

新装版

ジェネラル・ルージュの凱旋

内部告発により収賄疑惑をかけられた、救命救急センター部長・速水の運命は!?

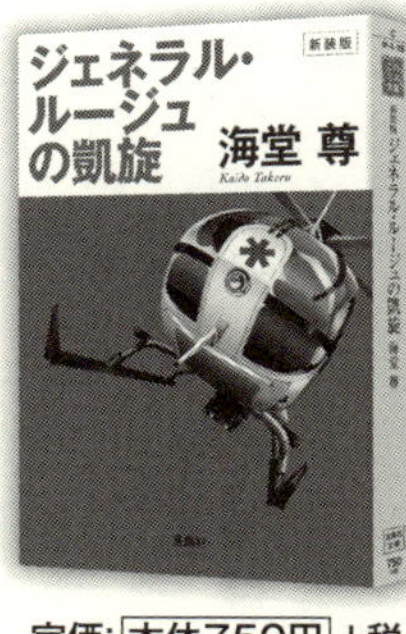

定価:本体750円+税

新装版

イノセント・ゲリラの祝祭

田口&白鳥の凸凹コンビが霞ヶ関で大暴れ!医療事故を裁くのはいったい誰なのか?

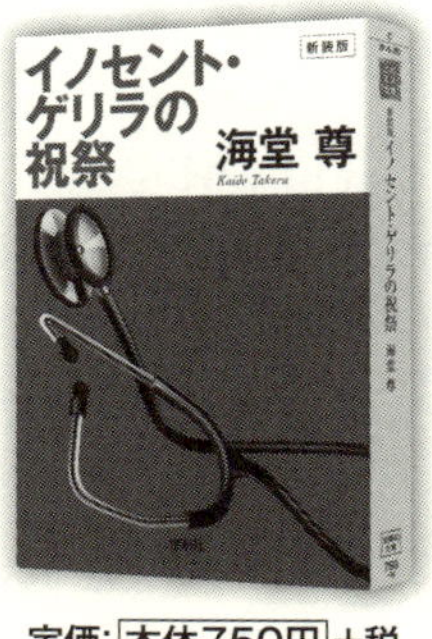

定価:本体750円+税

新装版

アリアドネの弾丸

病院で起きた射殺事件。犯人は高階病院長!? 72時間以内に完全トリックを暴け!

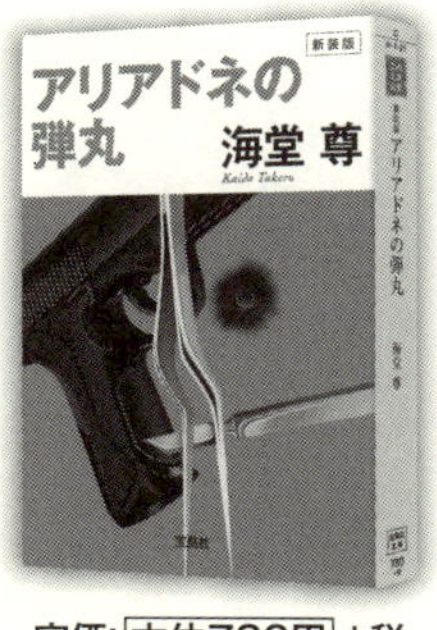

定価:本体780円+税

宝島社　お求めは書店、インターネットで。

宝島社　検索

「東城大学病院を破壊する」——病院に届いた脅迫状。
田口&白鳥は病院を守れるのか!?

ケルベロスの肖像

定価: 本体743円 +税

誤診か? 検体取り違えか? 田口&白鳥最後の事件!
内部告発を受け、疑惑の調査に乗り出す——

カレイドスコープの箱庭

定価: 本体650円 +税

「バチスタ」シリーズでもおなじみ、人気刑事・加納警視正と
玉村警部補が活躍するスピンオフ連作短編集!

玉村警部補の災難

定価: 本体650円 +税

『このミステリーがすごい!』大賞は、宝島社の主催する文学賞です。(登録第4300532号)

好評発売中!

宝島社　お求めは書店、インターネットで。　宝島社 検索

『このミステリーがすごい!』大賞 シリーズ

宝島社文庫

女王はかえらない

《第13回 大賞》

片田舎の小学校に、東京から美しい転校生・エリカがやってきた。エリカは、クラスの〝女王〟として君臨していたマキの座を脅かすようになり、クラスメイトを巻き込んで、教室内で激しい権力闘争を引き起こす。スクール・カーストのバランスは崩れ、物語は背筋も凍る驚愕の展開に――。

降田《ふるた》 天《てん》

定価:本体670円+税

※『このミステリーがすごい!』大賞は、宝島社の主催する文学賞です。(登録第4300532号)

『このミステリーがすごい！』大賞 シリーズ

七四《ナナヨン》

女性自衛官・甲斐和美三等陸尉は、突然の命令を受け、事件の起きた富士駐屯地に急行する。単なる自殺と思われた事件は、内部からの告発により殺人の可能性があるという。完全密室の七四式戦車の中で一体何が⁉ 元自衛官の著者が描く、ミリタリー捜査サスペンス！

神家《かみや》正成《まさなり》

［四六判］定価：本体１６８０円+税

『このミステリーがすごい!』大賞 シリーズ

《第14回 大賞》

ブラック・ヴィーナス 投資の女神

城山《しろやま》真一《しんいち》

メガバンクを退職した百瀬良太は、兄・正弘から経営する会社が危ういと相談を受ける。正弘は、株取引で大金を生み出すと噂の謎の女「黒女神」に頼るという。黒女神が大金と引き換えに要求した報酬は、良太を助手にすることだった――。やがて2人は、壮絶な経済バトルに巻き込まれていく!

［四六判］ 定価：本体1500円+税

『このミステリーがすごい！』大賞 シリーズ

宝島社文庫

神の値段

《第14回 大賞》

人前に姿を現さない現代美術家・川田無名は、ギャラリー経営者の永井唯子経由で作品を発表している。しかし唯子は、無名が1959年に描いた、その価値6億円とも言われる幻の作品を手の内から出した後に、何者かに殺されてしまう。唯子のアシスタントの佐和子は、事件を探るべく動き出す——。

一色《いっしき》さゆり

定価：本体630円＋税